인간이 죽은 시대는
다른 것들이 죽는 시대

萬人譜

만인보

萬人譜

만인보

고은

27 / 28

창비

만인보 25년,

이 바람 치는 여덟 바다에 그물을 펼쳐두었다(張羅八海).
이제 그 그물을 뉘엿뉘엿 걷어올린다.

산목숨과
죽은 목숨
그네들을 누가 감히 따로따로 놔두겠는가.

이로써 두둥실 달밤 심광심(深廣心)의 끝을 자못 꿈꾸리라.

만인보 30권,

끝이라니 이 허허망망한 청사(靑史) 속 그 어느 구석에
처음이라는 것 끝이라는 것 함부로 있겠느냐.
나에게는 신석기시대의 어느날도 백년 뒤의 어느날 밤도 현재이다.

2010년 봄
고은

만인보 27

만인보 28

만
인
보

27

萬
人
譜

옛날 국화 한송이

6천6백년 전
나의 할머니는
무문토기에
조
피
수수를 따로따로 굴먹지게 담아두셨어요
나의 할아버지는
돌낫
돌가래로 밭이랑 쳐주셨어요
땅굴 방 따스한 화덕 가까이
스르르 곤한 몸 잠드셨어요
잠들어
서로 애지중지 안은 몸 풀려 주무셨어요

나이 스물아홉살까지 별 탈 없이
장수하신 뒤
아들
손자
증손자 때
승문토기에
곡식 수북이 담아놓으셨어요
어린것 앓다가
먼저 가면
그 굴속 주검 머리맡에

15

국화 송이 놓으셨어요

새한테 배운 말
부룩송아지한테 배운 말
저승 뱅니한테서
배운 말로

아가 아가 추운 데 말고 따스한 데 가 태어나거라

단군

서울역 옆
경의선 철도 옆 염천교
이질풀 한포기 못 사는 박한 길바닥
자정 직전이다

그 염천교 다리
길바닥
시커먼 것이 나뒹군다
무슨 짐승이냐
무슨 귀신이냐
온몸 쥐어뜯으며
뒹군다
만삭의 여자다
튀어나온 배 움켜쥐고
마구 뒹군다 나뒹군다

소리지른다 소리질러 산통 끝 소리가 숨가쁘게 쫓긴다

자정 직전이다
자동차들이 쫓고 쫓긴다

이윽고 아기가 나와버린다
어이할거나
어이할거나

넋 놓은 여자가
넋 찾아
아기를 안는다
그제야 울음 없던 아기 응애응애응애 울부짖는다

나뒹군 언저리에
보따리 하나 있다
보따리 속 천 꺼내어
우는 아기 피범벅 감싼다
미혼모와 미혼모의 아기의 밤
어이할거나

연수 마치고
한잔 걸치고
지나가던 독일어 교사들
김준태 오태선 이균호 박지훈 김종구 들이
그냥 못 본 체 아닌
호주머니 털어
술값 담뱃값 털어
산모와 아기를 가까운 병원에 응급입원시킨다

김준태가 아기 이름을 지었다

단군

성은 짓지 않았다
엄마가 지어주리라

1984년 7월 26일 새벽 단군 탄생

세종

바람 인다
바람이라고 쓴다
물결 인다
물결이라고 쓴다

하늘이라고 쓴다 쓰자마자 하늘 푸르다 못해 또 푸르다

세종

어디서나
언제나
그이는 나의 말이다 나의 글이다 나의 3천년이다

봉하 낙화암

그 죽음은 무덤이 없어야겠다 차라리

백년 이상
오늘일 것

백오십년 이상
어제일 것

긴 씻김굿판 어떤 억울한 독창도 억울하지 않은 합창일 것

무명씨

1964년 3월 5일 저녁
인제 가는 길
홍천 무궁화동산 근처에서
눈뜨고 죽었다
하늘 낙조 찬란하였다

성명불상(姓名不詳)
주거부정 막일꾼으로 추정

주민등록증 없음
간첩혐의 없음
나의 쉰다섯쯤
사루마다 난닝구 없이
잠바와 바지 착용
실제 나이는 서른쯤으로 추정

후일담

1980년까지 객사현장 부근에 그 무덤 있다가
도로확장공사로 파헤쳐졌다

애초부터 제사 없다

임향순

은유는 죽었다

없어져가는 논바닥 봐라
내 말라비틀어진
팔다리를
슬쩍 건드려봐라

우아한 문체는 죽었다

펀드 봐라
신문 양면 주식시세 봐라
내 가망 없는 욕망 시세차액 봐라

이런 날
차라리 천만다행인가
아귀찬 중국황사가 들이닥쳤다
황사 속
저 여자 봐라
이 세계의 무정이란 무정 마구 헤치며
오직 단 하나의 몸밖에 없는
저 몸 파는 여자 봐라

임향순이라 한다
곰에 가서는 마거릿이라 한다

한 경비교도원

1982년 2월
대구교도소 6동 특별격리감방의 물동이 물이 얼었다
양재기 모서리로 쳐도
얼음 깨지지 않았다
추웠다 불알 오그라들었다
한 사람을 격리하려고
6동 2층 열한 개 방을 비웠다
담당교도관과 교체된 경비교도원이 왔다
땜빵이다
아이 추워
땜빵이
감방 비닐창 밖 복도에서 말했다
아이 추워
이것이
비닐창 안의 감방에게 던지는 인사였다
감방 안 한 사람은 입 다물고
팔짱 끼고 앉아 있었다
내란음모죄죠 하고
흠 계엄법 위반
계엄교사
하나가 아니라
셋이나 되네
하고 힐끗거린다
그러더니

자기소개 떠벌렸다
나 여기 오기 전
광주에서
공수특전단 사병으로
폭도들을 쏴죽였소
빨갱이들을 쏴죽였소 했다
그제야
감방 안의 다문 입이 좀 열렸다
몇명이나 죽였소?
다섯 명이라 하다가
다섯 명 이상이라 했다
감방 안에서 벼락쳤다
이놈아 이 새끼야
왜 다섯 명뿐이냐
네 아비 네 에미도 다 죽여야지
소리쳤다
고래고래 소리쳤다
애송이 경비교도원 복도 끝 달려가
교도반장 데려왔다 그래도 감방 안에서 고래고래 소리쳤다

여기 그 경비교도원 성을 남기고 이름은 지운다
박○○

두 소나무

고려 장수 최충헌은 꾀와 창으로
나라의 권력을 다 잡았다
임금 고종은 겉임금
속임금 최충헌이 되었다

자 권세에는 권세의 풍류 따르렷다

송도 남산리에 모정을 지었다
모정 좌우
소나무 두 그루를 심었다
거기에 불러들인 문신 묵객들
너도나도 팔 걷고
두 소나무 찬양의 시를 지어 바쳤다
그중 으뜸의 시가
최공분의 시였다
두 소나무를 찬양하기보다
한 장수
한 원수(元帥)를 찬양하는 시였다
이에 질세라 이규보는
그 모정 내력을 적어
현판을 내걸었다

그 풍류 뒤
숫제 임금 고종을 갈아버렸다

숫제 수백 채 민가 헐어
뚝딱뚝딱
새로 저택도 지어버렸다
만월대가 대궐이 아니라
새로 지은 저택이 대궐이었다
사흘마다 닷새마다 문신들
최충헌 찬가를 써 바치는데
도리어
세상 저자 골목은
흉한 노래 안개똥 터뜨려 퍼져갔다

동남동녀 잡아다가
오색 옷 입혀
집의 네 모퉁이에 파묻어
토목의 기운을 누른다네
동남동녀 잡아다가
오색 옷 입혀
집의 문턱 밑에 파묻어
산신 지신 희생제사 올린다네
한해 한 번 아니라
한해 네 번이나 올린다네
최씨 정기 산으로 오르고
왕실 정기 물에 잠긴다네

이빨 두 개

1979년 다음해를
1980년이라고 말하지 말자
그해라고만 말하자
그해
5월 19일 후
광주 금남로 가톨릭쎈터 앞거리
나는 그냥 지나가는 사람이었다
이쪽에서
저쪽 시위대열을 그냥 지나가며 바라보는 사람이었다
나는 아무것도 아니었다
그런 내 앞에
느닷없이
공수가 나타났다
나는 다짜고짜로
공수에게 곤봉 맞았다
느닷없이
나는 빨갱이가 되었다
끌려갔다
끌려가
골목에서 대검에 찔려 죽었다
나는 빨갱이로 이승을 마쳤다
실려가
내 주검 처리하는 동안
내 머리는 으깨어져

아래턱 이빨 두 개만 남아 있었다

5월 20일 적십자병원으로
내 머리 없는 빨갱이 주검이 실려갔다
아낙들이 만든
얼음주머니로 식혀가며
다른 주검들과 함께 눕혀졌다
얼음주머니 밖
비닐자락이 부옇다
나는 썩어갔다
내가 남긴 것은
빨갱이 주검으로 썩는 냄새였다

끝내 내 이름은 세상에 밝혀지지 않았다
김응모?
아니다
허순철?
아니다
그냥 빨갱이 중의 한 빨갱이였다
이빨 두 개로 히히 웃다가
천변 황토 구덩이에
다른 주검들과 버름버름 묻혀버렸다
나에게는 저승도 없다 갈 세상 없다

김효원

조선 당쟁의 근본이렷다
선조조
조식 이황의 문인으로
장원급제하여 오르고 올랐것다

발 친 섭정

문정왕후 눈감은 뒤
척신파에 맞선
사림파 으뜸이었다
척신파 심의겸과 맞선 이래
서로 으르렁댔다
서로 핏발 섰다
장군이야 멍군이야
멍군이야 장군이야 칼 품었다
일컬어 동서당쟁이라
동쪽에 살아
김효원은 동인
서쪽에 살아
심의겸이 서인

동인 우두머리 김효원
뒷날 허균의 장인인
김효원

그가 정자관 쓴 풍모로
사랑채 설렁줄 잡고 서면
마당의 닭들도 뭣도 고개 숙이는
그 위엄
그 음성 쩌렁쩌렁

하인배 20여명
감히
그 동인 영수
가슴 위
올려다본 적 없다
그 얼굴 검버섯
감히 본 적 없다

동인 영수의 사랑채
하나둘
동인 당인들 모여든다
서인 영수의 사랑채
서인 당인들 모여든다

주안상 올려라

시작

1980년 5월 17일 자정
계엄포고령 제10호
1979년 10월 27일 발효
그 비상계엄이
한번 더 을러대어
제주도 제외의 비상계엄이
제주도 포함 비상계엄으로 확대되었다

바야흐로 총칼의 때 왔다
적이 있어야 한다
아군 앞에 적군이 있어야 한다

일체의 정치활동 중지
옥내외 집회시위 금지
언론 출판 보도 방송 사전검열
대학 휴교
직장이탈 태업 파업 금지
유언비어 날조 유포 금지
유언비어 아니라도
전현직 국가원수 비방 금지
북괴와 동일한 주장 및 용어 사용 선동행위 금지
선동발언 금지

밤거리 호외를 뿌렸다

이 포고령 제10호로
김대중 문익환 김동길 고은 리영희 등 소요조종자로 체포
김종필 이후락 박종규 김치열 김진만 이세호 등 부정축재자 구속

경기도 수원 팔달문 밑
욕보살 해장국집 욕쟁이할멈
팔달암 법당에 가서도
욕이란 욕
걸쭉걸쭉 쏘아대던 보살

시꺼먼 활자의 호외 1면 훑어본 뒤
욕 한마디 나오지 못했다
욕보살 욕도
계엄포고령 제10호 위반일 터

뒷간에 가 앉아 호젓이 제10호 위반

세상에
총 가진 놈 이길 놈 없나
좆 가진 놈들
좆대가리 다 잘라버려라
농과대학생 배 갈라 죽더니
이제는 다 총 맞아 죽겠구나

어느 미망인의 유서

올가을은
싫은 가을이었습니다
달도 싫고
달밤 기러기 울음소리도 싫었습니다
올가을에
당신이 훌쩍 떠나셨기 때문입니다
정녕 그러합니다
당신 가신
그 저승 황천이 아니더라도
이승 내내
당신은 이른 봄 영춘화 앞에서도
어느새 오고야 말
익산 미륵산 시월 가랑잎새를 꿈꾸었습니다
여름밤 그 무더위 뜬눈의 지친 부채질에도
호젓이 와
울어예는 귀뚜리 울음소리가 하염없었습니다
올가을은
잃은 가을이었습니다
당신이 떠나신 날들
세상의 한 까닭을 잃었습니다
이제 당신 아니 계신 이승
나는 더 살아야 할 까닭을 잃었습니다
나 데려가소서 어서 데려가소서
나 이미 친정 해주 오씨 귀신 아니고

34

소종흔 신위(神位) 소씨 당신의 귀신입니다

*1991년 전북 익산 왕궁 고가에서 조선 순조 연간을 산 소종흔의 처 해주 오씨의
언문 유서가 나왔다. 그 유서를 현대문으로 손질한 것이 이것이다.

이희성

그 뒤에는
부하 장군들이 있다
전투복의 소장 정호용
정장의 소장 황영시
이따금 신사복으로 갈아입는
소장 노태우
그 뒤에는
떼굴떼굴
굴러온 바위 뚝 멈춰
온 나라 권세 무더기 댓바람에 틀어쥔
소장 전두환이
바로 중장으로 바뀐
전두환이 있다
그 전두환이 준 상사 감투 둘이나 쓰고
육군참모총장 이희성
계엄사령관 이희성
이렁성저렁성 무거운 감투 기우뚱거리고 있다

이희성

바로 이 이희성이
광주비상사태 선포 이전부터
광주 일대 소탕작전
공수여단 특전사를 보내어

소위 '충정' 작전을 독려했다
광주 시위가
금남로 성회(聖會)가
지극히 평화로운 시위로 끝났으나
그것을 폭도 난동이라고
미리 단정해놓고
발포진압작전 '충정'을 시작했다

5월 18일!

그날의 작전명령은
그 자신의 것이며
그 자신의 것이 아니었다
그의 뒤
육군 소장들
그들의 뒤
전두환의 명령이었다

한오리 시대의 날줄 읽은 적 없는 삶
한가닥 가책 없는 삶
오로지 대장이 되고
참모총장이 되고
계엄사령관이 된 것
오로지 그것이면 되는 삶

그뒤의 여생이 있다
물속에 잠긴 몽당비나 사금파리
그런 여생이었다

한생애 그쯤으로 되어 뜨락 수국꽃 한해 걸렀다

박권영

술사발 비워
탁! 놓고
벌떡 일어섰다
스무살 젊은이 박권영

본디 남원땅에서 태어나
부스럭질 때려치우고
산 타고
산줄기 타고
순창 임실 지나
장수땅 이르렀다

장수 오일장 장터 인성만성 장꾼들 단번 3백을 모아
장(場)서두리 장주릅 할 것 없이
독립만세를 불렀다
3백이 4백 되고
4백이 금방 5백이 되어 불렀다

주재소에서 순사와 앞잡이들이 달려왔다
어느새
박권영 자취 감췄다

사흘 뒤 나타나
일본 쪽에 붙은

이달생
김초권 김이권 형제
유만수를 끌어다가
매국노라 쓴 천조각을 등짝에 붙여
장터 개말뚝에 소말뚝에
꽁 매두었다

석양머리 순사패 떼어내고
박권영 자취 감췄다

장수읍내 장터만이 아니라
무주 장터
금산 장터
진안 장터에도 나타났다 사라졌다

상해 임정으로 군자금 2백여원 모아 보냈다
끝내 잡혀버렸다
1921년 장수 오일장 장터
거기 나타나
주막 탁배기 마시려다
당꼬바지 밀정한테
몸밑천이 걸려버렸다

전주형무소 2년 반

감옥에서 나와
마구 울부짖었다 몽굴렀다
그 박권영의 목청 한번 우렁차다

지나가는 인력거 막고
거기 탄
친일파 지주 갈중호 영감더러
이 매국노야 이 똥개야
왜놈 불알이나 핥아먹는
쪽발이 똥개야
쩌렁쩌렁
그 소리
저 건너 산울림이 되었다

바이없이 돈하여라 장하여라
그 다음날 자취 없다

김준태

일곱살 적
마당 수북이
감꽃 떨어진 것
하나하나 헤아리던 땅끝 아이가
광주에 나와
가장 뜨거운 심장의 젊은이로
거기 있었다

1980년 6월 1일
광주 피범벅의 거리
광주 주검의 거리
광주 통곡의 거리 절규의 거리
광주 계엄의 거리

그 거리 어디에도 입이 없었다

그 학살 뒤
젊은 시인 김준태가
거기 있었다
자신의 심장 내걸고
단칸방
두 아이를 밖으로 내보낸 뒤
그는 입을 열었다
그는 썼다

아아 광주여 무등산이여
죽음과 죽음 사이에
피눈물을 흘린
우리들의 영원한 청춘의 도시여

그 통곡의
그 오열의 노래를
신문사에 넘기고 자취를 감췄다

그 시의 신문은 10회 이상 찍어냈다
아니
복사신문 수십만장 찍어야 했다
죽은 자
죽어 살아 있고
산 자는
살아 죽어 있었다

그 시로 하여
광주는 광주를 살았다
그 시로 하여
여기저기 입이 열렸다
광주의 죽음이
광주의 시가 되었다 그 무엇이 되었다

황승우

평양 기림리 사람 황승우가
길동무하고
서울에 어정어정 왔다

서울 청계천 수표교 건너
명주전
무명전 등
포목시세 따져본 뒤
귀에 들리는 소리
서울 남산골 사는 친지의
부음을 들었다

장삿길 길동무가
가는 길에 문상이나 하자 하니
황승우
입 꾹 다물고 고개 저었다
그러더니
한마디

내가 이번 온 길은
포목 도매로 왔네
그저 돌아가세나 하고 돌아갔다

굳이 평양으로 돌아갔다가

대동강 만경대 쪽에 대고
큼큼큼
기침 세 번 하고
다시 그길로
서울에 와
남산골 상가 문상을 하였다
아이고
아이고
아이고

생사일여라 하더라도
생은 생이요
사는 사라

길은 길이라 하더라도
이승길 따로
저승길이라 저승 문안길이라

큼큼큼

소년 간수 최치수 1

스무 발 참바로 친친 감겨
옴짝달싹 없다
두 다리 오금에 쇠못 박았다 뺐다

북청 감방의 밤

달군 삽으로
어깨 등짝 찌직찌직 지져 태웠다 넋 떴다 넋 내렸다

오늘밤도
두 손 여덟 손가락 사이
두 발 여덟 발가락 사이
쇠못 박았다 뺐다
비명 없다가 있다 비명 있다가 없다
기절이었다 두 팔 두 다리 축 늘어졌다
가슴에 박동 희끄무레 남아
그 모진 목숨 남아 있다

홍범도

돌연 북청감옥에서
함흥감옥으로 옮겨갔다
이 극비이감 소식을
꼬마 간수 최치수가 밖에 알렸다

그 사실을 듣자마자
안산사 사포대(私砲隊) 총꾼들이
불함봉 산등성이 숨었다가
호송병
호송 간수 쳐죽이고
다 죽은 홍범도 장군 살려냈다

개마더기 산중으로 산중으로 업혀갔다

때마침 조선의 영웅 홍범도 장군의
만판 씨앗
양순이 컸다
용환이 컸다

언제 아빠 만나랴

외환은행 광주지점

그 학살의 질서들이 도망친 후
자유의 질서들이 나타나기 전
널린 주검들
실려간 거리
신발 한짝들
뿔테안경 쪼가리들
피 묻은 옷가지들
타이어 바퀴짝들
깨진 유리조각들
통곡과 분노들
그 무질서 속에서
광주 금남로 외환은행 문이 열렸다
은행 직원 하나도 없이
텅 비었으나
누구 하나
그 은행의 한푼도 털지 않았다
그 무질서 속에서
바로 자유의 질서 이루기까지
그 도시의 누구도
도둑이 아니었다

뒷날 누가 와
이토록
아름다운 도시였다고

엉엉 울어야 할
아름다운 거리였다고 말할
그 도시의 누구도
도둑이 아니었다
빛이었다
빛고을이었다
빛고을 모둠밥이었다

소년 간수 최치수 2

홍범도 장군 살려낸 간수
열다섯살
간수보 최치수

홍장군 다음
홍장군 부하 임총각 호송
북청독서회 강구명 호송 알려
그들을 살려내어
무산으로
북간도로 보냈다

그다음
친일파 악질 지주 권도진네 집 방화범
그 집 천서방을
호송중 살려내려다
들켜버렸다
들켜서
감옥으로 잡혀가
북청감옥 고문으로 한 달을 보냈다
함흥감옥 6년

부쩍 어른이 되어
세상에 나왔다 보리밭 푸르렀다

끝내 뒷바람 안고 두만강 건너
국자가로 목단강으로 흑룡강으로 홍범도 장군 찾아갔다

공자 탄

저 고대 중국 노나라의 한 사생아인데
그의 뜻을
세상의 정치에 쓰려 하다가
몇십년 세월 떠돌다가
그만둔 사람인데
어느새 조선의 조상이 되어버렸다
하기사 바다 건너
부르면 대답 있는 사이이매
그 조상이
이 조상 아니던가
좌우지간
공자 싫다 하면 역적이고
공자 벗어나 행여 딴것을 말하면 이단 모반이었다

어린아이 천자문 배울 때부터
공자가 따라붙는다
천자문에 앞서 가르치는 말씀

어른께 여쭙나이다〔上大人〕
공자님께서는 홀로〔孔乙己〕
교화하신 사람 삼천〔化三千〕
그 가운데 어진 제자 칠십 선비〔七十士〕
너희 소생의〔爾小生〕
아이들아〔八九子〕

52

부디 인을 베풀어〔佳作仁〕
예를 갖출 줄 알지니라〔可知禮〕

이렇게 시작하여 천자문 익히면
공자로 시작해서
공자로 끝나는 평생이 된다

이런 천치바보 같은 세월 억척의 몇백년 보내면서
공자의 공자의 공자의 공자의
지지리 못난 공자의 후예가 되어
서로 죽이고
죽은 무덤의 해골까지 파내어 죽이고
또 죽이고 죽이다가
단 한번도 나 자신이 되지 않고
오로지 송나라 명나라만을 섬기다가
왜놈의 총검 앞에 간과 쓸개 다 내놓아버렸다

아흐
우리 동네 양반 텃세 민대룡 어르신
논어 만번 읽으신 어르신
담뱃대 긴 어르신

도망자

1980년 6월
담양의 들
어쩌자고 푸르냐
송정리의 들
어쩌자고 푸르기만 하냐

그 광주의 6월은 6월이 아니었다
5월로 끝나지 않았다
5월의 죽음으로 끝나지 않았다
산 자
상무대 영창이 기다렸다
무지무지한 고문이 기다렸다
사형
무기형이 기다렸다

산 자
살아 도망친 자
비겁과 원한으로 지독한 고독으로
꼭꼭 숨어야 했다
대낮이 더 무서웠다
절대로 친척을 찾지 않았다
절대로 친지를 찾지 않았다
혼자 숨어 있었다
숨어 있다가

밤에는 나와 별을 보며 울었다

내일 잡힐지 몰라
모레 덮쳐올지 몰라
모기야
깔따구야
오냐
오냐

새벽 추위에 새우잠 깨어
멍든 몸
멍든 넋
이렇게 살아남아 배고프구나 모기 물려 긁적긁적
비겁과 원한이
내 생존 아니냐
춥구나
어머니 불러봐도
누구 불러봐도
배고프구나
춥구나

먼동 트는구나 내 이름 임봉한

이소가야 스에지

1928년 일본 병사로 식민지 조선땅 밟다
조선군사령부 용산 병영 도착
곧 함경북도
조선 중국 러시아 국경 앞
나남사단에 배치되다
나남사단 제19사단 사령부
제88여단 사령부
보병
기병
포병 중
포병 제76연대 10중대
포병 일등병 이소가야 스에지(磯谷季次)

그가 3년 만기제대 뒤
일본으로 돌아가지 않다
3년간 전혀 달라져
함경남도
흥남질소비료공장 노동자로 들어가다
일본인 우두머리도
일본인 간부들도
조선인 노동자들도
이상하다 이상하다 고개를 꼬다

그 이소가야

겉은 일본인 노동자
속은 조선민족해방 지지자가 되다

1930년대 이래
조선인 노동자투쟁에 동참하다
10년
20년
일본인이 조선인보다 더 미워하는 일본인이 되다
조선인이 조선인보다 더 사랑하는 일본인이 되다
일본인이 싫어하는 마늘 먹고
일본인이 아주 싫어하는 김치를 먹다
막걸리를 먹다
조선말 한마디 한마디 익히다

흥남질소비료공장

3교대 중노동 죽음의 공장
유산반
합성반
광석분쇄반
살인 공장

흥남 적색노조사건
1천명 검거

제2차 태로사건[*]
제3차 태로사건
제4차 태로사건
그때마다
그가 있다 드디어 검거되다

함흥형무소 수감
수번(囚番) 104번 이소가야
형무소 목공소에
일본인 전옥(典獄) 하라다가 나타나다

이 자식아 하필 조선놈의 하수인이냐
황공하옵게도
천황폐하를 모독하고
1억 신민의
야마또다마시이(大和魂)를 더럽힌 놈아
하고 욕 퍼붓고
지휘봉으로 머리를 치다 어깻죽지 치다

이소가야 돌아서서 부러진 이빨로 쇠리쇠리 웃다

* 태로: 태평양노동조합.

58

정상용

5월의 무기수 정상용

끝까지 도청에 있었다
시민학생투쟁위원회
시민군 외무위원장을 맡았다
며칠 동안
거리의 대열 앞에 있었다

오랜 학생운동 끝
회사원
회사 영업부장

다시 거리의 대열을 이끌었다 외쳤다
오랜 학생운동
사회운동의 피가 끓었다

5월 26일 밤 도청
소년들
고교생들
시민들 돌아가라 했다

남은 3백여명의 눈빛 붉었다
이미 1천명 이상 죽어간 거리
여기 남은 자

죽어가기로 다지고 다졌다
윤상원이 쓰러진 뒤
시민학생투쟁위원장 김종배가 체포된 뒤
끝내 그가 생포되었다

상무대로 실려갔다
며칠
며칠 밤 고문
쭉 뻗어버렸다
다시 살아나
쭉 뻗었다

계엄군법회의
무기수 정상용

밖은 죽은 자
장사 지내지 못하는 날들이 지나갔다
안은 철창에서
망가진 몸
숨쉬는 날들이 지나갔다
이를 갈다가 이를 갈지 않았다

한강 소년

1952년 가을
한강철교가 복구되었다
제1차 수도 수복 직후
떼배로
건들건들 건너다녔다
떼배 뒤이어
부교 놓아 건너다녔다
환도증명서 없이는
그 부교 건널 수 없다
전쟁은 통 끝날 줄 모르고
중부전선에서
고지를 빼앗다 빼앗겼다 했다
제1차 수도 수복 직후
전쟁중의 일상이 이어졌다 먹고 자야 했다

한강철교

낮 열차가 건너간다
객차에 화차도 이어 건너간다
길고 길다

호남선인가
경부선인가
길고 길다

그 한강철교
다리 밑
거기 강물 가장자리
깡통에
송사리 대여섯 마리 잡아넣은 아이가
열차 지나가는 굉음에 묻혀 있다

열차 지나간 뒤
그 굉음 뒤
강물이 새로 흘러간다
떠내려가던 나뭇조각 빗자루 따위
벌써 저만치 간다

어머니는 진작 세상 떠났고
아버지는 떠돌다가
1년 만에 2년 만에 나타난다
나타났다 사라진다
짜장면 한번 사주고 사라진다
원효로 판잣집 움막에는
장님 누나가 있다

송사리 깡통 쏟아
도로 물살에 띄워준다

일어선다

열한살 송경호

열한살에 외로움을 안다
한평생 따라붙을
그 외로움을 안다
외로우면 철교 밑 강물에 나온다

건너편 영등포 여의도 쪽 봄 아지랑이 저승이 있다

장차 영등포역전 주름잡아
창녀들 등골 빠는 깡패 두목 송경호

어떤 소년

가을 코스모스에는 느낌 약하고
모욕에는 뜻 강했다

사레지오고교

그 천주교 학교 재단의 독선 위선이 참을 수 없었다
이태리인 바오로 신부가
교사와
학생들을 모욕했다
왜 한국인들은
교사고 학생이고
이렇게 개만도 못하냐 여우만도 못하냐

그 학교 1년생 정상용
바오로 신부
바오로 이사장에 항의
한 달이나 동맹휴학 이어갔다
여섯 달이나 그 동맹휴학 이어왔다
기어이 그 신부한테 똥물 끼얹고 제적당했다

이 악물고 재수생이 되어
다음해
광주일고에 들어갔다

광주일고 1년생
독서회 '광랑'을 이끌었다
『들어라 양키들아』를 읽었다
농촌의 고통
사회의 고통을 알아야 했다

너무 일찍부터
세상의 모순이
소년의 가슴에 꽉 들어찼다

소년으로부터 청년으로 나아갔다

전남대 법대에 들어갔다
민족사회연구회를 조직
학생운동이 시작되었다
저 60년대 학생운동이 가고
70년대 학생운동
유신반대의 운동이 왔다

어느새 소년은 청년이 되어 두 눈썹 맹렬했다

원천호수

수원 원천호수
물안개 아침
아버지의 배를 저어나가
서혜자 혼자 노래한다

이 노래 부르다
저 노래 부르다 한다

노 멈춰 배가 잠든 듯 잠깬 듯

아버지는 호숫가 초막
해소병으로 누워 있고
약혼자 방영국은
사랑한다 사랑한다 하더니 떠나버렸다

몇번 원하는 대로
몸 허락하였다
술 취해 울며불며
하소연하는 것 가엾어 사랑한다 사랑한다는 말 가엾어
가슴 내주고 가슴 밑 내주었다
한번만이다 다짐했으나
휴가중
밤마다
아니 대낮에도 허락해버렸다

그리고 떠나갔다

편지가 왔다

이제 나 잊어달라고

햇빛도 캄캄하였다
달빛도 깜깜하였다
정신 놓았다
울다가
웃다가
울음도 놓았다

멍한 가슴이었다

아버지의 배 타고
참붕어 잉어 낚아올리던
그 30년 된 헌 배 타고
호수 복판에 떠 있다

저쪽 호숫가에서 이쪽 바라보면
선녀 하강의 풍경 아니랴
그러나
풍경 속

그 선녀 가슴속
버림받은 슬픔 발길에 챈 아픔
캄캄한 갑오징어 먹물 차 있는 줄
어찌 알랴

그네 이름 서혜자가 아닌 민지순

시민군 우두머리 김종배

나는 스물여섯살 사내여요
광주민주항쟁
학생수습대책위원회를 별수없이 아귀차게 이끌었어요
죽어간 시민
죽어간 학생 장례위원장이었어요
아니
온건파 수습위원회와 맞서
시민학생투쟁위원회 위원장이었어요
전남도청
시민군 무기반납
끝까지 반대했어요

도청 최후의 새벽 네시
쓰러진 벗들의 주검과 주검 사이
나는 마지막까지 별수없이 총 들고 있었어요
등뒤에서 덮쳐
나는 체포되었어요
광주공동체 그 멋진 열흘이 끝장났어요

상무대 계엄수사본부

너 북괴의 앞잡이다 다 털어놔라
그리고 물고문이었다 손톱고문이었다
그리고 몽둥이질이었다

그리고 전기고문이었다
그리고 잠을 잘 수 없었다

너 김대중의 하수인이다
너 김대중의 지시로
광주 폭도를 이끌었다 다 시인하라
그리고 또 원산폭격이었다
그리고 또 물고문이었다 고춧가루 뿌려졌다
너 정동년과 내통했다 다 불어라
그리고 발톱고문이었다
그리고 전기고문이었다

또
5·18 행동대장이라는 이름이 만들어졌다
1심 사형
2심 무기
북괴도 김대중도
정동년도 모르는데
별수없이 그들의 하수인이 되고 말았다

미친놈 하나

1950년 8월 땡볕
인민군 점령의 서울 복판
화신 건너편
한청빌딩
그 이름 바뀌어
인민사업부

이승만정권 도망친 뒤
인민군의
적색도시 서울이 되었다
공포 속
빈집들도
공포가 들어찼다

남은 자들 벌벌 떨었다
남은 자 중
하나둘 잡혀오고 있었다
키다리 수필가 김진섭도
여러 인사들과 함께 잡혀왔다

종로 내무서 건너편 인도
플라타너스 밑
그곳에 삭은 밀짚모자 한 사람이 걸어가고 있다
공포도 없이

아무런 주저도 없이
혼자 중얼거리며 걸어가고 있다

곧 미군이 온다 미군이 온다

웬 미친놈이었다
미치지 않고서야
어찌
그따위 소리 겁도 없이
내뱉고 있는가

정신이상의 사내 채길수란 놈

얼마나 축복이냐
미친 사람에게는 공포가 없다
절망이 없다
그리고
멀리멀리 가버린
희망도 없다

다행이다 아직 누가 듣지 않았다

미군이 온다 미군이 온다 곧 온다

새벽 네시

마지막이었다
도청 본관 별관 1층 2층

결말이다

신새벽
남아 있는 것은 죽음뿐
서로 눈과 눈이 마주쳤다
서로 고개를 끄덕였다
더이상
노래도 필요없다
구호도 필요없다
질끈 동여맨 머리띠끼리
남아 있는 것은 죽음뿐

5월 27일 새벽

긴 침묵 끝
어둠속
두 여학생의 목소리만이
살아 움직였다

시민 여러분
지금 계엄군이 쳐들어오고 있습니다

사랑하는 우리 형제 우리 자매들이
계엄군의 총칼에 숨져가고 있습니다
우리 모두 계엄군과 끝까지 싸웁시다
우리는 광주를 사수할 것입니다
우리를 잊지 말아주십시오
우리는 최후까지 싸울 것입니다

송원전문대생 박영순
목포전문대생 이경희

징발된
데모 진압 가스차 달려
핸드마이크 소리 퍼져나갔다

도청 1층 2층 3층 4층
이윽고
수류탄 지급
비로소 실탄 지급

계엄군이 옵니다 계엄군이 옵니다

그 소리 멀어져간 뒤
새벽 네시
도청 뒷문 쪽으로

검정 칠한 얼굴 성큼 나타났다

결말

총탄 날아왔다
수류탄 터졌다
한 시간 이내 작전 완료
주검들
피범벅들
생포로들 다 뻗었다

빈 유치장

서울역전 남대문경찰서 유치장
지난해도
올해도 초만원
내년도 초만원이리라

유치장 일곱 개 방
한방에 20명 미만인 적 없다
거기 들어온 놈들
굴비두름으로
명태두름으로
서로 거꾸로 엮여 잠들었다
한방의 여감방 30명 들어차
갈보 아무개 아무개
절도 임순옥
간통녀 진옥자
돈 떼먹은 미녀 차명희 겹쳐서 얽히고설켜 잠들었다 미추선악 필요
없다

유치장 총원 157명

그런데 딱 한번
1950년 9월 27일 밤
인민군 철수하여 감방문 열렸다
다 나갔다

소위 백색분자 반동분자
미제첩자는 다 꺼내다가 죽인 뒤였다

텅 빈 유치장

그러다가 10월 1일부터 다시 찼다

정진경

학살이 끝났다 학살굿판이 끝났다

5월이 지나갔다
6월이 지나갔다
7월이 지나갔다
비가 오지 않았다
지옥의 삼청교육대
인간은 인간이 아니었다 개돼지보다 더 밑창이었다

국가보위상임위원장 전두환
소장에서 중장
드디어
중장에서 대장
한걸음 내디딜 때마다
별이 번쩍번쩍 붙는다

이제 하나가 더 남았다
대통령이라는 별이
저쪽에서
저벅저벅 군홧발로 오고 있다
피를 먹고
보무당당하게 오고 있다

1980년 8월 6일

바깥은 벌써 뜨겁다
롯데호텔 2층 에메랄드룸
시원시원했다

나라를 위한 기독교 조찬기도회

영락교회 한경직
종로 3가 초동교회 조향록 외 24명
예장
기장
감리교 목사들이
사복 입은 대장을 맞아들였다

목사 정진경의 미소가
전두환의 미소에 닿았다
어떤 주저 따위 필요없이
어떤 가책 따위 필요없이
유창한 기도가 나왔다
기름졌다
구슬이 굴렀다

저 강원도 산골
부대 연병장
새벽부터

지옥의 삼청교육이 시작되었다

이 호텔 회의장에서는
천국의 말씀이 이어져갔다

여러 해 동안 사회 구석구석에 만연된
사회악을 제거하여
사회정화를 달성하신 것에
감사하나이다
국민이 염원하는 남북통일과
고도의 번영과 민주화가
이 땅에 정착하는
그 업적을
다음 세대의 유산으로 남겨주게 되기를
간절히 바라옵나이다
아버지 하나님께서 우리 지도자 전두환 위원장님을
지지하시고 사랑하십니다

정진경의 작은 손을 전두환의 큰 손이 꽉 쥐었다

문예

전쟁은 다시 밀려왔다
1950년 9월 말
수복된 서울
1951년 1월 초 다시 서울을 내주고 떠나야 했다
1·4후퇴

『문예』 편집장 박용구는
서울에서 찍은 『문예』를
인천으로 싣고 가
어렵사리 배에 실었다
인천에서
부산으로 갈 배가
제주도로 갔다
제주도에서 며칠 지낸 뒤
기어이 부산으로 갔다

천신만고가 겨울바다 위의 뱃길을 냈다

임시수도 부산에서 짐 풀어
그 전란의 생사 틈바구니에서
시 소설 수필 한 편씩의 잡지를 배포했다
부산 시내 방 얻어
다음호부터
미국공보원 지원의 잡지가 되었다

서울신문사『신천지』
국방부 정훈국『전선문학』
『문화창조』
조병옥 발행 임긍재 편집의『자유세계』
『자유공론』
거기에『문예』도 꼽사리 끼어 지원받았다
오영진 박남수의『문학예술』
장준하의『사상계』
『희망』
황준성의『신태양』도
종이를 지원받았다
인쇄비도 지원받았다

미국 정보국은 전시 한국문화를 이어주었다
겉으로 한국의 천사이고
겉으로 한국문화의 천사였다
속으로 미국 정보국의 문화포섭이었다
어쨌거나
임시수도 부산에서
1950년대 문화는 멈추지 않았다
밤의 바라크 술집
술 취한 문화가 멈추지 않았다

시인 양명문이

이승만 찬가를 썼다
월남 전
김일성 찬가 쓰고
월남 후 우남 찬가를 한달음에 썼다

5월 19일

5월 19일 그날 아침은 고요했다
열 길 우물이 울음 그쳤다
야만과
야만 사이
신록은 고요했다
백 길 허공이 울음 그쳤다

어제의 아비규환
어제의 학살 뒤
길바닥 여기저기 핏자국
횟가루 뿌려
하얀 밀가루 바닥
신발 한짝이 남겨져 고요했다

잡힌 학생들 소녀들
팬티만 입힌 채
길바닥에 눕혀 고요했다 입 열면 입 찢겼다
오직 야만이 소리쳤다

너 이 새끼들
다 묻어버린다
마지막 숨이나 쉬어라
개새끼들

그러자 저쪽 골목에서
한 여인이 소리쳤다
승훈아
승훈아
아이고아이고 너 제발 살아 있어라
너 눈떠라 어서 눈떠 돌아오너라 승훈아

이쪽 공수가 달려가 곤봉을 휘둘렀다
이 쌍년아 입 닥치지 못해
네년도
입 닥치게 해주마

여인이 곤봉 맞아 넋 잃었다 고꾸라졌다

승훈아
승훈아

그날 아침의 고요가
거리의 고요가
여인의 넋으로
먼 무등산의 고요가 이름 불렀다

다시 5월 19일

그날 오후
금남로뿐이 아니라
금남로 골목뿐이 아니라
시가지 어디
다리 밑이나
다리 위나
그 어디
대학생들
여대생들
고교생들 중학생들 두들겨맞아
꽁꽁 묶여
두 팔 뒤로 묶여
끌려가
엎어져 있다
엎어져 있다가
군용트럭에
시청 청소차에
한뭇 한뭇으로
한다발 한다발로
쓰레깃더미로
어디론가 실려갔다

대인시장 장사꾼들
그 아낙들

그 아범들이 일어섰다

저 죽일 놈들
벌건 대낮
저 개만도 못한 놈들
저 짐승만도 못한 놈들
내 자식 끌려가는데
네 자식 죽어가는데
어디 뒷짐만 지고 있느냐
어디 한숨만 쉬고 있느냐
어디 땅바닥만 치고 있느냐 울고만 있느냐

이윽고 일어섰다
일어서서 달려가
각목으로
몽둥이로
돌멩이 던지며 대들었다
집 밖에서
뒷골목에서
가게 앞에서
공수와 맞서 돌멩이를 던졌다
달아났다가
숨었다가
다시 달려들었다

흩어졌다가
다시 뭉쳤다
아낙들은 돌을 날랐다
남정네는 돌을 던졌다 불질렀다
공수의 차가 불탔다

관광호텔 앞
화염병 터져
펑 불길이 치솟았다
공사장 막일꾼들
쇠파이프를 가져왔다
할아범은 보도블록을 파냈다
철근도 끌어왔다

이 개 같은 놈들
이 개만도 못한 놈들
이 살인마들
이 전두환 졸개들
이 천인공노할 흡혈귀들

이런 천박한 분노의 말들이
얼마나 거룩하냐

산수동 구멍가게 주인 앉은뱅이 아낙 나씨도 벌떡 일어섰다

여학생 결의자매

1930년 만주사변 직전
숙명여고보 3학년 박화성은
2학년 장세숙
2학년 송금선을 동생으로 삼았다 에스 동생 삼았다
세숙이
언니 언니 하고
검은 눈동자로
흰 이빨로 웃으며 뛰어왔다
금선이
언니 언니 하고 숨차게 왔다

이렇게 쉬는 시간 하교 시간 셋이서 온통 기쁨이었다

세숙이는 반지를 선물했다
금선이는 연분홍실 책보를 선물했다
화성이는 은반지 둘 만들어
세숙과
금선에게 끼워주었다
이에 질세라
금선이는 또 은제 하트형 브로치를 선물했다

언제까지고 함께 살아가자던 맹세
아름다웠다

무교정 부잣집 세숙은 일본 유학 떠나
연극쟁이 박승희의 아내가 되었다
부잣집 딸
가난뱅이 아내가 되었다
곧 이승 떠났다
인력거 타고 학교 오고
인력거 타고 집에 가던 세숙이었다
금선이는 누구 마누라 된 적 없이
몸집 큰 학교 교장이 되었다
언니 화성은
낭자머리 곱게 곱게
목포 북교정 비탈길
인력거 타고 나들이하다가
연거푸 아들 낳다가
학교 교원이 되어
소설을 썼다
소설을 쓰며
시조시인과 사랑을 이루기도 하였다

해마다 코스모스 오래 피었다
「보리수」 노래 부르던 세숙이 생각나
퇴근길 화성
눈물 적셨다
작은 눈 눈물 적셨다

성회

박정희 장례 뒤
불교 종정 서옹
천주교 추기경 김수환
개신교 목사 한경직의 추도사 뒤
그 늦가을은 종말과 충격
그리고 불안으로 갔다
그 겨울은 군대들의 반란으로 채웠다 중령이 중장보다 높았다

계엄령 시절
그 시절을 서울의 봄이라 불렀다
봄이라니
봄이라니
모든 인쇄물은
검열받았다 필자의 이름도 바꿔야 했다
봄이라니
옛 노래
봄은 왔으되 봄답지 않았다
그 봄조차 가고 있었다

저 5월 13일 서울 광화문 시위로 시작하여
전국 도시들의 밤거리
잠들 줄 몰랐다
대낮 저자
머리 숙일 줄 몰랐다

1980년 5월 16일
광주 금남로
전남도청 분수대 광장
기둥 하나
막대기 하나 세울 데 없는 듯
초만원의 시위장

그 시대의 원점

대학생 3만
시민 몇만
몇백개 횃불들
그 밤의 어둠을 내몰았다
플래카드들
피켓들
마침내 횃불행진이 시작되었다

흉흉한 밤 숭고한 밤

긴 금남로를 지나
양동시장
산수동오거리
다시

도청 앞 광장으로 왔다

마침내 종교였다
시였다
평화 그리고 평화였다
어떤 이유도 필요없는
어떤 음모도 모르는
순결한 평화였다 맹목의 자유였다
평화의 내부가 외부로 다 와서
밤의 자유가 되었다

이 평화 저쪽에서
쥐새끼들
도깨비들
떼강도들
얼룩무늬 병력이 이동하는 것을
전혀 알 턱 없는 평화였다

겉으로는 내세웠다
국회 특위 개헌안 어쩌고
계엄령 해제로
시국수습 어쩌고

속으로는 학살의 날이 오고 있었다

그러나
분수대 광장의 시민 집결을
누군가가
성회(聖會)라 불렀다
민주성회라 불렀다
이런 평화의 성회 저쪽
쥐도 새도 모르게
공수부대 학살부대가 오고 있었다

너 민주성회
너 민주성회
기어이 학살의 피범벅일 제전
죽음의 제전을 앞둔
너 민주성회

두문

1951년 봄
38선 이북
각 도시와 촌락들 잿더미였다
마을 흔적 몰랐다
국도
지방도 흔적 몰랐다
그러다가
옛 마을 흔적 만나면
부모인 듯
누구인 듯 반가웠다

경기도 연안 거기
폭격에
포격에 타버린 집 가운데
삭은 양철대문 문짝에
싸릿대 사립문 거적문 남은 곳에
휘갈겨쓴 글자 '杜門'이 붙어 있었다
북 인민군군사위원회 결정
반동 딱지였다

두문이라
두문이라
폐문을 뜻함이라

가족 중의 누구 하나
남으로 간 집
남이 올라왔을 때
그 남에게 종이 태극기 흔든 집
남이 지나갈 때
목 축일 물 떠준 집
남에게
몇마디 말 건넨 집

바로 그런 집 대문이 '두문'이었다

인민재판 열어
흩어진 마을 남녀 다 불러다가
그 앞에서
사형
공개처형 교수형 총살형
총알 아깝다고
몽둥이로 때려죽이는 형

'두문'은 폐문 폐가라는 뜻
남은 가족
세상과 오고 갈 수 없다
그냥 굶어죽어야 한다
혼자 숨쉬다가 그만두어야 한다

병들어도
아파도
실컷 아프다가 죽어야 한다
누가 묻어주지도 않는다
썩어
파리떼 떠나버린 싱거운 해골로 있어야 한다

내무서원 이따금 순찰한다
자위대원 이따금 감시한다

적 또는 반동에 가담한 죄
그 죄는
삶에도 죽음에도
오직 '두문' 그것

임순임

시내버스가 멎었다
공수들이 막아섰다
공수 한 놈이
버스에 들어왔다
차장 처녀가 겁에 질려
운전석 쪽으로 물러섰다

이년은 뭐야
차장 처녀 머리에 피 터졌다
등짝을 쳤다
어깨에 피 터졌다

버스 좌석 밑으로 숨은 고교생도 쳤다
여자 핸드백 뒤져
책 한권이 나왔다
여자를 쳤다 피 터졌다
쳐서
끌어내렸다
월산동 골목 입구
꽁꽁 묶어 눕혀놨다
차장
고교생
여자들
건어물로 눕혀놨다

삶은 시금치였다 데친 배추였다
피가 멈추지 않았다

차장 임순임
네 입에서 아무 말도 나오지 않았다
네 눈에서 눈물 한방울 나오지 못했다
오직 벌벌벌 떨었다
피투성이로
벌벌벌 떨어댔다

곤봉이 또 날아들었다
눕혀진 채
퍽
퍽
맞아 새로 피 터졌다

임순임 눈감았다 떴다 떨지 않았다

화려한 휴가

광주 초토화작전
광주 학살작전
그 이름 '화려한 휴가'

공수특전단 이동수송기 안
얼룩무늬들 수군거렸다
왜 수송기 기수가
북으로 향하지 않고
남으로 향하나

처음에는 빨갱이 사냥하러 간다 했는데
북으로 가
휴전선 넘어
북으로 가
어느 지역 분탕치러 간다 했는데

그 빨갱이가
그 북괴가 남쪽으로 바뀐 것
그러나 분대장에게 소대장에게 질문을 던질 수 없다

그때
자 착륙준비다
자 출동준비다

고도를 낮춘 밤중
저 아래 검은 무등산 나타났다
저 아래 광주 도시의 불빛들 나타났다
그것이 무등산인 줄
그것이 광주 충장로 불빛인 줄
아무도 몰랐다

M16의 총신이 빛났다 칠하고 닦고 조여 빛났다

11공수 하사 김칠수
간밤 꿈이 스쳤다
자신이 온통 피투성이였다

자 착륙이다

이정

당대 허균의 벗 이정이시다
당대 화백 이정이시다
증조할아버님께서도
증조할아버님 이소불(李小佛)께서도
그림 소문 자자하셨지
할아버님 이배련께서도
그림의 이름 떨치셨지
아버님 이숭효께서도 숭자 효자께서도
어찌 그 그림 핏줄 밖이시리오
이윽고
아들 나옹 이정이시라

어머님 태몽으로
금빛 나한이 품안에 들어 말하기를
그대 집안 3대에 걸쳐
부처 그림 따를 자 없고
그 부처 그림
몇천장인지 모르게 그려내어
복을 지었으니
내가 그대 가문에
그림 속 나한 아들 하나를 점지하나니

열 달 지나
아침해 불끈 떠오르자

아기 쑥 나와
응애응애응애 유난히 높았다
과연 꿈에 보았던
그 나한 모습 그대로시라
다섯살에 냉큼 그림붓 잡았다
열살에 벌써
그림 이름 세상에 퍼져나갔다

금강산 장안사 천왕상 불화

세상이 일컫기를
천하에 짝할 자 없으리라

허나 이정 화백
갓난잇적
아버지 잃어
아버지 모습 알 수 없으니
상상으로
아버님 숭자 효자 모습을 그려내고
울었다

술의 날이었다 술병의 날들이었다
벗 허균과 더불어
평양 부벽루 가

대동강 굽이를 그렸다
다른 벗 심우영 이경준 등
당대 재걸들과 저물도록 놀았다

저 덧없이 피었다 진
기생들의 무덤
그 선연동(嬋娟洞)에 가
지하의 기생 백골 불러내어
생전의 모습 아리따운 모습 그렸다
어찌 부처뿐이랴
어찌 서러운 중생 없이
부처뿐이랴

이정 화백
누가 그의 모습 뒷날 못 보고도 역력히 그려냈는가

학살풍경화

매어놓은 중송아지야
너한테 물어보자
인간은 어디까지 인간인가
인간은 어디까지 인간이 아닌가
똥개야 누렁이야
너한테 물어보자
인간이란 무슨 놈의 짐승이냐
광주의 어제도
광주의 오늘도
광주의 죽음이었다
인간이 인간을 말살하는 죽음의 시간이었다
한밤중 기러기야
너한테 물어보자
인간이란 무슨 짐승의 쓰레기더냐

붙잡힌 것들
이미 피범벅 뒤집어쓴 것들
트럭에 끌어올리면
트럭 안에서
다시 한번
개머리판으로 짓이겨져 뻗어버린 것들

인간이란 이런 것이냐

금남로
YMCA 앞
양서조합
광주지역 독서방 앞에서
붙잡힌 것들
죽어가고 있는 것들
다친 자
피 흘리는 자 실어나르던
택시기사도 붙잡혀
곤봉 한방에 즉사해버렸다

길가 자갈
너한테 물어보자
인간이란 무엇이냐

인간의 몸은
몸이 아니라
보릿자루였다
쌀자루였다 소금자루였다
대검으로
푹 찔러버렸다

광주 시외버스터미널 총소리가 시작되었다

TV는
마구 미스코리아 엉덩이 일렁여대고
스무살 가수 간드러져 노래하는데
월산동에서
임신부가 배 찔려 죽었다
뱃속의 태아 죽었다
광주역전
여학생들 발가벗겨
젖가슴을 뭉턱 도려냈다
칠십 노인 진압봉 한방으로 어이쿠 소리 모르고 죽여버렸다

이제 인간은 없다
죽이는 인간
죽어가는 인간
그 어디에도 인간은 없다

인간이란 무엇이냐
저 무식한 하늘에 묻지 않겠다
저 무지막지한 전두환한테
묻지 않겠다
더이상 누구에게 묻지 않겠다

수경

길바닥
길가녘이 절간 일주문인가
길이 대웅전인가
길이 내 독살이 결가부좌 아늑한 석굴인가
차라리 이 뭐꼬 단전(丹田)인가

세 걸음에 한번
온몸 던져
절하는
가는 길마다 절간 마당인가
마음속에 탑 하나
가도
가도 황톳길
씨멘트길
포장길
쌩쌩 가는 트럭들 그 가장자리
아슬아슬히
가고 간다
가고 가서 엎드렸다 일어선다
무릎관절 싸맨 것 닳았다 녹았다
무릎 피멍
무릎 꽹이
손바닥 쑤시다가 고름 굳다가

천릿길
천오백릿길 다한 뒤
울음 대신
희멀거니 웃음
싱겁다
싱겁디싱거운 안경 속 흐린 웃음

꽃 핀다

대폭발

더이상 숨어 있을 수 없다
더이상 벌벌 떨며 낮이 밤일 수 없다
총 맞아 죽는 진압봉 맞아 죽는
피범벅 쓰러지는
피범벅 끌려가는
그 잔인무도의 거리에서
더이상 나 혼자 비명만 담고 주저앉을 수 없다
다 죽어간다
다 잡혀 쓰레깃더미로 실려간다
더이상 몰래 바라볼 수 없다 돌아설 수 없다

너도나도 나섰다
모여들었다
공수 저지선 밀고 나아갔다
할멈도 돌멩이를 주워 날랐다
시장 아낙들도
삼립빵 샤니빵 가져왔다
여편네들도
김밥 날라왔다
무가당 주스도 가져왔다
모였다
비명이 아니라
함성이 터졌다
택시들이 경적을 울렸다

대낮
헤드라이트를 밝히고 모여들었다
돌을 던졌다
각목을 들었다
만세를 외쳤다
도청으로 도청으로 나아갔다

트럭
고속버스
시내버스
스리쿼터
지프
덤프트럭 들 떼거지로 잇대어
죽음의 사슬 죽음의 벽 뚫고
한바퀴 한바퀴 나아갔다

최루탄 우박이 쏟아졌다
숨막히는 최루탄 가스가 깔렸다
최루탄 안개 속 아수라판
거기에
공수의 몽둥이
공수의 총검에
수숫대로 삼대로 쓰러졌다
풀섶으로 뒤엄으로 밀렸다

다시 밀어붙였다

그 에미애비 없는
공포의 공수가 밀려갔다
드디어 전남도청이 시민의 차지였다
그것은 맨주먹의 대폭발이었다
그것은 맨몸뚱이의 대승리였다

자 이로부터 어떻게 할 것인가
대명시장 아줌마
김밥 광주리 이고 오다가
가톨릭쎈터 앞에서 엎어졌다
김밥 흩어졌다 다시 담았다
어떻게 할 것인가

문정현

한반도 허리 가시철망 넘어
만릿길
오가는 자벌레의 극한

그 세 걸음 만리로
한번 절 만리로
겨레를 내 마음속 깊이 섬겨
누리
누리 목숨들
내 몸속에 새겨
모든 밖은 끝내 안
모든 땅은
끝내 하늘

오늘도 그가 오고 온다 어디서

그날

산홍아 너만 가고
탱크가 노동청 쪽으로 들이닥쳤다
산홍아 너만 가고 나만 남았구나
탱크 뒤로
탱크에 깔린 주검이 뻗어 있었다
시위대오가 흩어졌다

산홍아
탱크가 지나간 뒤
주검들을 떠메고 병원으로 달려갔다
밤이었다
학동에서
지원동에서
산수동에서
도청으로 모여들었다

산홍아
계엄군이 도청을 포위했다
어둠속
빨간 포물선이 그어졌다
총성이 시작되었다
아무도 물러서지 않았다
총성이 시작되었다
총성 연발

앞에서 하나둘 풀썩풀썩 쓰러졌다
총탄 우박이 날아왔다
그러나 아무도 흩어지지 않았다
산홍아
탱크가 지나간 거리
공수 트럭이 지나간 거리로
시민의 트럭이 왔다
아세아자동차 공장 군용트럭에
시민들이 타고 왔다

자 도청 광장은 시민의 광장이었다

산홍아
그 죽음의 거리 분노의 거리
분노의 시민이 불질렀다
세무서도 MBC도 불탔다
부정의 곳
거짓의 곳이 불탔다
산홍아
외곽지대 시위대오 불어났다
금남로를 채웠다

중심사 밑 닭똥집 식당 심부름꾼
인도봉(印道鳳)이란 놈도

처음으로 거리에 뛰쳐나와
금남로 시위대오
그 속에서 만세를 불렀다
전두환 물러가라 구호를 외쳤다
비로소 한 인간이 되어
고아였다가
남의 집 종살이였다가 무엇이었다가
비로소 한 인간이 되어
만세를 불렀다
산홍아 너만 가고
저쪽에서 그의 친구 김재열이가
야 도봉아 도봉아
도봉이 너도 나왔구나

둘은 어둠속에서
하얀 이빨로 웃었다
기뻤다
산홍아
산홍아
너만 가고
모두 왔구나

재열아 재열아
너도 왔구나

어느날의 저승 여인들

바람에
빨래 펄럭이는 날 펄럭이며 마르는 날

외할머니
옆집 옥님이
옥님이 동생 입분이
할머니
작은고모 야문이
큰고모
굶고도 안 굶은 척 오봉례
이모
큰외숙모
위뜸 수절과부
작은어머니
막내작은어머니
1학년 때 담임 나까무라 요네 선생님
3학년 때 담임 모리 히데꼬 선생님
대기 왕고모
큰당숙모
고개 하나 넘고 쉬고
고개 하나 넘고 쉬던
사정리 재종조할머니
태백산맥에 눈 날린다
총을 메어라 출진이다

그 노래 잘 부르던
6 · 25 때 빨갱이년
치안대에 붙잡혔다가
우물에 몸 던져 죽은 여맹위원장 장순자
방죽갓집 달모 서모
영자
딸그마니 어머니
어머니

바람에
아시빨래 펄럭이는 날 공짜로 그립고 그리운 날

나눔

보성약국은
약을 다 꺼내어 내놓았다
위장약도
감기약 판피린도
소독약도
빨간물약도 다 꺼내었다
거즈도 붕대도
몇통씩 내놓았다

서석동 연초소매소는
담배를 상자째 들고 왔다
병원은 헌혈자로 줄을 이었다
황금동 술집 여자들은
우리도 깨끗한 피가 있어요 하고
헌혈대열에 섰다
김밥 아주머니들이 분주했다
대인시장에서는
젓갈도
김치도 이고 왔다

총성이 들렸다
멀리서
가까이서 들렸다
그 소리 들려도 무섭지 않았다

죽은 시민
죽은 학생 시신
절대로 놈들에게 빼앗기지 말자고
넘겨주지 말자고
시신 운송도 서로 맡았다
시장 내의소매상은
백양 메리야쓰 러닝셔츠도
쌍방울 팬티도
한짐씩 싣고 와 나눠주었다

총성이 들렸다
주검들이 실려왔다
그러나 누구 하나 사라지지 않았다
모였다
모여서
누나였고 동생이었다
삼촌이고 아저씨이고
조카들이었다

나눔이었다 나눔의 잔치였다

더이상 바랄 것 없는 날 아픈 날

시민군

시체를 넘겨주지 말자
시체 한 토막도
다리 하나도 빼앗기지 말자
시체에 재 뿌려
회 뿌려
어디 산골짝에다 암매장
사망자 수를 10분의 1로
100분의 1로 줄이는 놈들에게
시체 한 토막도 포기하지 말자
다 암매장한 뒤
몇구만 남겨
사망자 3명 또는 6명이라고
거짓 방송을 하는 계엄군놈들에게
시체에 환장한 놈들에게
썩은 발가락 하나도 방치하지 말자
시체야말로 동지 아니냐
시체야말로 너와 나 아니냐
대학생복 입은 시체
오른쪽 어깨 총상
입에 피 한모금 머금은 채
손은 꽉 움켜쥔 채 굳어 있는 시체
끝까지 빼앗기지 말자

그 대학생 시체 앞에서

자네 대신
우리가 죽어야 해
자네 대신
우리 나이배기들이 죽어야 해
누군가가 홑잠바를 쥐어뜯으며 외쳤다

총소리는 도망치며 멈추지 않았다
택시들
트럭들 육탄돌격으로
공수부대 떠나기 시작했다 퇴각하기 시작했다
두고 간 장갑차 위
소년이 타고 두 팔을 흔들었다
탕! 총탄이 날아왔다
장갑차의 소년이 떨어져 굴렀다

아직 남아 있는
건물 옥상 기관총의 총탄이었다
그러나 트럭들 모여들었다
휘발유차 돌진했다
소방차도 나타났다

기철이가 외쳤다 우리도 무장하자

기철이가 달려갔다

홍식이가 달려갔다
준호도 달곤이도 달려갔다
도청으로 가다
경찰서 무기고로 달려갔다

화순 TNT도 가져오자
머리띠 질끈 맨
오명구 윤창섭 이광옥이도
트럭 타고
화순탄광으로 달려갔다
담양경찰서
나주경찰서 무기고도
월산동파출소 무기실도
시민 무장이 시작되었다
M1소총
카빈소총 접수
예비역과 제대자가
총기 사용을 가르쳤다
함평
무안
해남에도
시민군이 나타났다

계엄군 철수했다

기관총 쏴대며 후퇴했다
화순 너릿재 넘어갔다

이겼다!
우리가 이겼다!
광주는 시민군의 도시였다

스스로
시민군 성기철
시민군 우준호

배영종 영감

죽을 때
슬퍼할 딸이 있다
긴 울음 울어줄 딸이 있고
짧은 울음 울어줄
아들 며느리 있다

투전꾼이었다
낮에는
들의 보(洑) 오락가락하는
수도감 노릇
턱에 수염 하나 없는 고자 얼굴 맨얼굴이었다

밤에는
옜다
옜다 가보!

등잔불 석유 그을음에
콧구멍 커가며
옜다
옜다 가보 아닌 따라지!
거란문자 춤추는
그 투전장 끗발에
옜다
손톱 끝 힘차다

논 두 배미 내주었다 졌다
집 한 채 따냈다 이겼다

죽을 때
오른손
엄지손가락 손톱이
검지손가락 끝 파고들었다

마지막 끗발

거짓말

KBS가
MBC가
처음으로 광주사태를 방송했다
5월 22일 오후 일곱시
계엄사 발표를 방송했다
그 학살과 고문
그 만행을 극비에 부치다가
처음으로 방송했다

민간인 1명 사망
군경 5명 사망
군경 30명 부상

이 어이없는 거짓이
처음으로 전국에 방송되었다
거짓은 계속되었다
서울을 이탈한 소요주동 학생들
깡패들이
대거 광주로 내려가
유언비어 날조 선동으로
광주 소요사태가 일어났다고

이 터무니없는 날조 선동이
처음으로 방송되었다

계엄사 합동수사본부는
또 하나 거짓을 방송했다
김대중이 조직적 배후자라는
수사 중간발표를 했다

청천백일의 거짓이었다

광주는 이 방송으로 분노했다
이 학살만행과
이 거짓에 분노하여 봉기했다

전남대 교수 송기숙
술잔 꽉 쥐었다
술잔 깨져
손바닥 피범벅

왕세발

북청 피난민 사내
어디다 던져놔도
벌떡 일어나
뿌리박는
팽나무 사내
한 5백년 묵은 팽나무 사내

저 흥남철수 때
100대 1로
900대 1로
미 해군 LST 아가리에 타고야 만
북청 피난민 사내

유엔군 철수 마지막날
북청에서
흥남까지
눈보라 밤길
뛰다가 걷고
걷다가 뛰어
그 마지막 생사 마지막날
기어이
몇십만 인파 속
LST에 타고야 만 사내

그 사내 왕세발
허술한 옷
벙거지 달린 옷 입어도
임시수도 부산 범일동 일대
그 모습 당당하다

이틀 굶어도
당당하다

길 건너 동네
부산 토박이집 딸
임순이가 꼬리쳐도
동풍에 말귀인지 쇠귀인지
동남풍에
조는 석불의 오른귀인지 왼귀인지

막걸리 두 말 반 마시고도
거뜬히
일어나
오늘 외상이우다 하고 가는 사내 왕세발

젖가슴

그해 5월 21일 이후
도시는
커다란 매복병력에 포위되었다
도시는
우리 속 짐승이었다
도시 밖은
공수부대 외곽
공수부대 작전구역
모든 길은 막혔다
도시로 들어가는
모든 길은 차단되었다

화순 방향 너릿재
목포 방향 효천리
담양 방향 교도소거리
송정리 방향 월산동 넘어
어느 길에도 공수 매복이었다
동서남북
어디도 막혔다
골목길 샛길도 다 막혔다
시민항쟁 6일째
헬리콥터 소리는 밤과 낮 끊이지 않았다
먼 곳의 총성
이따금 이어졌다

도시 밖은 포위되고
도시 안은 웅성웅성
그 항쟁 6일째
광주세무서 지하 씨멘트 바닥
거기에
여학생의 시체가 썩어갔다
젖가슴이 도려진 채
교복치마 찢긴 채
음부가 난자된 채
얼굴과 등짝이 칼에 찔린 채
썩어가고 있었다

교복 주머니 학생증이 잠들고 있었다
그 이름 여기 쓰지 않는다

누구는 유언비어라 한다
누구나 유언비어가 아니라 한다
기든 아니든
지상과 지하에서
죽음은 삶의 중단
삶은 죽음의 중단이었다

모두 썩어가고 있었다

시숙 유기남 제수 선호순

1952년
조선의 나뽈리라는 그곳
통영
앞바다
한산도 이쪽 미륵도
한산도 저쪽 거제도

아름다워라 노래 절로 나와라

그 통영 부근 한쪽
특무대 지하실
거기
반공법 위반 걸어
잡혀온 것들
두 방에 처박혔다
남자 23명
여자 8명

특무대장 부관이 나타났다
한 놈씩 나와라
두들겨팼다 쪼인트 깠다
주먹 날렸다
벌써 입언저리
콧대 짓이겨

누군지 모르는 피범벅이었다

그러다가

시숙 유기남
제수 선호순
신분이 밝혀졌다

부관이
두 사람을
다른 방으로 데려갔다
퀴퀴한 다다미방
취조관 휴게실
옷을 벗어라 했다
벗지 않았다
구둣발로 찼다
옷 벗었다
구둣발로 찼다
붙어라 붙어
마구 찼다

그런 고통 속에서
시숙의 성기가 일어섰다
그런 치욕 속에서

제수의 성기가 열렸다

두 사람은 성교 뒤 눈감았다
걸쳐준 옷 그대로
그 다다미방을 나왔다

부관이 외쳤다
이 연놈은 인간이 아니라 짐승이다
이년은
남편의 형과 붙은 년이다
이놈은
동생의 마누라와 붙은 놈이다

너희들이 처리하라
너희들이 살려면
이 연놈을 알아서 처리하라

부관 앞에서
하나둘 나서서
그 '연놈'을 때리기 시작했다
마구 패고
마구 치고
침 뱉기 시작했다

통영 앞바다는 지상이고
여기는 지하이다

공동체

다방 언니가
다방 누이가 커피를
한 바께쓰 끓여왔다
아낙네가
세숫비누와 수건을 한 보퉁이 가져왔다
김밥 양푼이 무거웠다

거리의 차들은
시민의 번호가 붙여졌다
화물수송
환자수송
청소 위생 업무를 맡았다

시민 스스로 질서를 만들었다
시민 스스로
행정을 시작했다

어디에도 술은 없었다
술 마시는 자
술 파는 자 없었다
어느 집도 도둑맞지 않았다
은행도
문 열린 채
절도 강도 하나 없었다
생필품 사재기도 없었다

쌀집 쌀도
가마니쌀로 말쌀로 팔지 않고
되쌀로 팔았다
라면도 다섯 개 이상은 팔지 않았다
라면 한 박스 달라면
가게 주인이 꾸짖었다
너만 먹으려고 그려
다 같이 먹어야 혀
하고 꾸짖어 돌려보냈다

그 어디에나 나 없고 우리가 있었다

몇백년 만이냐 우리의 도시

아
함께 잠든 사람들
장홍선이도
육만술이도
공재욱이도
최옥자도
황영숙이도
그 이름들 없이
몇백년 만이냐
그냥 우리

변수동

1954년
부산은 임시수도였다
아니
부산은 피난민의 수도였다

부산 가파른 언덕마다
판잣집 세웠다
그 판잣집 마을에
하루 지나
교회가 섰다
또 하루 지나
교회가 섰다

영주동 비탈
초량동 비탈
수정동 꼭대기
좌천
화장막골
범천
산 너머
가야동
덕포
모라
구포다리

판자촌
판자촌 교회
서로 질세라 교회가 섰다 섰다 섰다

교회를 세우면 원조물자 밀가루가 왔다
구호물자 옷들이 왔다
교회끼리 다퉜다
한 교회에서
다른 교회가 태어났다
교회 신도 30명 중
아홉 명 빼내어 새 교회를 세웠다

식민지시대부터 지하운동하던 변수동
경성꼼 후보당원이던 변수동
좌천동
구봉산 밑 판자촌 교회
대한감리교 영생교회
거기 신도가 되어
밀가루 타왔다
미국 감리교 구호물자 배급으로
헐렁한 양복 입었다

변수동 우선 열성신도 행세로 신분 숨겼다
할렐루야

할렐루야
밥 한 숟가락 뜰 때마다
할렐루야

본명 김달현

그의 꿈 아직도 깊이깊이 고지식한 답답한 사회주의 지상낙원이었다
할렐루야

어느 아주머니

첫여름 옷 얇은 거리 싱그러운 거리
아냐
죽음의 거리
아냐
남은 자들 뭉쳐
하나의 거리
18일 19일 20일
지난 3일간의 지옥이 끝장나고
해방의 거리
21일
해방구의 거리
살아남은 자들 빗자루로 거리를 쓸었다
씨멘트 바닥을 닦았다 복도를 닦았다
부서진 책상을 고치고
불에 탄 차 뼈다귀를 실어냈다
바리케이드였던 공중전화부스
입간판
대형화보
어질덤병을 걷어냈다

도청 앞 분수대는 시민의 기쁨을 뿜어냈다
기쁨의 거리

밥을 나눴고

물을 나눴다
도청 1층 시민상황실
모든 수습대책을 토의했다
자치였다
꼬뮌의 시작이었다
온건 수습위는 계엄군과 타협하자 했다
젊은 수습위는 무장을 옹호했다

무전기로
공수 퇴각을
외곽지대 시민에게 알렸다
여고생들이 사망자 신고를 접수했다

어느 아주머니가
열 번이나
김밥 만들어
김밥 양푼을 이어 날랐다
어느 동네 누구시냐고
물어도
어서어서 드시시요
하고 돌아섰다

학생들의 가슴 뭉클했다
수습위 인사가

고개 숙였다
어느 아주머니라고
누가 이름 붙였다
다음날 또 어느 아주머니의
김밥이 왔다

단성사

뜻있는 남녀들아
종로 단성사에 가보시라
단성사 무대 막이 오르면
연극 「일편단심」 공연이라
그 연극도 보고
활동사진도 보시라
일러 연쇄극
연극과 활동사진 연쇄공연이라

서울 장안의 명소 사진으로 찍어
연극 막간에 상영하니
요정 명월관
청량리 솔밭
장충단 돌다리
한강철교
저 제물포 증기선과 황포돛배도 보시라

거기 단성사
2층 떠받치는
1층 기둥 옆좌석
거기 반드시 나타나는 박승필
백단화 멋져
껌정 구레나룻 멋져
칠피구두

멜빵 달린 바지
시곗줄 내린 세이꼬 회중시계 멋져

기생도
배우도
대담무쌍으로
양반집 규수께서도 나와보시라
어찌 장안의 도련님들
난봉꾼들 모여들지 않을 터이뇨

연쇄극 뒤에는
으레 또 하나의 연쇄극 이어지렸다

저만치 단성사 밖
봉익정 골목 어귀
인력거 두 대 대기하렸다
하나에는 반드시 박승필
하나에는 박승필 상대할 여자렸다

일편단심 보았으면
일편단심 잊으렸다
잊고 놀아나렸다

뚝섬으로 갈깝쇼 멀리 서오릉으로 갈깝쇼

146

분수대

분수대 분수는
오늘부터 잠들었다
그 대신
시민의 분수가 잠을 깼다

잠든 분수대에
한 젊은이 뛰어올라
팔뚝을 치켜들고
불을 토했다
폭포를 토했다
한 늙은이가 뛰어올라
우레 토했다
저 여수 오동도 등대
안개 낀 바다 앞
무적(霧笛)을 토했다
한 여학생이 뛰어오르고
구두닦이 총각이 뛰어올랐다
무식한 웅변
박식한 웅변이
울긋불긋 꽃밭을 만들었다
꽃덤불이었다
꽃잔치였다

벽마다 벽보가 나붙었다

거리마다
서툰 플래카드가 펄럭였다

공수부대는
대한민국의 군대가 아니다
공수부대야말로 폭도다
계엄사 발표는 모두 허위다
모두 조작이다

이제부터
우유부단
부화뇌동의 수습위 안돼

분수대 분수 대신
시민의 분수가 뿜어올랐다
뿜어올라 깨어져 낙하했다

월강주

고대 혼란기
고운이 내세운
유불선 삼합(三合)의 풍류
거기 행여 술 한잔 없지 않았다
심심하여라

심심하여
그 맨풍류에 술 한잔 부어올리니

현대 식민지 시절
심심하면
으레 누가 보고 싶어라
누구의 얼굴 어른거리면
냉큼 일어나 찾아갈 것

변영로가
이관구를 찾아갔다
가던 날 장날
신문사 월급날 월급 80원이 나왔다
이관구의 말
수주 자네 요사이 술 끊었다지
수주 변영로의 말
글쎄
이의 말

글쎄 글쎄 하지 말고 어쩌려는가
변의 말
글쎄 벌써 금주 석 달째인데
차마 문안에서는 마실 수 없으니
강 건너라면
한잔할 생각도 있네그려

한강 건넜다
한강 건너
노량진 네거리
몰락한 왕족 이해면의 술집 있으니
거기 들어앉아
해 저물도록
밤새도록 마셔댔다

월강주(越江酒)라 월강주라 도도한 풍류주라

며칠 동안

전국은 아무것도 모르고 있었다
전주도
제주도
부산도
김천도
대전 회덕도
조치원도
강릉 삼척도
인천도
홍성도 포항도
어디도 통 모르고 있었다

전국 국민은
오직 계엄사의 발표
시뻘건 시뻘건 거짓 발표만으로
잘못 알고 있었다

민간인 1명 사망
군경 5명 사망
군경 30명 부상

이런 순 거짓 발표만 알고 있었다

5월 18일부터

죽어가고 있는 도시
총알 맞아 죽고
몽둥이 맞아 죽은 도시
그 죽음 무릅쓰고
분노가 치솟은 도시
그것을 모르고 있었다

계엄군이 후퇴하고
그 분노가
자유의 도시를 만들어냈다
이겼다
이겼다
우리의 죽음이
우리의 피범벅이
우리의 고독이
우리의 민주주의가 이겼다
이 민주주의를 모르고 있었다

그로부터 며칠 동안
아름다움의 도시
행복의 도시
너와 나의 도시
다시 후퇴한 계엄군이 올 때까지
다시 와

총탄을 퍼부어댈 때까지
그 죽음과 죽음 사이
삶의 도시

5월 19일 밤 지산동 산68번지
송복남의 3남으로 사내아기 하나가 태어났다

삶의 도시

그 도시를 전국 아니 세계는 10년쯤 모르고 있었다

이청복 중령

걸어둔 정장 가슴팍
화랑무공훈장
충무무공훈장
상이기장 등 열두 개 울긋불긋하다

마침 국방부
장성 및 고급장교 진급심사 기간

대대장실
책상이 크다
간밤 대령 진급의 꿈이 크다

아냐
이제 나는 군바리 지긋지긋해
거수경례하다 세월 갔어
거수경례 답례하다
세월 갔어
그간
적병 몇백 죽였고
부하 몇백 죽어갔다

아냐
이제 나는 군바리밖에 살 데 없어
말뚱 두 개로 그냥 말 수 없어

말뚝 세 개 달아야 해
아냐
말뚝 세 개로 살 수 없어
별을 달아야 해
별 하나
별 둘
별 셋은 달아야 해

중대장회의 뒤
진정제로
김내성 『청춘극장』을 꺼내 읽는다
중국대륙으로 떠나는
열차 속
거기를 읽는다

전화가 왔다
연대본부 연락장교의 목소리

속히 본부로 오라

최한영

1930년대
일본제국주의 지배에 항거하던 사람
해방 3년 좌익 우익 사이에서
살아남은 사람
무등산 기슭
전란과
탄압과
부정부패와
혁명과
혼란과
쿠데타의 시대를
새벽잠 잔기침하며 늙어온 사람
어디에도 나타나지 않던 은거의 사람

최한영

그가 느닷없이
5월의 도청 수습위원회에 나타나
왜 정부 지시대로 투항하지 않느냐
왜 무기회수하지 않느냐
무기반납하지 않느냐
그대들 폭도냐
그대들 폭도가 되려느냐
하고 소리질렀다

행여 그대들의 기상 가상하도다라는 말
행여 그대들의 뜻
내가 안다라는 말이 아니라
반동분자
공산분자
폭도로 몰리는 판에
난데없이 나타난
최한영 노인
정부의 지시 속히 따르라 하고
설쳐 외쳐댔다
알고 보니 정부측에서 보낸
수습위원장 자격

선생님
선생님은 지금 누구 쪽입니까
광주 쪽입니까 전두환 쪽입니까
공수부대 잔악상 사과 요구 없이
사상자 보상
사태 책임 없이
어떻게 선생님 주장이 가능합니까
선생님
여기가 어디인 줄 아십니까

그뒤 다시 나타나지 않았다

혹시나 역시나
은거의 해소기침으로 돌아갔다

농민군의 아내

여념없는 날들 간다
고려 천민의 가난은 빼앗김이다 다 내줌이다
상공(常貢) 세공(歲貢)을 바쳤다
별공(別貢)을 또 바쳤다

여념없는 밤들 간다
이렇게 해마다
철마다 바치고 나면
장리 얻어
밥상 차린다
장리 갚지 못하면 밭을 놓았다
논을 놓아버렸다

초가삼간 떠나
떠돌이 거지이다가
도둑무리에 들어가면
주먹밥을 먹었다
그 도둑무리 한 패거리 열다섯에서
쉰다섯쯤이면
이백예순다섯이면
큰소리쳐
백성의거를 일으켰다
일러 민란

민란 10년
전라도
강원도
경상도
황해도
평안도
함경도
아니
한양성 밖
경기도에서 칼이 번뜩였다
창날을 갈고 갈았다

여념없는 산천 각처
농민군
중군 전군 후군 3군 체제로
행수 뒤따라
나아갔다
나아가
싸웠다
그저 무섭던
포졸 별것 아니었다
그저 벌벌 떨던
관군 별것 아니었다

그런 호서농민군 중군 소속 이장곤의 마누라가
충청도
계룡산 산막에서 잡혀
함경도 경원부사 노비로 끌려갔다
아이 밴 몸이었다
체포 군관의 씨인지
일본 군관의 씨인지 몰라
경원부사 노비 움막에서
아이 낳았다
갓난것 사납게 울고
에미도 흐득흐득 울었다

멀리멀리 남쪽 하늘가 없던 구름 있다
거기 남편 이장곤의 얼굴이
구름 속에 있었다

여보 나 여기 있소

박기현

억새밭이 바람 부른다
바람이 억새 부른다
동신중학교 3학년 기현이
1학년 때 우등생
2학년 때 우등생
3학년 때 우등생이었다
막 수학여행 다녀왔다

억새밭에 바람 왔다
시민들 분격했다
왜곡보도
허위보도
편파보도 일삼는
KBS MBC 방송국에 불질렀다

바람이 불었다
기현이가 자전거 끌고 집 나섰다
아버지가 제지했건만
책 사와야 한다고 나섰다

억새가 춤추었다
계림동 책방
책 한권 사가지고 나와
자전거에 타려는 순간

공수가 낚아챘다

너 연락병이지
자전거 타고 다니며
데모하는 놈들 연락해주고 다니지

이윽고 막무가내 진압봉이 내리꽂혔다
정수리 피 뿜었다
자전거가 쓰러졌다
기현이가 쓰러졌다
쓰러진 시체로 질질질 끌려갔다
끌려가
트럭에 실렸다
횟가루 뿌려졌다
어디론가 가버렸다

전남대병원 거기 씨멘트 바닥
아직 겨울교복 그대로 뻗어 있었다
아버지
어머니가 여름교복 입혀 염했다

억새 섰다
바람 그쳤다

가짜 증손자

조선 오백년
그 절반 가까이
2백년에는 나라가 있고
그 절반 넘게
2백여년에는 집안이 있다
가부장의 집안들
여기저기 웅거하여
양반 10에
노비 40이라
나머지가 평민 50이라
저 임진 정유 앞뒤
여기저기 집안 족보들을 펴냈다

그뒤
양반이 곱절 곱절 새끼쳐 늘어나니
양반 당쟁 더욱 사나워져
해거리로 피놀이 이루어내니
이제 할아버지
열두남매 손자손녀들 몰라본다
할머니는 노망들어
제 사형제 중
맏아들을
영감 영감 하고 부른다

동네 꾀돌이 녀석이
그 댁 할아버지한테 가
용돈 10전을 받아냈다
증조할아버님께서
어찌 이 증손자를 몰라보셔요
하고 조끼주머니 쌈지 속 돈을 뒤져내었다

1801년인가 1802년이던가

그 집안 노비 하나이
그 집안 곳간 털어다가
공명첩(空名帖) 사
거기 새로 성씨 하나 써넣고
새로 이름 하나 써넣어
양반 되니
돌쇠가
연안 백씨 백희범이 되었다
노비 언년이 데려다가
영흥 민씨로 성씨 받아
백희범의 마누라 민씨댁이 되었다
아들 잇달아 낳으니
백일섭
백이섭이 되어
전라도 임피고을 떠나

강 건너
충청도 한산 이씨 향촌 터 잡아
거기 백씨 일가 양반법도 익어갔다

섭아 섭아
하고 아버지가 부르면
득달같이
일섭이 앞서
이섭이가 오고
제기 차다가
제기 버리고
일섭이가 와서

아버님께오서 부르셨사옵더니이까

어머니 이정애

담양 왕대 같았다
곡성 수리 같았다
우리 기현이 커서
장성 갈재 천하대장군이었다

우리 기현이 살려내라
우리 기현이 살려내라
우리 기현이 살려내라
우리 기현이 살려내라

봄밤 소쩍새소리
다음날 살구꽃 피었다
가을밤 귀뚜리소리
다음날 단풍 고왔다

우리 기현이 내놔라 살려내놔라

망월동 구묘역에서 신묘역으로 이장
아들 유골 파내어 보았다
썩은 교복 안 다리뼈는 그대로인데
머리뼈는 가루였다
해골 바스러진 가루였다
진압봉 내려친
해골 바스러진 가루였다

기현이 엄마
이정애 여사
해마다
10년씩 늙어
호호백발이었다

우리 기현이 왔다
우리 기현이 왔다 배고프겠다
헛소리 호호백발이었다

청년승 정천

1955년

저 북녘 산악지대
총소리
폿소리 멈춘 1년 반
남쪽바다
벼랑 끝
보리암
갈매기도 올 수 없는 곳
아스라한 곳
거기 스무살 비구 정천
청담의 상좌
정천
외골수로 다라니경 주력(呪力)에 푹 빠진 나머지
문득 달빛에 비춰 제 음욕을 깨닫고
부엌 식칼로 고추를 잘라버렸다
피 뿜었다
한번 뛰었다가
쓰러졌다
마침 원주(院主)가 보고
그 정천을 업고 부랴사랴
산을 내려갔다

늙은 의사가 혀 차며 틀어막고 치료했다

두 달 뒤 병원에서
고추 없이 걸어나왔다

그 음욕 다 없어졌을까 아직 남아 있을까
나온 김에 고추 없이도 당당하게
창녀 방에 들어가봐

쯧쯧

밥 묵어라

지독하게도
80년 이래
5년 내내
10년 내내
17년 내내
20년 내내
지독하게도
두 아들 무덤에
밥 지어 버스 타고 와
그 밥 이고 와 차렸다
두 아들 무덤 앞에
밥 차려놓고
생시의 아들인 듯
큰소리로 말하였다
땅속 깊이
들으라고 말하였다

복원아
승원아 밥 묵어라
배고프지야
얼른 인나 뜨신 밥 한 숟갈 뜨거라이

비 오는 날에도
비 안 오는 날에도

두 아들 죽은 날
어김없이
두 무덤 찾아오는 어머니

밥 묵어라
배고프지야
뜨신 밥 한 숟갈 뜨거라이

1980년 5월 21일
작은아들 복원이
대한통운 하역작업 운전기사였다
나주에서
광주로 가는 시민군 운송을 자원
고속버스 몰고 가다가
매복 계엄군에 총 맞았다
피칠갑 주검으로 처박혔다

간밤 어머니의 꿈속
'엄마 나 좀 찾아줘'
하는 아들의 목소리에 꿈 깼다
꿈속의 아들 찾아나섰다
광주로 달려가
송암동 남선연탄공장 앞
길가에 쓰러진 버스 안에서

기어이 아들 주검 찾아내었다

리어카로
지나가는 승용차로
택시로 나주에 싣고 와
대호리 공동묘지에 묻었다
그뒤 망월동에 옮겨 묻었다

슬픔 아픔은 쌍으로 오는가

스무살 때부터 고질 병객이던
큰아들 승원이
아우 죽음에 시름겹더니
끝내 숨 놓고 말았다

새벽 세시 반이면
어김없이 지어내던 제삿밥이
한 그릇에서 두 그릇으로 늘어났다
어머니의 눈물은
세 배
네 배가 되었다

지독하게도
해마다 밥해가지고 찾아갔다

두 아들의 기일
어머니가 제삿밥 지어가지고 갔다
하루 내내
그 무덤가에 주저앉아
두 아들의 묵언에 대고
울부짖고
말하고
곤쇠 다 되어 중언부언
한 말 또 하고
또 하고
해 저물어 일어났다
지독하게도 발바닥 쥐 나며 일어났다
몸 다친 뒤로는
아침마다
저녁마다
방 안에
두 아들 밥상 차렸다

아가
아가 어서 밥 묵어라

지독하게도

돼지할멈

파주 금촌 가녘
납작집 스무 가호
비 오면
비 새는 집

새가 들었다가
나갔다가 하는
빈집

빈집 윗방 지붕 새어
청청한 밤
별도 내려와
기웃거리는 집

그런 집 저쪽 동네 있어
나이 예순아홉
절뚝발이 할멈 계시네
그 동네
금촌 밖 바릿댓말
아늑자늑한 동네
그 할멈
먹돼지 한마리 키우시네

돼지우리

마른자리 깔아주며
돼지하고 말하고
날호박 한 도막 띄운
뜨물죽 주며
돼지하고 말하시네

할머니 말
잘도 알아듣는
돼지인지라
어디 누워보거라
하면 벌렁 눕고
저 구석으로 가거라
여기 치워야지
하면 벌떡 일어나
저 구석으로 가
꿀꿀
두 코 이쁜 것 든다

남평 문씨 과부 30년
마을에서는
돼지할멈이라 하네

밤에는 그 과부할멈 집
지붕 위에

웬 퉁소소리가 나네
죽은 영감 넋이 와
부는 퉁소소리가 나네
돼지우리 돼지도
자다가 듣네
새벽까지 마음 들여 듣고 늦잠 퍼질러 자네

고규석

쌀 한 가마 번쩍 들었지
들어다
토방에 놓았지
내일모레 마흔살 먹을
담양 사내
담양 대밭
청대밭
바람소리
대바람소리
한밤중
허공 같은 가슴속
다 쓰는 바람소리
대바람소리

보리 한 가마 들었지
들어다가
곳간에 사뿐 놓았지
담양 대덕면 사내
고규석

이장 노릇
새마을지도자 노릇
소방대장 노릇
예비군 소대장 노릇

왕대 한 다발도 번쩍 들었지
들어다
트럭에 실었지
동네방네 이 소식 저 소식 다 꿰었지
싸움 다 말렸지
사화 붙여
사홧술 한잔 마시고
껄껄껄 웃고 말았지

누구네 집 할아범
노망들어
손녀보고
여보 여보 내 각시
그 노망도 알고
누구네 집 서울 간 막내아들
달마다 담배 사보내는 것도 알고
누구네 집 마누라가
영감 대신
논물 몰래 대어
옆논 임자하고 싸운 일도 알고
아니 아니
누구네 집 삽 두 자루
누구네 집 나락 열 가마

남은 것도 아는 사내
고규석

다 알았지
다 알았지
그러다가 딱 하나 몰랐던가

하필이면
5월 21일
광주에 볼일 보러 가
영 돌아올 줄 몰랐지
마누라 이숙자가
아들딸 다섯 놔두고
남편 찾으러 나섰지
전남대병원
조선대병원
상무관
도청
어디
어디
그렇게 열흘을
넋 나간 채
넋 잃은 채
헤집고 다녔지

이윽고
광주교도소 암매장터
그 흙구덩이 속에서
짓이겨진 남편의 썩은 얼굴 나왔지
가슴 뻥 뚫린 채
마흔살 되어 썩은 주검으로
거기 있었지

아이고 이보시오
다섯 아이 어쩌라고
다섯 아이 어쩌라고
이렇게 누워만 있소 속없는 양반

을동리 열녀비

아버님 그림 솜씨로
난초 그림이
안방에도
윗방에도 걸렸어요
소녀 이름도
아버님께서
난초야
초야
부르셔서
난초였어요

아버님
마흔셋에 돌아가셨어요
아버님 동문수학
고재면 진사의 아드님
고엽 총각을 지아비로
시집갔어요
소녀 나이 열다섯 적이었어요

시집가니
지아비는 고질 병객이셨어요
신방이 곧 병실이었어요
고름냄새가 코를 찔렀어요
심지어

시아버님도
시어머님도 들여다보지 않으셨어요
시집온 그날 이래
소녀는 그 병수발로
세월을 났어요 매미 울고 쓰르라미 울었어요
무슨 병이 이리도 괴이한지
하룻밤 새면
지아비 등허리 또 고름 가득 차
그 고름 입으로 빨아냈어요
병명을 알아내려
지아비 물개똥을 맛보았어요
한 해
두 해 가도
고름이 멎지 않고
지아비는 갈비뼈 앙상히 잠들었어요
하늘에 빌었어요
죽어가는 지아비 대신
제발 소녀를 죽게 해달라고 빌었어요
제 머리카락을 태워
지아비 고름 나는 데 발랐어요
제 넓적다리 살 도려내어
찌직찌직 구워
지아비에게 먹였어요
지아비 숨넘어갈 때

손가락 잘라
피를 먹였어요

죽어가다
살아나고
죽어가다
살아나셨어요

이렇게 7년이 지났어요

7년 뒤
지아비 눈감으셨어요
3년상 뒤
몰래 구해둔 아편 먹고
소녀도 지아비 뒤따랐어요

5년 뒤 마을 동구 밖 빈속 메스꺼이 열녀문이 세워졌어요

이숙자

고규석의 마누라 살려고 나섰다
이장 마누라
예비군 소대장 마누라
담양 촌구석 마누라가
광주로 나와
살려고
살려고 나섰다 버둥쳤다

광주 변두리
방 한칸 얻었다
여섯 가구가
수도꼭지 하나로
물 받는 집
방 한칸 얻었다

바느질품 팔았다
튀김장사로 팔 걷어붙였다
대창버스 차장 처녀들 상대였다
그리고 식모살이
식당 허드렛일
방직공장 3교대 근무
닭장사
가릴 것 없었다
닥치는 대로 일했다

남편 죽어간 세월
조금씩
조금씩 나아졌다
망월동 묘역 관리소 잡부로 채용되었다

그동안
딸 셋 시집갔다
아들 둘 대학 갔다
막내놈 그놈은
펜싱 선수로
아시안게임에서 금메달 걸고 돌아왔다

늙어버린 가슴에 남편 얼굴
희끄무레 새겨져
해가 저물었다
해 저물어 두부장수 방울소리가 났다

세월

다섯살 적
눈병 앓은 뒤
어린 장님이 되어버렸다

임주섭

그 아이가 보았던
엄마의
눈
코
귀
자장자장 들썩이던 입
아빠의 술냄새 품
강아지
강아지 인형
등불 밝힌 가을 은행나무들
경복궁이라는 곳
푸른 하늘
조각달
어떤 책표지의 큰 글자

이런 것들이
필사적으로
머릿속 가슴속에 박혀 있다가

그것들
하나
하나
하나
지워져
희끄무레해진 물꼬리 세월

어느덧 장님 임주섭 일흔넷
지팡이 더듬거리며
인도 가다가
빠른 트럭 지나간 뒤
휘청
쓰러질 뻔

그의 지팡이 휘청거린 뒤 거기가 동인지 서인지 몰라
땅바닥 콩콩 찧는다 어느덧 일흔넷

빨강
노랑
파랑
까망
이제 필요없다 이제 되었다

기남용

부모 곤궁하였다 비 오지 않고 비꽃 몇방울이었다
배운 것 없이 자랐다 하늘천 모르고 하늘까지였다
큰마음 먹고
이모부가 피복가게 차려주었다

그해 결혼했다 아기 낳았다 여기까지 오달진 삶이었다

5월 18일
거리에 나섰다
이모부가 달려와 말렸다
아내가 말렸다

5월 20일
고향 장성으로 피난길 나섰다
피난길
아기의 기저귀가방 놓고 와
발길 돌려
기저귀가방 가지러 갔다가
시위대에 빨려들었다 씌어댔다

5월 21일
시위대 트럭 타고
도청으로 달려가다
총 맞았다

조수석에서 굴러떨어졌다
얼루기들이 달려들어
대검을 박았다
가슴팍
피 뿜었다
진압봉 날아왔다
머리통
뱃구레 마구 두들겨맞아 뻗었다
숨졌다

고향에 간 젖먹이 아들 어이하나
그 젖먹이 엄마 어이하나
하늘에
하늘 천자 있을 리 없어
어이하나

단군 부자

생쑥 한 심지 먹고
마늘 스무 통 먹고 속 아리며
삼칠일 스물하룻밤 견디어내니
곰이
사람이 되었다 하네
곰색시가
나긋이 사람색시 되었다 하네

오 세계는 세계화신이거니

그 색시 맞아
허벌나게 좋은 첫날밤 뒤
신랑 환웅의 씨 들어
낳은 아들이
단군
턱에 수염 돋으니 벌써 삼이웃 늠름하셔라
저 강물 냉큼 건너다
하백의 딸 요친(要親)을 만나
언덕배기 굴속으로 가
한몸이 되니
환웅이 물려준 자리 앉아
머리에
새깃 관을 올리셨다 하네
이로부터 단군 천오백년

갑이 말하고 을이 말하니
뱀이 물장구치네

남용이 고향

방울새 울음 가고
뜸북새 울음 오는
모내기철
바뻐라
바뻐
지렁이도 불러내야지
저만치 뜀뛰어 간
청개구리도 불러야지
바뻐라
바뻐
그놈들 불러다가
모내기해야지

그렇게 바쁜 철
하필 초파일이라
절마다
석가여래 탄신일 등 달아
바뻐라
바뻐
밤에는 등불 환히 밝혀놓아야지요

허나 광주는 지금 모내기고 부처고 뭐고 없이 지옥이란 말이시

아버지는

벌거숭이 아들 주검
팬티 걸친 주검 보았다
거적때기 요에 누워 있었다
태극기 이불이 덮여 있었다

아들 묻었다

논 한 마지기
동네사람이 모심어주었다
여름 내내
거름도 내주었다

옆동네
아들 잃은 영감과 만나
소주 한병 나눠마시며
서로 서럽고
서로서로 서러움 달랬다

실컷 바빠라
이놈의 세상 박살나
바빠라
바뻐

부여의 시작

저 북방 흑룡강가 삭리국(索離國)에
애비 없는 자식을 밴
에미를
그 나라 임금이
때려죽이려 하다가 말았는데
죽을 뻔한 그 에미가 낳은 자식이
덜렁
알 하나라
임금이
그 알을 돼지우리에 던져버리라 해서 버렸더니
돼지 내외가 감싸안고
이번에는
마구간에 던져버렸더니
말도
쿠르르쿠르르쿠르르
애지중지 보살피기에
에라잇 내비둬라
그대로 내버려두었더니
여덟 달인가 열 달인가 지나
아이가 태어났으니
어쩌나
어쩌나
사람 형용으로 자라났으니

자라나
활 솜씨가 으뜸이라
이놈 무엄쿠나 위험쿠나 하고
싹둑 없애버리려는데
용케 알고
어휴 남으로 남으로 고삐 놓아 달아나
송화강에 이르러
송화강
늙은 거북 타고 속 타며 달아나
후유 한숨 뒤
열일곱살로
새 세상을 여니
부여국이라

세상의 닭알들이여 새알들이여
어서 태어나
애비 없는 자식이여
나라 잃은 땅에
나라 세워라 빼앗긴 나라 찾아라

때는 1926년 북풍한설의 어느날

김광석

해남 계곡면
솔밭 솔바람소리
그 한겨울에도
누운 배추밭 푸르렀다
배추밭 흙 물렁
그 물렁한 고향에서 국민학교 나오자마자
광주로 왔다
광주북중
광주일고
전남대 법대

형은 전남도청 행정공무원
아우는 학생운동에 앞장섰다

어쩐다냐
어쩐다냐

형이 다그쳐
고시공부 열심히 해라
검사가 되어라
판사가 되어라

어쩐다냐

이런 말 털어내고 아우는 거리에 섰다

형이 다그쳐
절에 가 공부해라
절에 가는 척
책 싸다 말고 아우는 달아났다
형이
돌아와
돌아와
마구 불렀다
아우는 못 들은 척 달려갔다

어쩐다냐
어쩐다냐

5월 21일
도청 앞 금남로
30만 시위대
계엄사 협상하는 척
돌연 계엄군 무차별 발포
아수라장
거기서 아우 쓰러졌다
총 맞은 사람 구하려다
도리어 가슴에 총 맞았다

어쩐다냐

다음날 형이 아우 찾아나섰다
적십자병원 거쳐
전남대병원
거기 누워 있었다

어쩐다냐

송장냄새 꽉찬 숨찬
상무관 빈소
그뒤
청소차에 실려가
망월동에 묻혀버렸다

어쩐다냐
어쩐다냐

전남대 법과대학생 김광석
내 동생 광석아 광석아

어쩐다냐

새깃 풍류

내 첫 조상이
거렁뱅이가 아님
내 첫 조상이
누구네 행랑방 더부살이가 아님
내 첫 조상이 행여
어느 고약한 상전의 종이 아님
아니
아니
내 첫 조상은
그냥 아무나하고
엇비슷한 여느 모습 아님

각별하심
월등하심
유별나게 신성하심

그래서 내 첫 조상께서
이 세상에 오실 때는
그냥 어머니 태로 나오지 않고
오색구름 속
신선으로
무엇으로
내려오심
아니
아니

특별히 알 속에서 나오심
알 대신
알의 자손임
닭새나
새의 자손임
하늘 제석천의 아드님
환인의 아드님
환인의 손자님으로 내려오심
그런 하늘과 통하는
거룩한 새깃이라
닭새깃을
닭벼슬
닭날갯죽지
닭대가리의 몸을 뜻하여
고대 금관도
끝내 새깃 꽂은 금관임

어디 임금뿐이냐
따라서
여러 상류들도
중류들도
새깃 꽂고 다님
그러다가
사랑하는 처녀한테도

그네 머리에
새깃 하나 꽂아드림

이 깃이
멀리멀리 소문나
저 서천축 거기까지 소문나
거기 말로
쿠쿠타라는 닭이라
스발라라는 귀하심이라
이 귀하신 이
닭벼슬 닭깃 꽂음을
고대 범어로 쿠쿠타스발라(矩矩咤㕦說羅)라 하여
신라라는 나라 곧
쿠쿠타스발라였더라 함

그 신라 이웃
백제 무령왕 무렵
백강 기슭 석양머리
우발(于發) 총각이
을성녀(乙聲女) 머리에 닭깃을 꽂으니
스르르르 그녀 허리띠 풀어졌느니
그날밤
천년만년 아슬아슬히
아기의 씨 들었느니

광석 부모의 움막

아들 김광석 묻은 뒤
그나마
고향의 초가삼간도 뭣도 버리고 불 끄고 떠나야 했다

큰아들 유석이도
막내아들 만석이도
직장생활 편치 않았다
턱없는 불이익을 받아야 했다
폭도의 형이라는 딱지였다
폭도의 아우라는 멍에였다

죽은 아들 말 없고
산 두 아들 말 없으니
늙은 부모 양주
고향 떠나
맥없는 유랑생활
여기저기
하릴없이 떠돌다가
저 임진강 언저리
걱정이 나루
거기까지 가서 움막 치고
겨울밤 떨었다 떨다 얼어 잠들었다

어디 가도

폭도 자식을 둔 죄 내내 들러붙었다
어느때고 들러붙었다
어이 봄이 봄이겠느냐
지난겨울 언 몸
멍든 몸
못 먹고 못 입은 몸
벚꽃 날리는데
어둔 움집 벌떡 일어날 힘 없다

흰말

조선 정조
오래 할아범으로 증조 고조할아범으로 용상에 앉았던 영조 그다음
그 시대
지지리 가난의 사내
김희집
장가갈 수 없음이여
지지리 가난의 계집
신씨녀
시집갈 수 없음이여

대궐까지 그 사연 어찌어찌 들어가
나라에서
혼자(婚資) 내려
저녁 어스름 속
백설의 말 타고
장가가는 신랑 김희집
덩실하여라
장가에 이르러
초례상 위
닭 한쌍 놓여
시집가는 신부 신씨녀
애틋애틋 족두리 구슬 설레어라

과연 옛 은나라 시절 이래

과연 옛 단군 시절 이래
흰빛 섬겨
흰말 백설의 말 올라타
사뭇 거룩하여라
흰말에
자색(紫色) 단령
서각띠
두 날개 파르르
사모 쓴 신랑 사뭇사뭇 거룩하여라

과연 옛 계림 시절
흰말에
자색 알로
하늘의 아들 나와
땅의 닭 날개 밑
딸 나와
장차 자라나
열세살에 왕이 되고
왕후가 된 이래
그 이래
흰말 타고 자색 단령 걸치고
계룡 계림의 닭 홰쳐 오른
상 차려놓고
이쪽

저쪽
머리 숙여
그 모습 아리따워라

저 고려 후기 충선왕이
원나라 공주 데려올 때
납폐로 흰말 81필을 보냈느니
흰말로 하여금
새살림 열었음이여

그러나
무릇 이 거룩하올 아리따우실
저녁 어스름 혼례
거기까지일 따름
그 이튿날부터 신랑은 상전이고
신부는
부엌 살강 밑 묵은 계집 되고 마느니
세상의 골짝이란 골짝들 덩달아
앵돌아 서럽느니

유골

2만년 저쪽으로부터
2만년 이쪽으로 와 계시는군
완주 고산 지하 9미터 밑
엄마와 아기 거기 계시는군
목숨 건
들소 사냥 나간
아빠는 안 계시는군
굶어 돌아가셨나
얼어 돌아가셨나
하나가 먼저 병들어 돌아가셨나
뒤따라 돌아가셨나

유골 A
유골 B

부장품은 하나
컴퓨터 촬영 결과
국화 화석

히야 2만년 전 국화 한송이 와 계시는군

유골 A도 이름 없이
그냥 엄마
유골 B도 이름 없이

그냥 새끼

2만년 후 이름 붙여
하모 숙! 누구누구 엄마 숙이라
하자 동! 누구누구 자식 동이라
그 곁에
하국! 무슨 무슨 간절한 사연의 국화라
머리 위
그때의 하늘이라 오늘의 유구하신 하늘이라

한 풍경

고려사 열전의 살풍경
고려 공민왕 밀직부사 허유께서는
불행으로
밤의 음경 불임이셨다
가문의 씨 걱정이셨다

이윽고 가문 일가 어르신들 모였다
밤 이슥히
모인 자리
허유 당신께서도 고개 끄덕이셨다
허유 부인을
실한 종놈과 합방
씨를 배게 할지니
고개 몇번이나 끄덕이셨다

아기 낳았다 가문의 경사

아기 돌날
장황하기는 삼현육각마저 청하여
집 안팎 마을 안팎 잔치 울긋불긋하였다

날 가고 달 가는 동안
허유께서
아낙의 그 일

종놈의 그 일로
사나운 시새움 마구 불타올랐다
불타올라
그 시새움이 마구 시뻘건 미움으로 치달았다

아낙 머리끄덩이 잡아다가
두 귀때기 잘라내고
두 눈알에 송곳 박아 소경 만들었다

종놈 대령하여
두 눈깔 파내고
콧등 뚫어 고삐 꿰어 끌고
안마당 돌고
바깥마당 돌았다
자다가도 벌떡 일어나
종놈 끌고 아닌밤중 마당 돌았다

아닌밤중으로 모자라
종놈 양물을 잘라
마누라 입에 집어넣어
씹어 먹였다

그런 세월임에도
가문의 씨는

소경 되어버린 엄마 젖 먹고 자라났고
의젓이
허씨 종손으로 내세워
만천하
허유 어른의 적자
허준으로 자라나니
장차 조선개국 이지란 휘하 장교일러라

조선 오백년 내내
이런 일 하도 많아
점잖은 사초에 오르지 않았으나
이야기 이야기로
이 고을 저 고을
종가 대대
바깥씨 받아
안씨받이 난당이더라

진실로 씨께오서 한줄기 아님
이 씨께오서
저 씨께오서
삼가 만 줄기이심

김상구

다섯살 때 아버지 여의고
애옥살이 촌살림이라
초등학교 마치고
더는 공부 계속할 수 없어
자개공장 취직하니
사뭇사뭇 어머니가 기뻐하셨다
광주 공장에서
나주 집으로 돌아올 때는
버스값 한푼이라도 아끼려고
오십릿길을 어깨 송그리고 걸어다녔다

그런 고된 출퇴근으로
홀어머니의 보릿고개 끄먹끄먹 넘겨 하도 기뻤다

번듯한 기술자로
자개농방 반장이 되자
월산동 자취생활 시근벌떡 기뻤다
토요일 밤
집에 가는 길 하도 기뻤다

그런 상구가
5월 21일 아침
자취방 찾아온 친구와 함께
한 걸음 두 걸음 슬금슬금

시위에 나섰다
겁났다
겁 나갔다
한발 들여놓자
온몸 뜨거워져
마구 내달려가
숨찬 시위차량 타고 돌며
시위대열 앞장섰다 기뻤다

노동청에서 도청으로 향하는
시위대 맨 앞
오후 한시 도청 스피커에서
애국가 흘러나오자
계엄군 집단 발포

총 맞았다 풀썩 쓰러졌다 영 겁 나갔다

스물두살의 육신 펑 뚫려
홀어머니의 가슴 펑 뚫려

아이고바위

뉘라서 말하기 좋다 하여
영월 산천을
지붕 없는 박물관이라 하였던가 입방정이었던가

세모진 산들
아스라한 산들
그 산과 산 사이 벼랑져
회돌이
동강
서강
그리고 누구의 질기고 질긴 한(恨) 휘감긴 나루
거기 떼배 사공
예순일곱살 지부엽 영감
일곱살 적부터
아버지 사공 밑
떼배 상앗대 익힌 지영감

오늘은 막냇자식한테
나루 맡기고
서면 신천마을 관란정(觀瀾亭)에 간다
머릿수건 매니
열살이나 내려가
관란정 아래
아이고바위

거기 가서
아이고
아이고
아이고
아홉 번 곡성 내어 소리하니
저 건너 벼랑 칡꽃들 아이고아이고 운다
칡 잎사귀에 숨어 아이고 운다

오랜 세월

고을 수령의 학정을 한탄하여
아이고바위였다가
뒷날 단종 목졸려 죽은 이래
단종 기려
아이고
아이고
아이고
곡성을 잇더니

이제 지영감은
먼저 간 마누라
처음으로 만난 날 호젓이 새겨
그 그리움을
아이고

아이고
아이고
아홉 번 곡성으로 풀고 나니
울고 난 눈
울고 난 가슴속에서 나온
마누라 웃는 얼굴 물에 떠내려간다

여기서 백리 밖
원주 법천
강기슭
한숨바위 있어
한숨 쉬는 사람
형방이 잡아갔다 아이고

아니 여기서
천리 밖
무주 구천동
욕바위 있어
실컷 욕 퍼붓고 나면
탐학 사또 술 먹다 급체하여
급살맞는다 한다 ㅎㅎㅎㅎ 아이고

남편 김복만

우리 부부는 동갑내기여요 부엉이 솔부엉이여요
스물여덟살
벌써 쓴맛 알고
단맛 아는 나이
서른 턱밑이어요 부엉부엉 밤부엉이여요

세살 아이 아장거리고
세이레 지난 젖먹이한테
젖 물리는 때
무척이나 복되어요 새끼부엉이 둘이어요

현대교통 운전기사
남편 김복만은
인물 훤칠만칠이라
차장 처녀들의 눈길도 많아
그런 일로
내가 미리 단단히 명토를 박아놓기도 하였지요

그런데 5월 학살의 날들
군홧발에 짓밟히고
진압봉에 깨진
부상자들 실어나르다
공수 총탄 맞아 쓰러졌어요 부엉부엉 울음 끊기고 말았어요

이 소식 듣고 나자
제 몸에서
젖이 뚝 끊겨버렸어요
젖먹이 아기
젖 안 나와
칭얼칭얼 보채싸서
미음 먹였어요

친정어머니 장례 치른 게
엊그제인데
며칠 지나지도 않아
솔부엉이 남편 망월동에 묻었어요
꽃다운 내 젊음도 함께 묻었어요

이제 나에게 남은 것은
두 아이여요 두 새끼부엉이여요
죽음은 끝이지만
삶은 이어져
한 달 지나
두 달 지나
새로 젖 나와
젖먹이 자라났지요
세살짜리도
네살이 되었지요

친정식구들 재혼하라 어르지만
차마 그럴 수 없었어요
아까운 젊음이라고
여기저기서 재혼자리 나오지만
어리눅은 듯 모자란 듯
다 물리쳤어요

무덤에 가서
남편하고 구시렁구시렁 얘기하고 돌아오면
남편 닮은 아이들이
제 가슴 파고들어요
제 등짝 업혀와요
엄마
엄마
포개지는
두 새끼부엉이여요

약횡

아버지 정재원과
어머니 윤두서 손녀
해남 윤씨 사이에
4남 2녀가 나왔다
약현
약전
약종
약용

정실의 자녀

그러다가 정재원 소실 김씨
그 사이
서자 약횡(若鐄)이 있다

서자는 핏덩이 이래
적자 앞에서 무턱대고 죄인이고 하인이었다
어린 약횡이 글을 읽는 밤
어머니가
불을 탁 껐다

너는 이 어둠속에서 살아야 한다
양반글은
너한테 쓸데없다

아니
너한테 재앙이니라

그뒤로 약횡은
어머니 몰래 뒷산 가
글 익혔으나
글로 세상에 나갈 뜻은 결코 없어야 했다
의원이 되어
뭇 병이나 다스리며 살자 하여
약방 처방 통했다
그리하여
정실 형들이 급제하여
환로에 드는 시절
약횡은
의원이 되어
마을 병자들을 두루 돌보았다
차츰 소문이 나
원근각처 주야로
한양 운종가
천안 부여
하삼도에서
중병 환자 업혀오고 실려왔다

그때 배다른 정실 아들 약용이

배다른 아우 약횡을
아우야
아우야 그윽이 사랑하였다

아우야
너는 내 하인 아니다
내 죄인 아니다
내 혈육
내 형제란다
아우야
먼저 가난한 이부터 치료하거라
새벽 사대문 열리자마자
영의정 대감 댁 환자 보러 오너라
판서 대감 댁 환자 보러 오너라
하더라도 가난한 집 환자 보기를 청하거든
거기부터 가거라
하는 글도 써 보냈다

약횡은
이런 이복형 약용의 말을 동복형의 말로 따랐다

하기야 형 약용도
의술에 뛰어나
귀양살이 18년 뒤 돌아와

병든 순조 임금 보러 오라는
어명 받들어
대궐로 향하는 길
이미 임금 승하 소식을 듣고
돌아선 의원이었다

서울 남산골 의원 정약횡의 약은
명약이요
그의 진맥은
명진이요
그의 치술은
명술이었더라

밤중에는 홀로 퉁소를 불어
명가수였더라

형 약용 이승 떠나 묻힌 날
형님
저도 형님 따라 묻히고 싶으나
제 무덤이
어찌 형님 무덤 곁에 있겠습니까
슬프외다

비명횡사

스산하시다
1915년에 태어나시다
1910년에 태어나시나
1930년에 태어나시나
두루 매한가지이신 그이
1915년의 우연으로 태어나시다
어느덧 예순다섯이시다

김명철 할아버지

5월 그 피의 나날의 어느 떠앗머리 없는 하루

월산동 본가에서
제금난 아들네 집
광주천 빨래터 건너
서동으로 가
아들더러 며느리더러
부디 밖에 나가지 말거라 일러두고

월산동으로 겁내어 돌아가는 길
광주천 다리 건너
무등갱생원 앞
거기서
난데없는 곤봉세례

얼굴 한쪽이 떨어져나가시다
피범벅으로 쓰러지시다

무슨 필연의 연기 나부래기로
우연으로 태어나서
이런 우연의 연기로
이 세상 무지막지하게 남은 세월 접고 세월 다하시다

김명철 할아버지

88세 그녀

전북 익산 삼기면 용연마을
도토리같이
솔버섯같이
각시풀같이
개똥밭 씀바귀같이
그네는
그냥 태어났다
때까치같이
그냥 살았다
불개미나 왕개미
흰나비나 호랑나비로
집쥐로
들쥐로
산에 산에 다람쥐로 올빼미로 풍뎅이로
그냥 살았다

어쩌다가 사내 만나 거미줄에 걸려들어
아이들이 생겼다
아이들이 자라나도
사람이기보다
벌레이고
산짐승이었다

누가

어디서 태어났어 하면
까치말인가
무슨 말인가
아득히 마을 이름 떠올랐다
무슨 말이던가

어쩌다가
낮달의 날 저물어
초저녁에 슬그머니 빛나던 달이고
어쩌다가
송가 만나
그냥 살았다 걸려들어 살았다
살아온 곳
그곳이 용연마을이라

면사무소 직원 조경주가
물어
물어
물어
태어났다는 까치말 알아보았으나
헛걸음이었다
호적에 없으니
투표권 없고
기초생활지원금도 없는

뜬구름 할멈

이빨 없는 잇몸
잇몸 없는 입
그 입 달싹달싹 살아 있는
그 평화

아 평화란 이렇듯이 그냥이라
무식
무심 그냥이라
한쪽 어깨 꺼진
그냥의 세월 88세

새삼 법원에 창성(創姓) 허가신청서
내고 본즉
새삼 무슨 놈의 이름 석자
권영희라는 성명을 받자왔다
법원 서기 성씨가
마침 권씨라
그 권씨를 받자왔다
영희는
지나가는 아낙 이름 그대로
영희였다

그런데
태어난 해와 달과 날 통 몰라
대강 보릿고개 무렵이라 해서
5월 8일로 되었다

88세일까
89세일까
90세일까 몰라
백년 산
개구리인지 맹꽁이인지 몰라

분향

망월동 묘지 합동장례식
아버지 영정 앞 분향 아홉 줄기 열한 줄기 연기 피어오르는구나

고창 고인돌마을로 시집간 누나
긴 울음소리
서울에 사는 형
짤막짤막 울음소리

고창도
서울도 못 가본 아우인 나
입술이나 깨물어
피 묻은 입술 들썩여 꺼이꺼이 울어야 하는구나

이제 아버지의 관
흙속에 내려가는구나
흙 한삽 두삽 덮이는구나
봉분 위
해가 기우는구나
울음소리 더 나오지 않아도 되는구나

딸 하나
아들 둘
새로 이룬 아버지 무덤 동싯한 무덤
울음 끝에

한참 바라보는구나
다른 데도 바라보는구나

가자
형이 일어나며 말하자
내가 일어나는구나
누나는 한동안 더 있다가 일어나는구나

제각기 돌아가는구나 이승은 저승 그 너머구나

숲

숲은 허벙저벙 두려운 곳
숲은 누군가가 저벅이며 오는 곳
숲은 거짓 없는 곳
숲은 누구와 누구 만나
숙연하게 맺는 곳

숲은 거룩한 곳

환인은 박달나무
왕검은 박달나무숲이오며
하나라는 소나무숲
은나라는 측백나무숲
서쪽 주나라는 밤나무숲이오며
그 나라의 신 늘 머무는 곳

신라는 소나무숲
계림숲
조상신령 머무는 곳

어디 계림뿐이랴
강원도 허리
해마다
뒷동산 민둥산에
나무 심어

그 나무 숲 이루어
밤마다 치성을 드렸더니
5대독자 아기가 태어났으니
그 아기 이름
숲
소벌
서벌
서울로 이어지니
얼씨구 임경(林京)이라 지었더라

그 아기 자라나
숲 못 떠나고
산
산비탈 못 떠나더니
끝내
사변 뒤
북위 38도선 이북 북한땅이던 것이
휴전 뒤 남한땅 되었다

거기 산비탈에
뱀막 쳐
뱀 7백 마리까지 길러내어
뱀탕집
뱀 대어

234

아들 형제 대학 보냈다
딸 시집보냈다
5대독자가
6대독자 면하는
두 아들 두었다

이제 숲은 그저 그런 곳
내 조상신령이고
나라 조상신령이고
다 나간 곳
잎새들
제 뿌리 위로 내려가는 곳 뱀 길러 파는 곳

김선호

스칸디나비아처럼 고개 숙여
포마드 머리였다
라틴아메리카 여러 곳처럼
마음속 복잡다단이었다

한여름 삼복 말고
오세아니아 섬들인 양
구름 노니는
그 중복 말복
불볕 말고
늘 넥타이를 맸다
넥타이 50개

김선호

충장로 로즈양장점 주인
그가 지나가면
충장로 신사 지나간다
여기저기서 손가락질한다

김선호

1남 2녀
바느질도

반찬도 잘하는
아내와의 행복 알뜰살뜰

충장로 무등맨션 402호
집에 들어오면
반드시 한복으로 갈아입는다
기생오라버니 저리 가라
마고자도 입는다

신문 보고
TV 연속극 본다

이런 하루하루 잘 넘어가다가
이크
5월 21일 총소리에 놀라
가족 피난 나섰다가
엘리베이터 앞
공수부대에 쫓긴 학생 둘
옥상으로 올라가라 이르고는
가족들 데리고
다시 집 안으로 들어왔다

그만하면 되었던 것을
학생들 어찌됐나 걱정되어

옥상으로 올라가다
총 맞아
비상계단에 쓰러졌다

어이없다

아내
울음도 꽉 막혀 나오지 않았다

김선호

수로의 꽃

서라벌에서
동해 바닷가 멀고 먼 길
바람 새로워라
강릉태수 지아비
임지로 가는 길

지아비 먼저 가고
몇달 지나
지아비한테 가는 길
바람 새로워라

가마꾼 가다가 쉬고 가다가 쉬었다

동해 파도에 넋 잃어라
동해 용에 가슴 두근대어라

삼척 해돋이 벼랑
거기 쉴 참
동해 늙은이
아름다운 태수 부인 수로에 망령들어 넋 잃어라
들입다
벼랑 타고 올라가
아슬아슬
그 벼랑 위

철쭉꽃 꺾어
아슬아슬
목숨 걸고 내려와

이 꽃 받으소서
수로부인이시여
수로부인이시여
부인의 아름다움이
세상의 아름다움이외다
감히
이 두메 벼랑 밑
늙은 나무꾼한테도
세상의 아름다움 누려주시니
산 은혜이시어라
바다 은혜이시어라
부디 이 꽃 받으소서
이 마음 받으소서

수로부인 눈 지그시 감은 뒤
그 철쭉꽃 받고
북으로
북으로
강릉 가는 길
가슴 닫으며 가슴 풀어헤치며 뒤돌아다보며 떠났다

240

그뒤 사나흘간이나
동해 전체의 파도 묵연히 멈췄다

수로부인의 달뜬 몸이시여 만 송이 꽃내음이시여

김영철

일곱 남매 중 가장 똑똑했다 영철이 너
중학교 고등학교 내내 우등생이었다
그런데도
그런데도
집안 어려워 대학을 포기하고
고등학교 마치자 바로 군대 갔다

중부전선 화천 졸병생활
술도 못한다
담배도 못한다
여자도 통 몰랐다 파리는 알아도 파리채는 몰랐다 영철이 너

1980년 5월 4일 제대하여
5월 17일
광주은행 입사시험 치렀다
5월 21일
합격여부 알아보러
광주은행 찾아가는 길
하필 제일은행 앞거리
거기서
총 맞아버렸다

자

이 김영철이 죽자
남은 여섯 남매가
보상금 1억원 가지고
서로 티격태격이었다
부모가 물려준 논밭 팔아
제몫 먼저 챙기겠다고
서로 머리 돌리고 등돌렸다

그 오순도순
두레소반 둘러앉은
형제자매들
저녁 마당 달 떠오르는 평상 위
형제자매들

다 흩어졌다 오직 무덤만 남았다 영철이 너

매화당

여기서 끼닛거리 끼니걱정 말거라
여기서 투전판 잃은 돈 생각 말거라
빈손이거라

조선 전기 선비 강희안
『양화소록(養花小錄)』 거기 보노라면
그분께서
즐겨온 꽃은
거의 나무꽃이었다

매화
석류화
단계화
백일홍
동백꽃 나무꽃이었다

예로부터 꽃 일등품은
아쭈
현란하고 농염한 꽃 아니라
운치
격조
절개를 뜻하는 꽃이었다
아름다움보다
격조 절개를 더 섬겼다

그리하여
수국은
아침 꽃빛 낮 꽃빛 저녁 꽃빛
달라진다 하여
그 표변이
선비의 것 아니어서
아쭈
선비 사랑채 앞에 기르지 않았다

눈 속의 매화
늦서리 가을 국화
필 때 오므릴 때의
아침저녁이 또렷또렷한 연꽃
이런 꽃으로
자신의 뜻을 삼았다
그리하여
장미 대신
봉선화 접시꽃 함박꽃 옥잠화를
마당꽃으로 삼았다

그런데 한말
강화 양명학과 정소남은
별당 앞에
장미넝쿨을 올리고도

왜에 기울어지지 않고
노론 성리학의 안병주는
온통 울밑의 매화나무에도 불구하고
왜의 작위 받아
아침마다 동쪽에 대고
천황폐하께 사은배례를 이어갔다

안병주의 아들 용호가
토오꾜오 유학에서 돌아와
아버지의 인감 훔쳐
경기도 용인땅 1만평
전라도 임실땅 5만평을 팔아
냅다 만주로 건너갔다
북만주 치치하얼
그곳 동포를 규합하였다

과연 아들 대에 이르러
매화의 기상 죽었다가 살아난 것인가
해방 후
서울 재동 안병주가는
좌익 재건파 청년대 본부가 되었다

만주로 간 용호 돌아오지 않았다
용호의 아내와 딸

한강 건너
흑석동 빈민굴에 살아 있었다

1950년 후퇴 때도
1951년 후퇴 때도
북에 있다는
안용호 소식 없었다
북에도 없다는
안용호 소식 아무데도 없었다

꽃은 꽃이다 무정하여라 사람은 사람이다

유족 풍경

광주학살 유가족
광주항쟁 유가족
5공 회유책
묘지 이장 댓가로
1천만원 준다 하더라
그 찬성 패거리
그 반대 패거리
서로 원수가 되더라
망월동 묘지를
고향 묘지로 이장하면
직장 보장해준다 하더라
그 찬성 패거리
그 반대 패거리
네놈들은 무슨 개 같은 지조냐
네놈들은 쓸개도 없느냐
자식 죽음 팔아
전두환의 개가 되느냐

이러코롬 유족회가 갈라지더라
부상자회 갈라지고
행불자가족회 갈라지고
항쟁참가자회 갈라지더라
무등산 아래
5·18 관련단체

저항단체
어용단체
수십개로 불어나더라
망월동 묘지 사수파
즉 살인마 전두환 저주파
날이 갈수록
달이 갈수록
해가 갈수록
밤마다 가톨릭쎈터 앞거리
모이는 사람
줄어가더라

세월이야말로 반역이더라 돈이야말로 원수와 원수더라

이런 회유 이간 아니라도
분실과
본서 탄압으로 공갈로
모이는 사람 줄어가더라

유족회 회장 전계량의 부인
잠 못 이루며
염량세태 한숨짓더라

저녁 먹은 것

까딱하지 않고
그대로 담겨
속 답답하더라
트림 나오며 서럽고 서럽더라
멎은 한숨
또 나오며 원통하고 절통하더라
잠깬 남편의 얼굴
아이고 반쪽의 반쪽 얼굴이더라

함석창

어디에 새록이는 아이의 숨소리 있는가
모진 밤바람소리
그 바람소리 속 헌병대 호각소리

그런 압록강 끄트머리 용암포 날이 샜다
신의주 용암포
거기 일찍
예수교 만난 사람
함형택 일가
새벽기도 간절하였다

그의 아들형제
함석헌
함석창

장차
형 석헌은 현해탄 건너 토오꾜오로 가
토오꾜오 고등사범학교 유학
조금 뒤
아우 석창은
현해탄 건너 큐우슈우 후꾸오까 건너가
큐우슈우 제국대 영문과 유학

형제는 기억력이 뛰어났다

방학 귀향 며칠
형제는
압록강 끝
서해바다 끝
그 두 물 민물 짠물이 만나는 곳
겁없이 송장헤엄 잘 쳤다

그러나 조선의 황소
제짝 찾는 영각소리의 땅 여기

너 어디 있느냐
너 어디 있느냐

이런 영각을
형은 듣고
아우는 못 듣는다

귀국 이후
형의 길은 차츰 반일의 가시밭길
아우는
창씨개명 오오하라(大原錫昌)
친일의 길
만주제국 안동성 부성장으로 떵떵거리며

아주아주 형을 끊었다

형은 영(靈)의 만나
아우는 현실의 밥

아우는
안동
신의주를 주름잡고
형은 유치장에 갇혔다

형은 백일몽을 꾸는 사람이야요
일본 가서
일본도 못 본 사람
아버지 임종도 못한 사람
가족도 현실도 모르는 사람이야요
형은 독불장군이야요

누군가 침 탁 뱉고 말하기를
함석창은 조선사람으로 태어나
조선을 못 본 사람이야요

아도

고구려 처녀 고도령이
고구려에 온
위나라 아굴마와 검붉은 정을 통하여
아기를 낳았다

여기저기 눈총 속
아기 젖 먹이며
별을 보았다
아기 울음소리 컸다

그 아기 다섯살에
절에 맡기니
11년 뒤 위나라로
아버지 아굴마를 찾아갔다
거기서
격의불교 현창(玄彰)의 제자가 되어
3년 뒤 환국하니

어머니가
여기 머물지 말라
남으로 가라
한달 한달 쌓여
3천 달 지나면
거기 크게 이루리라 어서 가거라

어머니 뜻 따라
남으로 남으로 발길 닿는 곳
낯선 신라 서울 밖
해코지 피하여
일선현
모례네 집
늦가을 여치소리 속 숨어 있었다

그러다가
미추왕의 딸 성국공주 병을 다스려
절을 세웠으나
미추왕 뒤
다시 모례네 집에 숨어 있었다

그 집 골방에서 스스로 목숨 끊었다

모례
모례의 누이 사씨(史氏)
두 오누이가
그뒤로
아도(阿道)의 법 이어
신라 각처에 그 새 법 퍼져나갔다 죽어야 사느니라 태어나느니라

고려 희종

고려 제21대 왕
재위 7년
성은 왕
이름은 처음에는 덕(悳)
뒤에는 영(韺)
선왕 신종의 맏이로
선왕 양위로
1204년 대관전에서 즉위하였다
그러나
무신 최충헌의 시대 들어서자
최를 죽이려다가
실패하여
도리어
강화도 귀양살이
자란도 귀양살이
다시 교동도 귀양살이
이미
이름뿐인 왕위 그나마 빼앗긴 채
개경으로 돌아와
딸을
최충헌의 아들한테 시집보냈다
최충헌 다음
최우의 시대
복위 음모가 있다 하여

다시 강화도 귀양살이
교동도 귀양살이
그 교동도 암자 법천정사에서
이승 마쳤다

그의 56년 생애 중
23년 왕자
7년 왕
26년 고독
그만하면 되었다

1백 60년 뒤
그의 능 파헤쳐졌다
뼈들이
어지러웠다
두개골이 발뼈 곁이고
엉덩뼈가
어깨뼈 곁이었다
묻혀 미쳐버리셨던가 백골 발광이셨던가

이광영

혜봉스님이었다

5월 19일

폭도
불순분자
빨갱이
김일성 충성분자

원각사 혜봉이 슬금슬금
이런 '역적' 부상자들 구호에 나섰다
공수부대 만행에
분노한 시민들과 함께
구호에 나섰다

이 중놈이
이 중놈이
이 중놈도 폭도야
폭도 구호한 놈도 폭도야

체포된 2백여명 팬티 바람으로 엎드려뻗쳤다
군용트럭에
오징어로
동태로 엮여 실려갔다

일주일을 굶겼다
네놈들 때문에
며칠이나 굶은 줄 아느냐

날마다 맞고 채었다
이 빨갱이 새끼들
네놈들 때문에
며칠이나 잠 못 잤다 마구 두들겨팼다

그날 광주 31사단만은 사격명령 거부하고
군
관
민
하나가 되었다

그러나 구호활동하다 끌려온
혜봉
무릎 망가져
무릎 못 폈다

혜봉의 속명 이광영
뒷날 어찌어찌 풀려나와
혜봉으로 돌아가 산중에 있다 밤 두견새 소리에 한 소식 깨쳤다

프란체스카 리

프란체스카 도너
나이 33세
오스트리아 빈 교외
인서스돌프의 사업가 아버지의 맏딸
빈에서 공부한 뒤
젊은 운전사와의 짧은 결혼생활
때려치우고
독일
스위스 머물렀다

스위스 제네바에서
한 남자를 만났다

먼 동방
먼 동방 식민지 남자를 만났다
어느새 60세 턱밑
이승만을 만났다

그녀가 식민지 한국을 가여워하고 있었다
그녀가 침략자 일본을 미워하고 있었다
그녀가 까닭없이 택없이 아시아의 고통을 걱정하고 있었다
1933년
일본의 만주침략을 알고 있었다
제네바 국제연맹 회의장

거기에 온 이승만을 만나
스물다섯살 차이
누구 하나 거들떠보지 않는
난데없는 사랑이 시작되었다

다음해 대서양 건너
미국 뉴욕으로 와
이승만의 신부가 되었다 재혼이었다 토스트가 맛났다

둘 다 재혼이었다

미국 본토 한인동포
하와이 동포들
독립운동가가 양색시 웬말이냐고
독립운동가가
남의 나라에서
여자나 탐한다고 분분하였다

1945년 해방된 한국에 건너왔다
돈암장
이화장 살다가
경무대 안주인이 되었다

경무대 바깥주인

옛 마누라 안 보고
안주인
고국 빈 교외 일가친척 안 보았다

대한민국 국민들
오스트리아를
오스트레일리아로 잘못 알고
호주댁이라 수군거렸다
한국전쟁 후기
미공군 그라망 전투기 다음
세이버 제트전투기 나왔을 때
이승만 처갓집 비행기라고
호주기라고
이승만 처가 덕 본다고 잘못 알고 있었다

해진 양말에
전구알 넣어
양말 구멍 메우는 바느질이었고
이승만의 넋이고 그림자였다
둘의 찰떡궁합

하와이 망명
여든 몇살 남편 돌보다가
남편 떠난 뒤

박정희 시대 돌아와
첫번째 수양아들 효도 중단 이래
두번째 수양아들 효도로 살았다
1992년
아흔두살의 긴 일생 마쳤다

프란체스카 도너 33년
프란체스카 리 59년

김정선

지난가을 유난히 길었다
산줄기 뚜렷한 낮
아직 더웠다
올봄은 유난히 짧다
진달래 철쭉
한꺼번에 나왔다

무등산 바람 자고
무등산 밑 광주 바람 인다

광주 어느 집
여섯 남매
기우뚱 밥상 둘러앉으면
여섯 밥그릇
눈깜짝할 사이 비워낸다
비워내고
서로 바라보며
여섯 웃음 오고 간다
진실로 이런 가난이 행복일 것

저만치 물러나
여섯 남매 바라보는
어미아비
슬그머니 웃음 주고받는다

진실로 진실로 이런 가난이 행복일 것

여섯 남매의 셋째이자 장남
김정선
나서는 길 당당하다
아버지
어머니 계시었다
누나 둘
동생 셋 있다
밤중 돌아오는 길 당당하다

가까스로 중학교 나와
낮에는 선반공
밤에는 야간고등학교 학생이었다

찌직 찌찌직
하루내 지겨운 선반작업
귀 멍멍해도
첫 월급 받아
아버지의 소주와 담배
어머니의 콜라
동생들 학용품과 과자봉지 사들고
돌아오는 길 당당하다

그해 5월 군인이었다
광천동 무기고 지키는 방위병이었다
제대 열흘 앞두고
5월 21일
계엄군 공수부대 학살작전 벌어졌다
시민들이 차량 앞세우고
무기고로 들이닥쳤다
시민들 막다가
끝내 시민군에 동참
시민들과 함께 차를 타고
도청으로 달려갔다 사라졌다

다음날 가족들이 찾아나섰으나
어디에도 흔적 없다가
13일 뒤에야
망월동에 묻힌 시신 찾았다

두부 및 전신 타박상

당당한 삶 중단

아직 죽지 못한 신하

우락부락한 산
말없이
민틋한 산
솟은 산
돌아앉아
귀먹은 산
그런 산골짝 흘러
개울이라
내라
강이라 하더이다
기구하여라

기구하여라
나라 운세 기울어
기구하여라
나라 산하
평생 운세 기울어
기구하여라

이런 사람
저런 사람 가운데
어떤 사람
기구하여라

홍만식

하필
영의정 홍순목의 아들
하필
개화당 홍영식의 형이라
새벽 옷매무새 단정하고
국정 서무와 외직 선정으로
참판에 올랐다
장차 판서에 오를 즈음
아버지 삭탈관직으로
그 아들도 사직하였다
기구하여라

이어서 아우 영식이
김옥균
박영효 등과
갑신정변 삼일천하로 실패하자
아우 영식 역적으로 처형
아버지 자결
자신도 자결 실패
기구하여라
기구하여라

그뒤로는
동지중추부사 제수
관찰사 제수
여러 벼슬 제수 독촉 다 사절해 마지않았다

민비 시해
단발령
이런 변란으로 비분강개
다시 자살 미수
그뒤 벼슬 제수 독촉 또 사절하고 또 사절하고
사절 상소 그때마다
아직 죽지 못한 신하[未死臣]라 죄인이라 자칭하였다
그러다가
1905년 을사조약 강제체결로
세번째 자결이 이루어졌으니
세번째에야
아직 죽지 못한 신하의 이름 떼었구나
기구하여라
기구하여라

고종의 추증
승정대부 참정대신
기어이
지하에서 추증사절 상소 올리런가

잠든 무덤 언저리
무슨 소리가 구시렁구시렁 났다

하현 조각달이 더 내려와 환하였다
산천도
인걸도
두루 기구하여라
기구함으로
한세상 있다 갈 만하여라

쑥꾹
쑥꾹

김정선의 어머니

두개골이 네 조각 나버렸다
왼쪽 귀 떨어져나갔다
두 눈알도 빠져버렸다
허리뼈 으스러져 가까스로 셋 남았다
오른쪽 다리 절반 잘려나갔다

늠름하던 아들 가슴 떡 벌어진 아들 네거리 동상 같은 아들
어디에도 없다

내 아들 아녀
내 아들 아녀
내 아들 아니랑께

산을 보아도
산이 보이지 않았다

선반공 시절
사고로 잘린 오른손 중지 그것으로
아들 신원이 밝혀졌다

말할 것 없이
써둘 것 없이

내 아들이여

내 아들이여
내 아들 맞당께

그 김정선의 아버지 4년 뒤 눈감았다
그 김정선의 어머니
4년 뒤
9년 뒤
눈물범벅 눈병 고질로 죽지 못하고 살아왔다

고향 고흥으로 이장하면
돈 천만원 준다기에
그 돈 받고
아들 무덤을
5월 무덤에서 고향 무덤으로 팔아넘겼다

전두환 노태우 뒤
다시 그 무덤
5월 무덤으로 이장했다 면목없다
눈병 도져
어느날은 산이 보이지 않고
어느날은 산이 보였다

무등산이란 있다가 없다가 하는 산

장희빈

두견 우는 소리도 안 들렸다
새벽 두 홰째 닭 우는 소리도 안 들렸다
감창 절정
몸 휘감아
몸 녹여낸 밤

다음날 아침

한낱 궁녀가
숙원이 되고

몸 녹여낸 밤
다음날 아침
소의가 되고

몸 녹아난 밤
다음날
아들을 낳으니

다음날 아침

몸과 마음 다 녹은 상감마마께서
소의이다가
희빈이 되고

기왕의 중전 폐하고
새 중전이 되었다 나라어미가 되고 말았다

허나
그 몸놀이 끝이 있으매
중전에서
다시 희빈으로 내려갔다가

끝내
그 빛나던 몸에 칼 박혔다

몸과 권세 칼 박혔다

숙종을 이기고
민씨를 이기고
송시열을 이기더니

왕
왕비
일러 해동주자
벼슬사부님 다 이기더니
더 이길 수 없는
죽음

그대 몸이 그대 죽음을 이기지 못하였구나

민들민들 미풍 일어
백년 뒤 폭풍이구나

열여덟살

누구냐고요? 내가 누구냐고요?
어디서 태어났느냐고요?
부모는 누구냐고요?
성은 무엇이냐고요?

몰라요

길가
질경이 잎사귀한테 물어보셔요
네가 누구냐고

누가 세어보았는지
나는 열여덟살이래요
햇내기 때인가
열세살 때인가
서울 녹번동
시립아동보호소
그 감옥에서 도망쳐나왔어요
무턱대고
남행열차 탔어요
그 도둑차
그 밤차로
송정리라는 데
광주라는 데까지 갔어요

이렇게 시작된 내 인생이었어요
남광주역
거기가 좋았어요
대합실 걸상에서 자고
역전에서
한푼 두푼 타내었어요

먼지 먹은 가로수 버드나무도 한식구이고
쓰레기들
쓰레기에 모여드는 똥파리들도
별수없이 한식구였어요

삼학소주 달고
진로소주 썼지요
일찌감치 술병 앞에 앉았어요

그러다가 술꾼 껄쇠어른한테 끌려가
껌을 팔았어요
껌팔이로 시내 떠도는데
누군가가
너 이리 와보아 해서
따라간 데가
방림동

소년재활원이었어요
형과 아우들이 있었어요
50여명이었어요

거기서 새 삶의 구두닦이가 되었어요

열여덟살의 그해 5월
구두 닦다가
계엄군이 무고한 시민들
무참하게 패대는 것 보고 가슴에 생불이 났어요
재활원 친구들과
시위행렬에 달려갔어요
광주고교 앞에서 내가 죽었어요

죽으며
처음으로 어머니를 보았어요
노랑저고리 어머니 모습이었어요
구름 속

내가 죽은 뒤
재활원 원장님 부부와
사감선생님이
상무관
도청

전남대병원
기독교병원 찾아다녔어요

목에 총 맞은 내 주검이야
이미 망월동에 실려가
비닐 싸인 채 묻혔어요

내 이름은 김재형이어요
원장님이 지어주신 이름이어요

내가 누구냐고요? 누구냐고요?

황지 마누라 덕

신라 헌덕왕 시절 황지(黃知)라는 사내
벼슬자리
내마(奈麻)
우두주(牛頭州)에서 태어나
그냥 이러저러한 관리 노릇이더라
하품도 곧잘 나오는 지아비 노릇이더라

헌덕왕 17년 기원 825년
마누라 만삭 꺼지매
얼씨구절씨구
네쌍둥이
2남 2녀 차례차례로
두꺼비로 맹꽁이로 멧개구리로 나오더라
꿀꿀꿀
돼지새끼이듯이 나오더라

나와
응애
응애응애
응애응애응애
응애응애응애응애
울었더라

이 소식이
서라벌 대궐에까지 대번에 들어가

즉시 조(租) 1백석이 내려졌더라 마누라 덕이더라
그 1백석 중
몇십석을 팔아
논밭 사들이고
몇석은
장인장모께 올리고
삼사년 뒤
한두 섬은 곳간지기 서생원 차지였더라 마누라 덕 거기까지였더라

무럭무럭 자라
네 형제자매
소반 위
밥싸움 나서
어미가 말리느라고
큰소리 욕지거리
담 밖
울 밖에
자주 나와 있더라

무럭무럭 자라나더라
이미 화랑들께서는 썩어 있더라
밤 주색
낮 잇속 챙기더라 써 화랑꿈 아예 접었더라
그냥 아비 내림으로 이러저러하고 말았더라

김인태 내외

물 건너 씁쓰름한 아침이다
남편 김인태가 죽었다는 뒤늦은 소문 듣고
처음에는 무슨 헛소리여 하였다
다음에는
펄떡펄떡 뛰며
그 양반이 죽다니
그 양반이 죽다니
펄쩍펄쩍 뛰다 신발 질질 끌고 길 나섰다

광주행 버스도 없었다
배 타고
목포에 갔다
거기서 광주행 버스 입석 번듯이 탔다

이 거리 저 거리 길 물어
금남로
전남도청 수습위원회에 갔다
유족들 통곡 가득 차 있다
우르르 떼지어
망월동으로 갔다

여기저기
구덩이 파놓았다
소나무 관 놓여 있다

이 관
저 관 들여다보았다

송장이나 알아보라고 마누라인가
남편 시신 한눈에 알아보았다
머리 깨어져
피가 관 속에 홍건하였다

이 양반이 내 남편이라니 내 남편이라니

여섯 남매 새끼들 두고
마흔살 홀어미 나를 두고
이 썩어버린 송장이
내 남편이라니
막내 돌배기 동일이 재롱 모르고
썩어버린 송장이
막내 동일이 아빠라니

극장 영사실
영사기는 돌고
영화 속 여자는
웃다가 울고 울다가 웃는데
극장 밖 세상
군대밖에 없는데

10년
20년 세월
김인태 마누라 심복례는
걸핏하면
남편 무덤에 간다
가서
딸 시집가는 일
아들 대서소 취직된 일
아들 교통사고로
다리 저는 일
다 의논하러
남편 무덤에 간다

거기밖에 갈 데 어디 있는가

남편 무덤이
그녀의 바람막이다
저승의 남편
무덤의 남편이
이승의 남은 날들
혼자 벤 베갯머리 헛남편이다

어느 새벽 목마르다가

그 헛남편하고
마구 몸 뜨거워
요때기 젖어 홍건하였다 저승 이승 하나였다

이화

이자춘의 종년 여섯 중
빼어난 종년
허리 간드러진 년
깊은 밤
밤바람소리에
감히 신음소리를 냈다
이자춘의 밤
깊은 밤
신음소리 은혜를 입었다

덜렁 아들을 낳으니 서자 화(和)

이성계 이복동생
고려말
북관에서
개경으로 와
북벌 진경중 위화도회군
이복형을 따랐다
정몽주 격살에 동참

조선
개국공신 일등
왕자의 난 이겨내어
태조 이어

태종을 섬기니
네 번이나
공신 추대
공신토지 570결
조선 초기 최대지주 이화가 되었다

죽어

적서차별 넘어
태조 사당에 함께 모셔져
이복형제의 우애
너도나도 기렸다

어머니도 종년으로부터 의안군 자친이셨다
늦가을 여치소리도
건성드뭇 듣는 옥비녀 금비녀 안방마님이셨다

심복례

친정집 뒤란
대숲
대바람소리
자울자울
졸음 오던
늦은 봄날
모란이네
모란 뒤
작약이네
그 친정집 두고

하루 저물도록
조심할 일밖에 없는
시집살이

손 귀한 집으로 시집와서
절퍼덕절퍼덕
손 많이 낳았어요
아들 넷
딸 둘 낳았어요

그러자 조심하는 일 확 줄어든
시집

집안 어른들
마을사람들
손복 없는 집안 내력에
손복 가져온 며느리 납시었다고
원두막에서도
논두렁
밭두렁에서도
우물가에서도 오색칠색 칭송 일색이라

울안을 가득 채운
여섯 남매
가슴 뿌듯하였어요

출타한 할아버지 돌아오는 길
쪼르르
쪼르르 문밖으로 나가
이제 오셔요
이제 오셔요
할아버지
이제 오셔요
하면 오냐
오냐 내 손주새끼들
오냐
오냐

하고 할아버지 통영갓이 벗겨질 듯 말 듯
희색만면

풀 한짐 지고 오는 아버지의 길
쪼르르
쪼르르 나가
아버지 오신다
우리 아버지 오신다 우리 아빠 온다
소리지르면
빙그레
웃음 머금은 아버지의 걸음 바작지게 풀짐 두둥실 오르내린다

해남땅
서 마지기 논배미도 기뻐
자라는 벼들 춤추고
한 뙈기 비알밭 메밀도
바람에 헤살 짓는다

1980년 5월 20일
이런 남편 인태가
밀린 아들 하숙비 주러
광주 갔다가 죽었다
시위대도 아닌데
길 가다

맞아죽었다

허나 손 많은 집안 일으켰으니
그의 딸들
그의 아들들 길러내어
마누라 심복례가 두몫 세몫 네몫 집안을 꾸려나갔다

어허달구
서산에 해 넘어가듯
동산에 달 뜨듯
잘도 꾸려나갔다

이원범

영조의 고손자
정조의 아우 은언군의 손자

조선 24대
헌종이 죽자
대왕대비 순조비의 명으로
열아홉살짜리
강화 촌락으로 쫓아버렸던
원범이가
부들 베어내다가
부들 팔아 살던
원범이가
별안간
군(君)에 봉해지고
다음날
관례(冠禮)
다음날
인정문 즉위로 왕이 되어버렸다
정치야 대왕대비가 발 내리고 발 올려 좌우하고
정치놀음이야
안동 김씨 여인 수중에
다 들어 놀아나고 있었다

수라상 받아도

강화도에서 먹던
붕어찌개 없었다
된장찌개 없었다

권세 없는 왕 노릇
33세
재위 14년

어쩌다 궁녀 뱃속에
딸내미 하나 둔 것 있어
그 공주께서
박영효의 마누라 되었다

강화도 옛 친구 그리워하여
강화도타령만 하다가
강화도 부들밭 부들 끝 고추잠자리 그리워하다가
왕 노릇 10년 지나서야
한번 친정(親政)에 임하려다 말았다
가장 사악한 시대
가장 타락한 시대
장동 김씨랑 노론 일당의 시대
강화도령 임금 노릇이고 말았다
죽어 시호 철종이라 하였다

지석영

골똘히
등잔불 밝혀
골똘히
등잔불 손짓바람으로 꺼

긴 밤
풀벌레소리에 잠겨
안공부 하다가

어느해부터
바깥공부에 눈떠

영국 제너 종두법 익혀
처가 동네사람들에게
우두를 놓아주었다
임오군란 때
우두 놓는 법 배워왔다고
잡혀갈 뻔하였다

양도깨비 되었다고
수군거리고
우두는 독침이라고
내몰리는 동안

전주에 우두국 설치
공주에 우두국 설치
아이들에게 우두를 놓았다
그뒤로 천연두로 죽는 아이 싹 없어졌다

유배지 섬에서도 우두였다
해배의 몸
뭍으로 돌아와서도 오로지 우두였다
그러다가
우두의 삶 쉬고
주시경과 함께
국문 쓰기 제창
국문 가로쓰기 제창
비로소
세종 훈민정음이
내몰려 썩어 있다가
묻혔다가
백성의 글자로 뛰쳐나왔다

드디어 고종 황제의 반포
훈민정음 자모로
나라의 문서 쓰기 시작하였다
그러다가
나라 망한 뒤

백성의 글자 나라의 글자 남아
그것이 나라이고 나라의 산천이었다

지석영
일본의 회유 끈질겼으나
조용히 물러나
여든살 생애 마쳤다

삶은 장난이 아니었다
그 풍모 사립짝 안에서도 장중하여
예닐곱살 적부터 장난이 없는 삶이었다

불귀

구름 가니 환하다
구름 오니 어둑신하다

큰놈 중현이
광주에서 고등학교 다닌다
남녘 해남 삼산에서
고된 날들
광주의 큰놈 자랑으로
고된 줄 몰랐다

구름 덮인 데
구름 걷혀
저 건넛산들 또렷또렷하다

이러구러 농사철 다다랐는데
큰놈 하숙비 밀린 것 내러
광주에 가야 했다
모심는 일
모심는 품앗이 걱정하며
물 가둔 논들 바라보며
광주에 가야 했다

벌써 뜸부기 우는 들 지나고 지나
광주에 갔다

가던 날 장날
5월 19일
광주는 저항의 도시이고
학살의 도시였다
거기에 중현이 아버지 오자마자
어디에 잠겨 있는지 소식 감감하였다

사흘 지나도 소식 없다
닷새 엿새 지나도
감감무소식
열흘 지나도 소식 없다
돌아오지 않는 남편이었다

무지막지한 소문만 떠돌았다
마구 쏴죽이고
때려죽이고
밟아죽인다 하였다
끌고 가 죽인다 하였다

막내 동일이 들쳐업고
농협으로
비료 사러 갔다가
면사무소 사람한테
남편 사망소식을 들었다

주저앉았다

큰놈 하숙비 주고 돌아오는 길
버스터미널에서
공수한테 끌려가
맞아죽었다
돌아오지 않았다
돌아와
모심지 않았다

동네 남정네들이
늦게서야
모심어주었다

자라나는 모 푸르러
해오라비 내려앉았다

영영 돌아오지 않았다

오종렬

고아원 전전하던
고아
앵벌이 아이
거지 아이
이놈
저놈 데려다 기른
소년재활원 있다

구두닦이
다방 행상꾼
일수 노동자 외팔이 외다리 노동자
식당 종업원으로 청소부로
이런저런 일터로 내보내는
소년재활원
원장 오종렬 있다

광주학살로 죽은
그 고아들의 아버지 되어
유족회에 나갔다
유족회에 나가
그 외로운 넋들 기렸다

네놈은 아비도 아닌데
법적 보호자도 아닌데

생활안정금이나 받아먹으려고
유족회에 나온 놈 아니냐
보안대에 끌려가
밤새도록 죽도록 몽둥이 맞았다

그 원장 오종렬이 교도소에 처박히자
원장 마누라는
소년재활원 강제폐쇄당한 뒤
구멍가게 내어
남편 옥바라지 나섰다

살아남은 원생들 흩어져
남광주역전 구두닦이
거지 새끼들
그 재활원에서 자라나
어엿이 구두닦이 되고
중국집 식당 배달이 되었다

이따금 옛 재활원 찾았다
거기가 고향이었다
부모였다

찾아와
감옥에서 나온 원장한테

주스 한 병도 바치고
병든 원장 위하여 합창도 했다
어디서 배웠는지
「임을 위한 행진곡」 잘도 불렀다

오종렬 벌떡 일어나
눈물 주르륵 나왔다
등짝 쑤시며 엉덩이 쑤셔대며 기뻤다
소년재활원
아직 거기 있다

장안국

선덕여왕 승하하사
도솔천 그 아래
도리천쯤 묻히시자
그 뒤를 이을
태종무열왕 6대손인
김주원이 왕위를 이으려는 판
이찬 경신이 즉위하여
원성왕의 등극이라
김주원의 신세
퇴거와 홀대로 이어가는데
그의 아들 헌창이
웅주
백강 유역
옛 백제 유민을 모아
국호를 장안(長安)이라
당나라 연호 때려치우고
연호 경운(慶雲)이라 선포하니
신라 9주 5경 중
4주 3경을 장악
새로운 나라를 떨치니

술은 장안주요
노래는 장안곡이라
새 나라 인민 아녀자 혼례 첫날밤은

장안초야(長安初夜)였더라

허나 한 달 지나
신라 헌덕왕군의 야습으로
각군이 궤멸하니
웅주 백강 기슭에 서서
장안국이여
장안국이여
장안국이여
경운 원년
국호 삼창 뒤 칼로 몸속 박아
쓰러지시고 말았네라

근위 병사들 뒤따라
칼이
각자의 몸속 박아
망국 장안국
선혈 물들었네라

송복례 남편

막걸리 말가웃 넘겨 퍼마셔도 마셔도
안 마신 사람하고
똑같이
그냥 구름 아래
심심한 사람

산은 산이라 물은 그냥 물이라

머리숱 짙어
이도 서캐도
숨을 데 없이
머리숱 빼곡
가슴털 우북
몇살인지 통 모를 사람

허나 심심한 사람

허리 꼿꼿한 사람
일어서서
누구 입 따라
노래 한번 불러본 적 없는 사람
심심한 사람

장군해도

멍군 없는 사람
목석 같다고
목석 같다고 해도
그냥 먼 데 보는 사람
원 싱거운 사람

그 심심하고 싱거운 사람이
그해 5월 어느날
시근벌떡 일어나
방위병 무기창고 쳐들어가
총기 60자루 꺼냈다 바로 계엄군 총 맞아 죽었다

남은 식구들
마누라 송복례
아들딸
폭도 가족으로 끌려가
밤낮없이 맞아 뼈 부러졌다

아 송복례 남편 김연태
그 사람 혼백
인자 괜찮여 괜찮을 거여
하고 마누라 꿈속에 나타나 심심하게 싱겁게 웃었다

다음날 폭도 가족 풀려났다

원주 장일순의 집

원주 장일순은
배재학당 출신이지요
동기에
이문영도 공부 착실했지요
그 장일순
원주 본향에서
도덕을 스스로 이루니
뜻 있는 이도 모여들고
뜻 없는 이도 찾아들지요

심지어
하루 벌어
하루 먹고사는 막일꾼도
원주서
횡성으로 일하러 갈 때도
저 횡성 일하러 다녀오겠습니다
하고 인사하고
가겟집 할머니도
청포묵 한사발 가지고 와
아들 공부길 묻기도 하지요
그 할머니
어느날 아침 달려와
아들 학교등록금 역전에서 몽땅 잃었다고
어쩌면 좋으냐고 울고불고하기도 하였지요

이 원주 도인 가만히 생각하다
무턱대고
일주일 동안 매일매일
역전에 나가
서성이었지요
아침부터 저녁까지
앉았다 일어났다 하니
누군가가
그 사연을 물었더니
그 등록금 도둑맞은 곳이
역전이라서
행여나 행여나 하고 앉아 있다 하니

그 소문이 퍼져

일곱째 날인가
여덟째 날인가
소매치기가 나타나
선생님 잘못했습니다
제가 훔쳤습니다
일부 쓰고 남았습니다
하고 남은 것을 내놓았지요
제가 쓴 것은

벌어서 갚겠습니다
하고 어스름 속에 사라졌지요

도인께서
즉각 할머니한테
그 돈 전한 뒤
다음날
그 다음날
역전에 나가
소매치기 불러
포장마차에 들어가
내가 자네 영업을 방해했네 용서하게나
하고 술 한잔씩 나눴지요

좁쌀 한 알
장일순의 일속자(一粟子)난(蘭) 한 폭 아래
맨얼굴 무덤덤하지요

김중식

그 사람은 한 사람이 아니다
겉으로는
꺼끌꺼끌 보리까락이건만
속으로는
어찌 그리도
대합 조갯속으로
여리디여리던가 그리도 수삽하던가

추석 하루 전
오랜만에
버스 타고 가 이발소 다녀온 뒤
깨끔말끔한 얼굴로
감나무 감 따
이 집 저 집 나누어주고
집 안
집 밖 말짱하게 쓸어놓더라

장흥거리
양계장 중식이라면
감 따 돌리는 사람
동네길 쓰는 사람
70세 과부할멈네
풀씨들 다 여문 여름밤
모깃불 놓아주는 사람

310

똘에 가
붕어 피라미 잡아
나누어주던 사람으로 뜨르르하더라

그 중식이가
광주 대처로 나와
학원 사무실에 취직하여
장흥 촌사람 중식이
광주시민이 되었다고 뜨르르하더라

그 광주의 5월 18일
혀 끌끌 차며
거리의 시위대 바라보다가
최루탄 연기 피해
일찍 집으로 돌아왔다
다음다음날
세상이 하도 궁금해서
눈 부비며
시내 한바퀴 둘러보고 왔다

큰일이여
큰일이여
학생들
시민들 끌려가는 것 바라보았다

5월 21일 석가탄신일
아침 일찍 도청에 갔다가
돌아와 다시 나갔다
그것이 마지막이었다
영영 돌아오지 않았다

그런 날들 하루하루 지나갔다
20일째인가
21일째인가
망월동 무연고자 가매장 묘지 거기
썩은 송장으로 누운 남편 김중식을 찾았다
아내 윤숙자
사흘이고 나흘이고 물 한모금 마시지 못했다
눈물범벅 홀로 지새우는 밤이었다

청화산 서쪽

화서 이항로라 하오면

양평 청화산(靑華山) 서쪽 기슭 벽계촌
거기 태어나니
장차 스스로 호 지으니
청화산 서쪽이라
화서(華西)라

세살에 천자문 떼고
여섯살에
허허 십팔사략 읽고
열두살에 서경을 익혔더라
한양에 갔으나
고관대작의 수작 싫어 싫어
고향 벽계로 와버렸더라
산에 들어가
사서삼경 꿰고
주자대전에 귀명하였더라
그의 제자 중 면암 최익현도 있더라
유인석도 그렇더라
병인양요
프랑스 함대를 물리친
양헌수도 그렇더라

주리론의 대가

이(理)는 명령을 내리고
기(氣)는 명령에 따르니
이는 주인이 되고 기는 나그네가 되나니
만일 기가 주인이 된다면
강한 기 아래
이는 모습을 감추게 되어
어지럽나니

주자밖에 몰랐나니
임금 섬기기를 아버지로 하고
나라 걱정을 내 집으로 하는
그 조선 성리학밖에 몰랐나니
이에서 조금이라도
손톱만치라도 어긋나면 역적으로 처단하여 마땅하였나니

주자를 업신여겼다 하여
노론 송시열이
백호 윤휴를 죽여버린 이래
그 우암 송시열을 이어받아
화서 이항로가 곧 우렁찬 주리론의 청화산이었나니

일흔일곱 화서께서는

굳어진 것
얼어붙은 것
그 주리론 마지막으로 지켜냈나니
새 시대의 슬픈 사상 없이 기쁜 사상 없이
오는 시절을 기 없는 이로 다 막아섰나니

윤숙자

중식이 마누라 윤숙자
난데없이
과부가 되었구나
어이없이
생과부가 되었구나

송진냄새 대신
송장 썩은 냄새
하도 익어
송장냄새 울음밖에
가진 것 없구나

어린 딸년들
홍역 고비 넘기며
세월네월 가며
송장냄새 울음 가고
송진냄새 울음 돌아왔구나

셋방 주인도 과부라
과부가
과부의 울음 달래는구나
미향이 엄마
이제 되었어 그만 되었어
그만치 울었으면 되었어

더 울면 산 사람들 정 나가
이제 되었어
이제 되었어

독해져 독해져야 혀
독해져야
이놈의 팍팍한 세상 살어 살든지 말든지 혀

셋방 주인 말 듣고
번쩍 정신이 돌아와
그길로
울음 뚝 멈추고
마음속 말뚝 박아 울음 단단히 매어놓고
팔 걷어붙였다
학교식당 밥해 나르고
식당 주방일
온갖 궂은일 겨운 일 마다하지 않았다

무슨 놈의 여편네가
남편 죽었는데
울음도 모른당가
독한 년이여
독한 년이여 욕해도

오롯이 견뎌내며
사리물고 두 딸내미 길러냈다

밤에 매둔 울음 풀어놓고
낮에 매고
몸 놀렸다 악착같이 억척같이 일했다

그렇게 독한 세월 몇년
사는 것은 이제 어렵지 않았다
허나 지나온 세월
그 고통 그 아픔 누가 알랴 누가 모르랴

딸내미들 잠든 밤
실컷 울었다 마구 울음 풀어놓았다
서너 시간
네댓 시간 뒤
머리 풀어
울음이란 울음 다 울고 나서 코 풀고
남편 중식이
그 짙은 머리
짙은 눈썹의 사진
그윽이 들여다보았다

여보 벌써 먼통 트요 먼동 터

백호 윤휴

심성이란 기(氣)의 작용일 따름
기가 형체로 하여금 일어남이 곧
심성이라
사람의 정(情)도 심성이 물(物)과 만나
일어남이라

이기일원론 과감하도다 불온토다

감히 주자성리학의 주리설
맞서다니

오싹오싹하도다

아버지의 늦둥이로
홀어머니 무릎 아래 자라나
외할아버지의 가르침을 받은
신동 윤휴

저 속리산 복천암에서
송시열과의 격론 3일 뒤
송시열이 자탄하기를
내 독서 30년이 참으로 가소롭구나
이렇듯이
서인 노론과도 더불어 놀다가

기어이
예송(禮訟)으로 틈 벌어져
남인이 되고 말았다

조선 후기
임진정유 왜란 뒤
병자호란 뒤
초야에 묻힌 신동이더니

주자 살아오면
내 주장 속 좁아 받아들이지 못하나
공자 살아오면
내 주장 옳도다 옳도다 할 것이야

오직 주자집주만이 금과옥조요
주자집주 전
공맹의 논어 맹자 대학 중용 사서를
쉬쉬 묻어버리니

이 괘씸한 노론 패거리 주리론들아

바야흐로 백호 윤휴 떨쳐일어나
조선 후기 권세 지속의 본처 거슬러
주자주의 거슬러

그놈의 주자 장구(章句)를 마구잡이로 뜯어고쳤다

또한 현종 15년
밀소를 올려
북벌을 주장
포병 10만 길러 북을 치라는
선왕 효종에 이어
병정 1만대 뽑아
청을 치고
저 남해 대만 정경(鄭經)과 함께
수군으로
청 본토에 오르자는 것
이 주장과 함께
양반도 군포 내게 하자는 것

이에 이르자
노론이 윤휴 사사(賜死)를 윽박지르니
숙종 6년 사약 사발 앞에서

나라에서 어찌 선비를 죽이는가
숙종이 누구더냐
선비 다 죽이는
밖은 인자하고
안은 표독한 폐왕 아니더냐

절대 타파의 뜻 백호의 뜻
비록
몸은 쓰러졌으나
뜻은 푸르렀다 붉었다 희고 검었다

어느 죽음

이제 거리는 대학생들의 거리가 아니었다
그 대학생들
개머리판으로 쳐죽여
실어가는 것
그 청년들
곤봉으로 쳐
끌고 가는 것 숨어서 바라본 사람들의 겁먹은 거리

혀만 끌끌 차던 사람들
저놈들
저 죽일 놈들 하고
욕만 하던 사람들
한숨만 쉬던 사람들의 거리

그 학살
그 만행에 치 떨려 일어나
기어이 각목 들고
기어이 쇠파이프 들고 나서는
온갖 시민들이 일어나는 거리

택시들의 거리
택시들 다 모여
1열로
2열로

경적 울리며 가는 분노의 거리

계엄군과 맞서
일진일퇴로 밀고 밀리며
민주주의 오라
전두환 가라
계엄군 가라 외치는 겁없는 밤거리

제일교통 소속 택시기사 오동필이
계엄군 발포로 푹 고개 꺾였다 입안에 피가 담겼다

마누라 얼굴 떠오를 사이도 없었다
또다시 죽음의 거리

인모 어머니

가장 살기 좋다는 마을

저 아랫집 닭 울음소리
맨 윗집에서 듣고
두 해째
세 해째 깨어난 잠자리에서
방 안
어둠에 대고
바깥
어둠에 대고
인기척 보내는 마을

인모 어머니

벌써 6년째 감감무소식의 인모 생각
무소식이 희소식이라는 헛인사도 위로도 부질없이
아들 생각으로
천근의 몸 일으켜
보낸 인기척 찾아보누나
먼동빛 번하여라

인모야 인모야

선보기

어느날 이후
아들 잃은 아비 여기저기 서 있다
어느날 이후
아비 잃은 아들 딸들
지아비 잃은 아낙 여기저기 가고 있다
팔짱 낄 힘도 없이 늘어져
가을 수양버들 마른 가지들도
허공의 원한에
대롱대롱 매달려 가다가 멈춰서 있다

그들의 가슴속 항아리에는
얼굴 없는 딸
팔 없는 아버지
반쪽 머리 아들의 주검들
썩고 썩어
가라앉은 뼈 몇개 잠들어 있다

그런 뼈대 몇개의 임정호
죽기 전날
애인 서순례와의 첫 입맞춤이
이 세상에서의 행복이었다
첫 행복이었고
끝 행복이었다 그리고 총 맞아 죽었다

서순례 어머니는
서순례에게
어제도
오늘도 선보아라 닦달이다

정호씨! 나 어떡해 나 어떡해

옥순범 영감

하늘이 크다 땅이 작다

하루 내내 공기 메마르다 코 벌렁인다
파리채로 파리 잡는다
파리채 없으면
손바닥으로 파리 잡는다

이번에는 놓친다
이번에는 안 놓친다

파리 목숨과 사람 목숨

방바닥도
벽도
벽 위 사진들도 파리 앉을 겨를 없다
부엌 살강도
토방 쪽마루
파리 앉자마자 파리 목숨 저승 간다

하루 파리 여든 몇마리 저승 간다

올해 일흔넷 옥순범 영감의 몸 가운데서
유독 손이 저 혼자 빠르다 파리채보다 빠르다
지지난해 마누라 저승 갔다

저승 어디냐 어디 있느냐
옥영감
산목숨 얼마 남았다
지지난해 여름 마누라 잃은 뒤
극락강 풀밭
거기서 마누라 주검 나온 뒤
실성실성 옥영감
파리만 잡았다
실성실성
마누라 묻은 뒤
파리만 잡고
혼자 히히 웃었다 중얼중얼 눅설거렸다

저승 어디 있느냐
괜히 이승 늘이지 말라

나도 얼른 갈란다
마누라 있는 곳
거기 갈란다

김경환

머리 깨져
뒷골 가죽 뚫고 후두개골 한 쪼가리
갯고둥짝으로 비어져나왔다
등짝 척추 가까이
대검 자국
세 군데 구멍 파였다
썩은 가무락조개짝이었다

가장 격렬했던 5월 20일 밤 그날밤
고교생 김경환
하필 거기 힘차게 맞서 있다가
맞아죽었다
찔려죽었다

서울 학생이었다 서울 광나루 학생
한양공고 졸업
재수생

1980년 5월
서울의 모든 거리
대학생들 청소년들 시위가 한창이었다
아버지 김영노는
아들 경환을 그 시위에 휩쓸리지 못하도록
형 김영대한테 보냈다

광주 양림동
큰아버지 비닐가게
낮에는 비닐 잘라 팔고
밤에는 사촌동생 방에서 대입 공부

그러다가 5월 20일

경환이
사촌 형제들과 시내로 나가
MBC 방송국 불타는 것 보았다
그 혼란 속
사촌들과 떨어져
전남대병원 근처 시위 속
파도에 멍게방게 휩쓸렸다

그 혼란 속
공수 3인조한테 쫓겨
진압봉!
대검!
해골 깨지고 대검이 복부 관통

큰아버지 김영대가 아버지 김영노한테
이 죽음을 알렸다

내가 네 자식 죽였구나
이 큰아비가 죽였구나

아니라오 내가 내 자식 죽였소
내 자식 죽으라고
광주 보냈소

불통이다가
불통이다가
겨우 통한
전화 속 두 50대 사내 엉엉 울었다

아 바다 밑 무정할지니
말미잘 아픔
산호의 아픔
그 누가 알리
그 누가 알아 무엇하리

옥정마을

저 집도 비었다
저 집도 비었다
저기 저 집도 비었다 다 빈집이다
40년 전 2백30가호
20년 전 1백 가호
10년 전 마흔한 가호
올봄 헤아려보니
아래뜸 위뜸 합쳐 열한 가호라
내년
내후년은 거미줄 이슬 서너 가호라

제일 웃어른 아흔여섯 상문이 할매
오래전 노망 그대로
지렁이더러
영감 영감 하고 부르는 상문이 할매
제일 아랫사람
쉰다섯 진익태 이장
열한 가호 중
1가호 1인 거주자 일곱 가호
나머지 네 가호에
늙다리 부부 2인 거주라
귀 뚫고 들어도
아이 우는 소리 하나 없다
눈 씻고 보아도

미운 일곱살 한놈 없다

바람 분다 덩그러니 빈 바람소리뿐

바람 자니
뻐꾹새 운다 뻐꾹새는 없고 뻐꾹새소리뿐이다

이장이자 반장이자
마을 노인들
아침마다 문안드리는
맨 아랫사람 진익태

간밤 송장 된 사람 없어
말뚝 같은 안도의 숨 휴 내쉰다
내일모레
반드시 송장 계시리라
걱정의 숨 휴 내쉰다 미리 내쉰다

녹슨 경운기 가만히 있다

나는 누구냐

광주 외곽
오리나무 언덕
칡넝쿨 언덕
그 아래 육군 101사격장
특수작전 명중연습장
기관총 사격연습장
그 아래 내친 골짝
광주 금남로의 송장들 실어다
내쳐 파묻은 곳

사망자수 줄여라
그리하여
민간인 사망자 1명이면
군인 사망자 4명으로 높여 발표하라

이런 허위명령 몇달 뒤
사격장 부근
매화리 마을 아이들이 몰래
그곳을 파보았다
흐물흐물 파여
거기
아직 다 썩지 못한 송장들 나왔다
왼쪽 눈이 없다
옆구리가 펑 뚫렸다

아이들 무서워
아이들 징그러워
두 아이 도망쳤다 두 아이 도망치며 토했다

남은 세 아이가
그 송장을 작대기로 들춰보았다

라이터가 나왔다

불 켜지지 않는 라이터가 아이들에게
불 켜달라고 불 켜달라고 말했다

내가 누구냐
내가 누구냐
불 켜달라고 녹슨 입 다물고 부르짖었다

두부 젖가슴

좌유방부 자창
우측 흉부 총상
하악골 총상
좌측 골반부 총상
대퇴부 관통 총상

이것이
두부처럼 잘려나간
어여쁜 젖가슴!이라는
광주 소녀 손옥례의 죽음 아니냐

대검에
왼쪽 젖 잘리고
총탄에
오른쪽 가슴 뚫렸다
턱 뚫렸다 엉덩이 뚫렸다 넓적다리 뚫렸다

바로 죽었다
죽음에는 죽음 없다 말 한마디 없다 정의도 사랑도 아예 없다

조금새끼 제삿날

김선태의 시 「조금새끼」가 있다

56년 전
목포 앞바다 조무래기 섬들 건너다니며
그 다도해 서쪽
큰섬 압해도
율도
달리도
외달도
그리고
목포 서산동
용당포 건너
고하도 떠돌았다

조무래기 무인도
구례도
용추도
장좌도
소두량도
백도에도
지나다녔다

그 시절의 나
큰섬 조무래기 섬의 나

그 섬의 하나
허사도에서
두 끼 굶은 빈속으로
아침 제삿밥 얻어먹은 적 있다

옳거니 그 제삿밥이
간밤 제사 지낸 밥이거니

뭍에서 건너온
고조할아버지 이래
5대 잇는
청주 한씨 한용복
나이 스물아홉 미장가로
조깃배
갈칫배
준칫배 타는 한용복이
아버지 제사 지내는 날이거니

이웃집 조달연이네도
이웃집 김달룡이네도
길 건너 장시건이네도 복칠복이네도
양진만이네도
다함께 아버지 제사 지내는 날이거니

한꺼번에
배 타고 나가
돌아오지 않은
고기잡이 사내들의 제삿날이거니

그들이 누구더라
바로
조금때 밴 아이로 자라난 사람들이거니
조금때는
물 얕아
배가 나가지 않으니
집 안에 틀어박혀
등불 하나 없는 밤 마누라밖에 없으니
그런 밤에 씨 들어 난 사람들이
조금새끼들이거니

그들이 자라 바다 나가고
그들이 바다 나가
돌아오지 않으면
그 바다 무덤에 대고
제사상 차리는 밤
조금새끼 제삿날 밤이거니

그 다음날

나 같은 주린 배 뜨내기도
제삿밥 두 그릇 먹어도
눈치 안 보였거니
간첩혐의로 마을사람들에게 의심받다가
간첩 아닌 증거로
천수경 한자락 읊었더니
고개 끄덕였거니

밥 얻어먹고 나서
이 섬에서 저 섬을 넉넉히 바라보았거니

지나가는 농게 함부로 잡았다가
농게 발에 물려
한동안 부앗가심으로
오도 가도 못하는 바다 바라보다 말았거니

손병섭

소생 말인가요
소생은 들고나는 민주투사도 아닙니다요
소생 말인가요
소생은 민주학생
민주투사의 친인척도 아닙니다요
소생 말인가요
소생은 귓맛 입맛도 없는 그냥 곰바지런한 외과병원 직원입니다요
소생 말인가요
주일에는 교회 갔다 와
슬픈 전도서 읽다가 후련히 우는 바보입니다요

5월 18일 아침
서석병원 앞거리 지나
교회 가는 길
느닷없이 공수부대한테
붙들려
너 이 새끼
너 폭도지
너 이 새끼
너 빨갱이지
마구잡이 뒤져보더니
귀싸대기 쳐대더니
마구잡이 진압봉 휘둘러대어
그 자리에서 쓰러졌습니다요

342

깨어나니
국군통합병원이었습니다요
다시 계엄사 분소로 끌려가
너 이 새끼
너 폭도지
너 이 새끼
너 빨갱이지
북괴 사주받은 빨갱이지
또 싸다듬이
마구잡이 고문을 받았습니다요
대퇴부 찔렸습니다요
두 어깨뼈 다 망가졌습니다요
주기도문도 까먹었습니다요

소생 말인가요
반병신으로 오늘내일하며 숨만 남아 있습니다요

어이없는 구들지기 바보의 삶입니다요 아멘

손씨 일가

오롯이 예수 잘도 믿는 구순하디구순한 집안이었습니다
코스모스 피어도
주여
주여 하고 기도하였습니다
주여 코스모스가 피었습니다 하고 소곳이 기도하였습니다

개가 새끼 세 마리 낳는 날
식구들의 입마다
할렐루야
할렐루야
할렐루야
할렐루야
할렐루야가 나왔습니다

밥상 밥그릇마다
주기도문이 넘쳤습니다
그것으로 모자라 감사기도 잊은 적 없었습니다

이런 예수 집안
이런 예장 소망교회 성도 집안에
어찌 이런 저주가 내려왔습니까
주여
어찌 이런 사탄 참극이 이런 모진 시험이 와버렸습니까
주여

딸 옥례가 계엄군에게 찔려죽은 뒤
실신한 아버님
다음해 눈감으셨습니다
어머님
반신불수 되어 울다가 말다가 아멘 아멘 하다가
5년 뒤
죽은 딸
죽은 남편 따라
눈감으셨습니다

작은아들 병섭도
교회에 가다가
공수부대 곤봉에 맞아
쓰러진 뒤
계엄사 분소 끌려가
모진 고문 모진 구타 끝에
온몸 너덜너덜해지고 말았습니다
반병신 되고 말았습니다

큰아들 근섭이 숫제 말 잃었습니다
말문 아예 닫아버렸습니다

해마다

망월동 묘지에 갑니다
여동생
아버님
어머님 산소에 가
못다 한 말 묻어두고 옵니다 주여

봉쇄수도원

수유리
가르멜수도원
그 안에서 꼬박 7년을 보낸 수녀
아그네스 숨졌다

선종

그 안 담 밑에 묻혔다

만약 아그네스가
그 안에 봉쇄되지 않았더라면
누구하고 가시버시 되었더라면
태어난 아이 자라나
열서너살짜리
경복궁 민속박물관에 데불고 가
대장장이관 앞에 서서
빨갛게 단
쇳덩이를 보고 있으리라

아이한테 한마디하리라
옛날에는 대장간에서 나온
낫과 호미로 풀 베고 풀 맸단다
그런 엄마 못 된 아그네스 세속 이름 심일순 선종

김말옥

번데기 노점상 아낙
세숫비누 아껴쓰려고 물 아껴쓰려고
늘 머릿수건 쓰고 나온다
아직 무너지지 않은 몸이 천만다행
절반은 빚으로 마련한 집일망정
다 쓰러져가는 집일망정
내 집 한채 천만다행

5월 19일 아침
일 나가기 싫다는 남편
등 떠밀어 내보내고
아내도 노점 수레 끌고 나가야 했다

일자무식 막일꾼 남편 김안부 심덕 하나는 무던

공사판
자갈 져나르고
흰 허리 돌아오는 길
광주공원으로 슬슬 발길 돌렸다
시위군중에 묻혀버렸다
어쩌나
어쩌나
하다가 빠져버렸다

거기서 공수부대 곤봉 맞아 거꾸러졌다
시위군중 흩어졌다
신발짝들
최루탄 껍데기들
안경들
지갑들
무엇들 무엇들
난장으로 널려 있었다
남편 김안부가 거기 뻗어 있었다

비가 왔다

뜬 눈에 빗물 고였다
콧구멍 핏물
빗물에 풀어졌다

회색 티셔츠 젖을 대로 젖어 있었다

두살
네살
일곱살
아홉살 어린것들
찰떡 같은 마누라
아직 모르고 있었다

이 양반이
어쩐 일이당가
어쩐 일이당가
밤새 걱정하지만
아직 아무것도 모르고 있었다

어쩌자고 비가 그치지 않았다

왼새끼 꼬기

두메가 사라진다

남은 두메
그 아깝디아까운 임실 오수
그 산과 산 사이
고가도로 마구 가로지르는데
그런 산 넘어 어디
남은 두메
박적고개 넘어
궁말

그 두메에 갔더니

두메 앞
서낭당 있네
솟대 있네
천하대장군
지하여장군
삭은 한쌍 장승 서 있네 어깃장 놓으며 서 있네
거기 새끼 금줄 둘렀네

나 낳은 뒤 고추 금줄 걸듯
사립문
내 누이 낳은 뒤 숯 금줄 걸듯

우렁찬 두 장군 밑
독 없는 뱀 똬리
쓸쓸히도
새끼 금줄 둘렀네

어디서는 금줄
어디서는 인줄

또 어디서는 막말로 왼새끼라 하네

저 양반 나리들 글자로
금기승(禁忌繩)이라
왼새끼
좌삭(左索)
문삭(門索)이라
아기 낳은 집
태삭(胎索)이라

아들 낳으면 고추 꽂은 새끼줄
딸년이면 숯 새끼줄
딸년이면
왼새끼 꼬며
아비 술 먹고 울고
아비 따라

갓난 딸년 울어대네

그 궁말 늦장가간 채원근이
안방 밖에서 서성이는데
난산에
마누라 고생 애간장인가
마누라 순산 기원인가

아니라네
아니라네

딸이면 어떻게 하냐
입 막아 죽이느냐
코 막아 죽이느냐
부디부디
고추 달려라
고추 달려
조상 면목 세워다고
고추 달려
어화 지화자
왼새끼 꼬고
춤추게 하여다고

저 서북지방은

금줄 대신
글을 붙였다
고추 낳으면 경(慶)자라
허 참

어느해 폭설

생전 벙어리이던 너
죽어
말하는구나

생전 귀머거리이던 너
묻혀
내 말을 잘도 듣고 있구나

광주민주공원 묘지번호 1-01
생년월일 1952년 8월 11일
제화공
장애인
부상 1980년 5월 18일
장소 금남로 가톨릭쎈터 앞
사망 1980년 5월 19일

1990년 1월 연일 폭설
광주민주공원 다 덮였다
하얗게
하얗게
무덤도
무덤 앞의 비석도 덮였다

네 이름도 덮여버렸다

네 뼛조각 몇개 파묻혀
생전 못다 한 잠
잠꼬대도 모르고
긴 잠 자는구나

나 돌아서는 길
아니여
아니여
나 잠 안 잔다고
나 긴 잠 안 자고 있다고

내 돌아가다가 멈춘 등짝이
무덤 속
네 말 듣고 있구나
옴짝달싹 못하고 듣고 있구나

멈춘 눈 다시 퍼붓고 있구나

독한 년!

1801년 신유교난
1839년 기해교난
1866년 병인교난

서학(西學)꾼 사학(邪學)꾼 잡아다 냅다 죽였다

천주교도 5백인
30년 전 교난 순교 79인
그 가운데 배교 없는 순교자 78인이나 되거니
거의가
부녀자들이라
믿음의 처음 시시했다
믿으면 의식(衣食)이 보장된다 해서 믿었던 믿음이었다

그러나 한번 믿음이면
목숨을 내놓았다 처음은 시시하나 나중은 무시무시하다
주리 틀려 다리뼈 부러지고
거적 덮여 난장 맞아 죽어가도
끝까지 끝까지 믿는다 하니
다시 무시무시하다
국문장에 나온 수령 내뱉기를
이 독한 년!
하고 돌아섰다

형장

소달구지에 끌려가
목 댕강 잘렸다
가슴에 두 손바닥 들러붙은 송장 목 없는 송장
지게에 얹혀
어디로 갔다

강코롬바 그네의 순교
그날밤
달에 구름 마구 스쳤다

아 조선 여인의 마음이 달이더뇨
달빛 얼룩져 내려왔다

백일잔치

귀머거리 벙어리 아빠건만
귀머거리 벙어리 엄마지만
거기서 태어난
딸내미 혜정아
너는 온전하기만 하구나
너는 이쁘고 이쁘기만 하구나

엄마
아빠와 함께 기쁘기만 하구나

네가 꽃송이이구나
네 엄마
네 아빠
노랑나비 쌍쌍나무이구나

네 백일잔치 눈부시구나
시루떡
사과
배
귤
밤
꽃대추
그리고 실 한 타래의 잔칫상 으리으리하구나

이 백일잔치

네가
동전 한 닢과
실타래
쌀 한 종발 가운데서
볼펜을 덥석 잡았구나

할머니도
엄마도
아빠도
외삼촌 외숙모도

야 야
여자선생 났네
여자박사 났네
하고 볼펜 잡은 것 떠들썩하구나

며칠 뒤 5월 18일

너는
어이없이 아빠 잃은 아이가 되었구나
그뒤
친정으로 가버린 엄마 대신

할머니 품에서 자라나는 아이가 되었구나

아빠 아빠라는 말 쓸데없어 고닥새 잊어버렸구나

도술

금강산이 신선의 산수라
금강산 이남은
괴산 선유동문(仙遊洞門)이라
괴산 청화산 밑
아홉 굽이굽이
신선이 바라보는 망선대
하늘 우러르는 경천벼랑
신선 숨은 은적암
굽이마다
신선 머무는 동천(洞天)이라

바로 이 아홉 굽이 골짝이
조선 선도(仙道)가 떨치는 동천이라

단숨에
속리산 밑에서 뛰어올라
속리산 문장대에 올라선다는
단술(丹術)의 선인(仙人) 남궁두
해마다 목숨 이어
죽지 않는 양생(養生) 신선 최홍
새가 되어 날아다니다가
임진왜란 왜적에 몰려
못 날았던 화담의 제자
축지법 박지화 등등

두루 이 골짝에서
포박자 읽고
황정경 읽고
참동계 익혀
처음에는
천지혼돈의 창현설(暢玄說)
금단설(金丹說)
그리고 운세 개척의 지리설(至理說)을 닦다가
귀괴변화(鬼怪變化)
양생연년(養生延年)
신선방약(神仙方藥)으로 나아가더니

내 오장육부에 신 깃드시어
그 신 자라나시어
천지에 일치하시어
영생불사라 양생이라

역(易)의 이치로
천지를 내관하여
먼 것도 가깝고
높은 것도 낮아지는 단도(丹道)라

여기에
제 스스로 찾아낸

도술 선술 제 자랑이라

저 서북 신선 동천
묘향산 도사 유도척 신선께서
압록강 구의주 용암포에서
훌쩍 뛰어올라
바다 건너
중국 산둥반도에 내린다고
호언장담

용암포 객주 선주 백성 등등
희끗희끗 모였는지
벼랑 끝
훌쩍 솟아올랐으나
곧장
강풍노도에 떨어져
허부적허부적하다가
고기밥이 되었네그려

그런데
해방 전
만주 하얼삔 언저리 떠돌던
마산 화가 강신석께서
해방 후 돌아와

내가 하얼삔 송화강을 헤엄쳐
건너다녔다 자랑하기에
어느날
마산 가포리 바닷가에 놀러 갔다가
친구 김수돈이
자네 송화강 건너다녔다지
어디 한번 헤엄쳐
저 건너 새섬 가봐
하고 바다에 밀어넣었지
그만 한뼘도 나가지 못하고
허부적허부적
짠물만 들이켜 숨넘어가는 것을
친구들이 건져올려 살려냈거니와

허나 동방 신선들의 선술
이쯤에서 머물고 말 까닭 아직 없다네

다만 산중 신선 운중 신선들
이로부터
세상 뒷골목의 밤
거기 피리 불며 내려오시네

김경철

여섯살 때
뒷산 너럭바위 위
비탈바위 위
거기 올라갔다가
무서워
진땀난 손 놓자 저 아래로 떨어지고 말았다

죽지 않은 다행
산 불행이었다

3개월간 통원치료
아이도
어머니도 금세 지쳐버렸다

어머니가 주사 놓는 법 배워
집에서 치료하였다
그런데
하루에 한 번
반 병씩 놓을 것을
어서어서 낫게 하려고
하루에 두 번
한 병을 다 놓아버렸다

낫지 않았다

낫기는커녕
더 도져
뇌막염이 되어 청각마저 잃었다
말도 잃어버렸다
가까스로 입언저리 엄마 엄마만 남았다
그렇게
온귀머거리로
온벙어리로 자랐다

듣지 못하는 세상
말하지 못하는 세상
어느새 스무살을 넘었다

하필
그날 골목 샅샅이 뒤지는
공수부대에 잡혀
이 새끼
이 빨갱이새끼
라는 욕도 듣지 못하자

이 벙어리새끼
이 귀머거리새끼
하고 마구 때리고 밟았다

뒤통수 깨지고
눈두덩 터지고
어깨 바스러지고
엉덩이
허벅지
발가락마저 으깨어졌다

5월 18일
금남로 골목 식당에서 밥 다 못 먹고 나오다가
첫번째로
맞아죽은 사람

그 김경철

씨받이 아낙

물어보니
성씨 남평 문씨더군요
이름은 쪼까니
쪼깐네
조그만 계집애라는 뜻이더군요

전라도 남원 산동
그 두메
지리산 난리에도
용케 살아남은
그 남평 문씨 아낙
일흔여섯이시더군요

씨받이 아낙이셨더군요
그 할머니 말씀에
씨받이가
남원골에 십여명
운봉골에 세 명
순창골에 다섯 명이 계셨더군요

씨받이 아무나 못하셨더군요

조선 중기 이래
지독하게

지독하게시리
사내아이에 미친 이래

씨받이로
사내아이 낳아주면
윗밭 닷 마지기 차지하셨더군요
그다음
사내아이 낳아주면
논 서 마지기에
나락 일곱 섬 받아
그 사내아이
몰래 길러내게 하셨더군요

사내아이 낳을 씨받이상(相)
손바닥 빛깔 불그데데할 것
눈썹 낚시모양일 것
눈동자 검을 것
눈초리 갸름할 것
어깨 둥글고
옆몸 두꺼울 것
아이고 망측해라 적삼 밑 젖꼭지가 검고 단단할 것
배꼽 깊을 것
진화지시(進火之時)
불 넣을 때

곧 방사 때
살갗에 서기(瑞氣) 자기(紫氣) 띠고
입술이 진홍에서 자색으로 바뀔 것
이 상이 바로
아이고아이고 왕부익자상(旺夫益子相)이라

건넛마을
권생원 댁 장남
결혼한 지 6년이도록
아들 없어
씨받이 문씨 맞아들이라
아무도 몰래
밤중 개 짖는 소리
아무도 몰래
별똥 지매 맞아들이라
촛불 밝힌 골방
4월 초하루 자시(子時)경도 지나
초사흘 사시(巳時)
씨 내리는 때이더군요

백면포 깔린 그 씨받이 화촉동방

권생원 아들 진지하시더군요
씨받이 새댁 엉겁결에 진지하시더군요

촛불 꺼졌더군요
어둠속
거북하다가
거북하지 않다가
정신 놓아버리다가
정신 차려
소리 소리 죽이시더군요

경철이 어머니

벙어리 자식
귀머거리 자식으로
이 세상의 날들을 살아오며
지옥이
땅속 어디에 있지 않고
내 마음이 지옥임을 절로 알아버렸다

아니
푸른 하늘도 지옥이고
놀라
날아오르는 장끼도
날지 않는 까투리도 지옥이었다

내 마음의 지옥으로
이 세상의 지옥으로만 살 수 없었다
내 자식을
한 사람으로 살게 할 꿈
내 마음이 꿈이었다 지옥 바꿔 꿈이었다
내 마음이 뜻이었다 지옥 바꿔 뜻이었다

어느날
시장 한구석 구둣방 지나다가
옳지
우리 경철이도

구두 만드는 일을 시켜야지 다짐하였다

그
바람 앞의 등불 같은 자식
엄마
엄마 소리밖에 못하는 자식
제화기술 배워
서울 양화점에 취직하여
제화공이 되었다

금의환향

광주로 돌아왔다
마누라 얻어
아이도 낳았다 딸이었다

그 경철이 어머니
어느새
할머니가 되어
내 마음이 낙원이었다
이제는 그 하고많은 지옥들 갔다

흰구름 뭉게구름도 지옥이 아니었다
비 오는 날

부꾸미 부치는
며느리 등짝의 아이를 받아
오냐오냐
내 새끼 내 손녀새끼
그런 낙원이었다

그러나 끝내 그 낙원이 무너졌다
아들 경철이 전두환부대한테 맞아죽었다

왼손

내가 사는 안성 서쪽에서
몇걸음 가면
평택이다
평택 언덕배기 올라서면
천안 입장 성환 들녘
서으로
서으로
안성천 따라
저녁노을 가득 찬 들녘 다 나온다

탁 트인
이 들마을 평택에도
그놈의 성리학 와
뜨내기 나까지
컴컴하게 가두었으니

기묘사화를 통탄하여
단식 끝에
목숨을 놓은 열사 계시었으니
그 이름
우남양(禹南陽) 어른이시라
도무지
평택 들 내다보지 않고
방문 닫고

주자가례만 익히시는지라
마누라한테도
읍(揖)으로 인사 나누고
종년도
사랑 밖 다섯 걸음 넘지 못하는지라
벗도
저 송도 서경덕하고
최수성 말고는
문전축객하는지라
조부모
증조부모
고조부모 제향에나 고개 숙일 뿐
부모로부터 받은
머리카락 한가닥도
행여 빠질세라
머리 빗지 않으셨는지라

똥 싸고 밑 닦을 때도
그런 천한 일은
오른손 아니고
꼭 왼손을 쓰는지라

허허

이웃 방앗간
방아 찧는 것이 음탕하다고
방앗간을 쫓아낸지라

반드시
오른쪽이 귀(貴)요 정(正)이요
현(賢)이고 중(重)함이라
해 뜨는 동이라
북녘 향해 서면
그 동쪽이 오른쪽인지라

허허

명문거족의 성은 우성(右姓)
바른 도도 우도(右道)
높은 학문도 우문(右文)이라

대궐
광화문도
중문은 왕과 중국사절 전용
우문은 사대부 문
좌문은 중인 문이라

허허

정도 아닌 좌도
좋은 벼슬에서
나쁜 벼슬로 내려가는 좌천이라

하기야
저 천축 고행승도
머리는 오른손으로 만지고
대변 뒤
밑은 왼손으로 닦고
신발 신는 일도
왼손으로 하신다는군

에라잇
이따위 존우(尊右) 때려치우고

양을 좌로 높이고
음을 우로 내렸더니
아들 낳은 좌라
그래서
양물 사정할 때
음핵 왼쪽으로 사정하고
일 마친 뒤
여체는 반드시 좌로 누웠더라

중국 관제
좌의정이 우의정 위더라
흉내내어
조선 좌의정이 위더라

우남양 어르신
어르신까지 오른손으로
책장 넘기셨으나
어르신 손자 넷은 다
제멋대로
오른손도 쓰고
왼손도 쓰다가

16대 종손 우직술은
우익이 아닌
좌익으로
경기 남부 기남 지하운동
주름잡았더라

어제는 우렁차고
오늘은 너두룩한 왼손잡이이더라

김개동

첫 훈시는 이렇다

북한괴뢰도당
열 명 이상 목 잘라온다
북한괴뢰 동조하는 불온분자 목 잘라온다
그래야
네놈들 대한민국에서 살 자격이 있다
그러기 위해서
네놈들 훈련은
특수훈련이다
이 훈련에서 살아나든지 뒈지든지 하라
질문 있나?

이상

그 훈시 끝나자마자 지옥훈련 시작되었어
대번에 정신 나갔어
몸뚱이만 꿈틀댔어
24시간 중
20시간 맹훈이었어

씨바

하루하루가 백년 같았어

그런 훈련 1개월이었어
1개월 6일이었어

증오뿐이었어
살기뿐이었어
사내 보면 즉각 때려죽이고 싶었어
계집 보면 즉각
구멍 뚫어버리고
목졸라 씹어삼키고 싶었어

그 1개월 6일 뒤

새벽 세시 수송기에 태워졌어
북으로 가는 줄 알았어
휴전선 넘어
괴뢰도당 목 자르러 가는 길인 줄 알았어

아니었어
수송기 기수가 남으로 향하고 있었어
어?
어?

먼동 트기 전 내렸어
먼통 텄어

산이 보였어

씨바
그 산이 무등산인지 알 바 없었어

씨바
광주였어

지옥훈련 1개월
이제 증오밖에 없었어
살의밖에 없었어

3공수 특전하사 김개동

눈에 보이는 것은
북괴였어 빨갱이였어
남쪽 북괴였어
남쪽 빨갱이였어
모두 때려죽여야 했어
모두 쏴죽여야 했어

버드나무 진압봉이 꼴려 떨었어
M16 총탄 80발
착검이 부르르 뻣뻣하게 꼴려 떨었어

전남대에 진주했어
대대장 권송만 대령이 외쳤어

여기는 적지다 너희들 여기서 살거나 죽거나 할 것이다

씨바

나 김개동 하사
여기서
빨갱이 사냥 20명 30명
화랑무공훈장
이것이 목적이었어

저 삼층집들 저 이층집들
다 불질러버리고 싶었어
다 죽이고 싶었어
빨갱이 계집년들아 기다려라
내가 간다
내가 가
네년들 다 조질 것이다 아작아작 씹어먹을 것이다

불끈 주먹 쥐었어 좆 꼴렸어

강해수

강화사람 첨정(僉正) 강해수는
윤(倫)을 으뜸으로
정(情)을 뒤로한
조선 성리학도 이념의 삶이었느니

호란 포로로 잡혀
심양에 끌려간
계모와
장자
차자 셋을 찾아오고자

한 사람당
만원 속전이면
풀려나는데
두 사람 속전을 겨우 만들었다

가난한 벼슬아치
가난한 선비이므로
가산 팔아도
한 사람 몫인데
담배로 바꿔가
두 사람 몫이 되었다

그런데

계모는 이미 세상 떠나
계모 신주(神主)만
두 아들이 모시고 있는데
이것을 알아차려
신주 몫 속전까지 내라 하니
어이할거나
어이할거나
두 아들만 풀려나면
신주는 남고
신주가 풀려나면
두 아들 중
한 아들만 풀려나니

더구나 계모는 생모 아니건만
자식의 윤(倫)으로는
그 계모도 생모 이상이라
그다음
장자보다
차자를 풀어내니
장자는 몽골땅으로
팔려가는 것을 보고
어이할거나

이런 강해수를

정문(旌門) 세워
길이길이 칭송하였으니

그 신주 조각이 무엇이던고

강첨정 댁
밤마다 첨정 곡성 끊이지 않았다니
낮에는 정보다 윤이요
밤에는
윤보다
정이런가

두 여대생의 밤거리

1980년 5월 13일
서울의 거리는 온통 구호의 거리였다
서울역 광장의 상여시위
서울역전 도화동
고가도로 밑
동대문
종로와 을지로 명동 입구 온통 횃불의 거리였다

5월 14일
전남 광주
전남대
조선대 가두진출 전경 저지선 뚫려
제1차 저지선 넘어
제2차 저지선 넘어
시내 전역이 밀물의 거리였다

도청 앞 1만 5천명
도청 앞 분수대
누군가가
민주성회(聖會)라 불렀다
쭈뼛거리던 시민
걱정만 하던 시민 쏟아져나온 박수의 거리였다
이렇게 시작했다 비가 왔다

조선대 독문과 기제숙 영문과 차옥심
두 여대생
비 맞고 걸어오는
다 흩어진 밤
우산도 없이
온몸 비 맞고 걸어갔다

우리가 서 있을 곳은
여기야
집도
학교도 아니고
여기야
여기 금남로거리야
우리 청춘을 바칠 여기야

잉화도

서울 남대문 밖 한강수 도도하도다
마포나루 건너
밤섬 있고
밤섬 건너
양화나루에 쪽배 대도다

밤섬과 양화나루 사이
거기
심심파적으로
자그마한 섬 하나 두었으니
잉화도(仍火島)라
히야
잉화도라
양과
돼지 방목으로
잉화도 사람들
저희들끼리 살더라
어쩌다가 거룻배 타고
마포나루 소금장 다녀오더라

명종실록
조선 명종 1년 4월의 기록
이렇더라

물 건너가보니 거기 딴판 딴세상이더라
핏줄끼리도 서로 가시버시 되더라
근친이고
원친이고 걸림 없더라
마누라 죽으면
바로
과부 맞이하고
서방 죽으면
좀 있다가
홀아비 찾더라

하루 내내 강물뿐
일년 내내 강물뿐
대낮에도
물푸레나무 밑 발 담그고 놀다가
암수 들러붙더라
저만치서 개들도 뿔붙더라
그 무슨 놈의 강상(綱常)이더냐
한강 복판 별천지더라

이 잉화도에
빼어난 미녀 있어
아홉 총각이
서로 차지하려고

날마다
호박 들고 가고
참외 들고 가고
수박 들고 가고
잉어 잡아 가고
참붕어 가물치 잡아 가지만
그 아홉 총각 다 사래쳐내니
알고 본즉
모진 병 들어
3년째 누워 있는 고모 죽기를 기다림이라
고모부와 한쌍 되는
그날 기다림이라

어릴 때부터
고모부 피리소리 듣고
그 피리소리에
서럽고 서럽게 울며
고모부한테 반해온 것

아

비 오는 날

바람 분다
옛바람 분다
바람 분다
백년 그뒤
뒷바람 분다

바람 분다
예도 없이
뒤도 없이
오늘 하루
오늘의 바람 분다

5월 훈풍

오늘뿐이다

5월 15일 경찰은 훈풍 속에서 손을 놓았다
어제와 어젯밤 최루탄 폭풍으로도
저지 실패
진압 실패 뒤
오늘은 아예 손을 놓았다

오늘의 바람 분다

시위는 퍼져갔다
학생의 제한으로부터
시민의 무제한으로 나아갔다
대학생 1만 6천
도청 앞 분수대를 에워쌌다
그들의 연합시위
바람으로
바람으로 몰려와
시민 몇만이 불어났다
드디어
시국성토문 낭독
대학선언문 낭독
대학학보사 결의문
시민에게 드리는 글 낭독
폭풍이다
폭풍이다
5월 폭풍
한 재수생의 즉석연설
시민 몇 연달아 올라서서
즉석연설
이 성토대회를 마친 행진대열
거리를 꽉 메웠다
여대생 6명 앞장서
대형 태극기를 펴든 뒤로

교수 2백여명이 앞서고
학생 2만명이 열을 지었다
시민 몇만이 뒤를 이었다

저 4월혁명
대학교수단 시위 이래
여기였다
여기 금남로였다
여교수들도 참여했다
바람 멈추고
비가 왔다
빗속에서 1천여개 횃불이 타올랐다
장엄한 밤거리였다

교수 송기숙은 교수 명노근을 걱정하며 걸었다

나비 기생

지금의 무교동 가장자리
명월관
장안의 풍류 무르익는 곳
밤마다
황금빛 술
아리따운 색이라
식민지 일본 사내들도 단골이렷다

거기
매실에 든
열아홉 기녀 춘설이
열여덟 기녀 추월이
곱디곱게 차려입은
저고리 앞섶에
나비 한 마리 수놓여 훨
날렷다

칠곡군수 장두곤이
구레나룻 쫑긋거리다
옜다 이거면 되나
하고 놀라지 마라
거금 3백원을 내던졌다
춘설이 큰절 올려
몸을 허락하겠다 하니

이에 질세라
목포부윤 이끼노 왼쪽 안주머니
거금 3백50원을 내던졌다
그러자 추월이 한마디
50원이 어디 갔나 모자라네
하자 다시 오른쪽 안주머니
50원을 내던졌다
한마디 투덜댔다
백원 더 비싸니 무슨 값인가
추월이 호호 웃으며
3백원은 몸값이되
백원은 소리값이지요
감창 없이
어이 밤 지새우리오

과연
머리 얹힌 서방도
기둥서방도 없는
빈 몸이
나비 기녀라
그 꽃값 무진무진 금값이지요

그날밤
목포부윤 이끼노 난데없이

불능
다음날도 불능
그 다음날도 불능

헛돈 내고
목포행 열차 일등석으로 돌아갔다
칙쇼
칙쇼
게시까랑 게시까랑 하고 돌아갔다

다음날 밤
추월이 옷섶
죽실
매실 들어
그 나비 한 마리 달고 고즈넉이 앉았다

거문고 타는 손길 나빗길
거문고 타는
그 검은 머리 밑
귀밑머리
하이얀 살결 나빗길

자진모리 상기 멀어라 멀어

장사남

세상은 움트는 것 버르적대는 것 하나 없다

재앙 직전
적막하구나
적막하구나
벌레도 늦종자도 무엇도
입 다물었구나
쥐도 입 다물었구나

5월 26일 새벽
드디어 적막 죽어
계엄군이 탱크 앞세우고 들이닥쳤다
빈 이발관 그림 '만종' 사진틀이
바닥에 떨어져
산산조각
농성동
농촌진흥원 근처에 진입했다
농성동 골목 누구의 꿈속 세상 떠난 할아버지
피투성이로 서서
아이고대고
아이고대고

그 시각 시민수습위원 장사남
눈앞의 계엄군

등뒤의 시민군 사이에서
이제 죽는구나 하고
생의 마지막을 각오했다

일러 '죽음의 행진'

누군가가 줄을 서서 가자고 했다
장사남이 외쳤다

무슨 말씀
죽더라도 함께 죽읍시다
횡대로 늘어서서 갑시다

그런 장사남
1년 전
5월 26일
여수 오동도로 갔다
가서
여수 동창생과
회를 먹고
노래 30곡 40곡
함께 불렀다
광주로 돌아오는 버스 안
라디오 노래 들었다

듣다가 잠들었다

꿈속
가도 가도 수평선뿐인
바다 위
혼자 쪽배를 타고 있었다

1년 뒤의 광주
전혀 몰랐다

장사남 쓰러졌다 겨우 눈떴다

죄악증거비

베트남 중부 꽝응아이성(省)
꽝남성 푸옌성은
지난날
한국군의 '소탕전' 현장
이제 나비떼가
흰나비떼가
공중에서 나무 잎새에서
이쁘게 이쁘게 어지러이 지분댄다
이제야
평화이다
나비이다

그런데 60년 전 그 '소탕전'
하나둘 비석으로 섰다
일러 죄악증거비
증오비였다

이런 증오비
여기만이 아니다
저기도
저기도 섰다

한국군이 베트남 민간인
5천명 내지

9천명 학살했다는 기록
저기도
여기도
여기도 섰다

하늘에 가닿을 죄악 만대를 기억하리라. 한국군들은 이 작은 땅에 첫 발을 내딛자마자 참혹하고 고통스런 짓을 저질렀다. 수천명의 양민을 학살하고 가옥과 무덤과 마을들을 깨끗이 불태웠다. 1966년 12월 5일 정확히 새벽 다섯시 출라이 지역에 주둔하고 있던 남한 청룡여단 1개 대대가 이곳으로 행군을 해왔다.
그들은…

이렇게 몇십명부터 몇백명의
노인과 아이들을 학살하고 불도저로 마을을 밀어버리고
불태우고 조상의 묘지까지 갈아엎었다

미제국주의와 남한 군대가 저지른 죄악을 우리는 영원토록 뼛속 깊이 새기고 인민들의 마음을 진동토록 할 것이다…

1966년 봄 부산항을 떠난
배로 베트남 도착
청룡부대 제2대대 소속 용사로
무차별 발사로 무공훈장 탄
김철국 하사

살아 있으면 57세
고엽제병 앓다가
3년 전 세상 떠났다

그 김철국 하사의 아들
김오남이
대우건설 토목담당 기술직으로
베트남 중부
벌목현장에 배치되었다
휴일 여행으로
꽝응아이성 지나다가
죄악증거비 앞에 섰다

아버지!
아버지!
아버지!
아버지 계시던 곳에 제가 와 있습니다

윤광장

형 윤광호
아우 윤한봉 사이
윤광장
삼형제가 시대에 맞섰다
온몸 한몸으로 시대에 맞섰다

남도 강진에서 태어나
광주로 왔다
형이 나서면
형을 걱정하고
아우가 나서면
아우를 걱정했다

저 1963년
한일굴욕외교 반대시위
학생대열에
아우 윤광장
형 못지않게 뜨거웠다
육군 공병 소위로 제대 후
세상에 돌아와
고교 교사 25년
그런 교사로
1968년 3선개헌 반대에 나섰다
자진 사표

서울 남대문 도깨비시장 짐꾼이었다
이 짐
저 짐
새벽부터 져날랐다
1972년 광주 대동고 교사로 근무
거기에서 동료 박석무 박행삼을 만나
삼봉조합 만들어
교사와 학생의 협동살이 열었다
1974년 아우 한봉 민청학련사건
1975년 부친 사망
1978년 광주 지하운동의 근거지
양서조합을 꾸려나갔다
1980년 5월 아우 한봉을 피신시키고
보안대로 끌려갔다
이 악물고 매맞느라 이빨 다 없어졌다
감옥에 갔다 세상에 나왔다
80년대 내내
전남교협을 이끌었다

형 윤광호 죽고
아우 윤한봉 죽었다
외롭다 술도 못 먹는 나 윤광장

오행이

수양버들 능수버들 안집
탱자나무 울타리
그 안집

사나운 개 없애고
사나운 거위
사돈댁 보내고
서당을 차리니
마을
이웃마을 아이들과
미장가 총각들 느런히 모아
천자문
이천자문
동몽선습
소학
논어 가르치기 시작한 증조할아버지
임직순 어른께서

한식날 태어난 증손자 이름 오행이라
진작 손자 이름을 자공(子貢)이라 하여
공부자(孔夫子) 제자 이름을 따온바
증손자 이름을 오행이라
숯제 만물의 기틀인 오행 그대로 따온바
오행아

오행아

오행 금목수화토라
신맛 짠맛 매운맛 쓴맛 단맛 오미(五味)라
녹황적백흑 오색(五色)이라
오륜(五倫)이라
오계(五季)라

오행아
오행아
너는 천하만물의 이치 오행으로
일신 영달
일가 창성하거라

그 증손자 임오행이
용케
일제말 징병 피하고
사변 때
우익하다
좌익하다 살아남았고
5·16 직후
잡혀갔다 나와
새마을운동에 앞장섰는데
그만 녹내장 악화하여 하루아침에 소경 되었다

한식날
증조할아버님 산소 올라가서
앞 못 보는 증손자 임오행이 엎드려 울부짖기를
증조부님 증조부님
제 금목수화토는 어디 있나이까 암흑산천이옵나이다

3년 뒤
소경으로 살았던 목숨
딸칵
숨넘어가버려
안방 윗목에 누워 이불 홑청 덮였다

고(告)하나니
고하나니
지붕에
옥양목 적삼 던졌는데
바람에 날다
지붕 홀쩍 넘어 훨훨 날았다

오행 장풍(掌風) 그 아니신가

그날밤

어디
편종 놓을 데 있나
어디
편경 세워놓을 데 있나
마음속도
계엄령이었다

어디
퉁소
피릿대
감히 입에 댈 겨를 있나
마음 밖
온통 죽음의 계엄령이다

5월 26일 한밤중
텅 빈 어둠
텅 빈 적막
그 죽음의 계엄령 거리
그 속으로 한 여자의 확성기 목소리가
퍼져간다

광주시민 여러분
계엄군이 쳐들어오고 있습니다
빨리 나오십시오

빨리 나와서
광주를 지켜야 합니다
시민 여러분
시민 여러분
계엄군이 쳐들어오고 있습니다
우리 광주를 우리가 지켜야 합니다

이 애끊는 목소리가 퍼져간다
금남로에서 금남로 끝으로 퍼져간다

다시
텅 빈 어둠
텅 빈 적막
죽음의 계엄령
그 속으로 살아 있는 몸들
아직 잠들지 못한 가슴들
영영 잠들지 못한다
계엄령의 가슴들 얼어붙었다 아니 불탔다

텅 빈 거리
죽음의 거리
그 캄캄한 적막 속으로
탕
탕

탕
타탕

M16 총소리가 박힌다 박혀서 쓰러지기 시작한다

그 여자의 처절한 목소리 어디 갔나
그 여자의 이름 무슨 심인가 무슨 주인가

이진두

썰물 갯벌
텅 비었다

어이없이 장보고가 암살당하자마자
청해진 바다세상 물결 지고 물결 일어
흩어져갔다
영광의 봄날 가버렸다
청해진은 파장터
검불이 날렸다
장보고의 부장 이창진
장보고 죽인 염장의 관군에 맞서 싸웠으나
일본땅으로
중국땅으로
류우꾸우땅으로 뿔뿔이 흩어졌다

남은 청해진 사람 1만여명은
굴비두름으로 엮어
정든 청해진 뒤로하고
북으로
북으로 끌려가
김제 들판 벽골제 공사에 투입되니
거기서
흙 파고
돌 나르다 다 죽어갔다

장사 이창진
염장의 화살 맞고 죽은 뒤
그의 아들이 남긴 씨앗
이진두가
이창진의 손자
이진두가
팔뚝으로
눈물 씻고 뭍에 올랐다

바다 마당 대신
뭍 마당 익어
땅거죽에 등을 눕히고
땅거죽에서 벌떡 일어났다
후백제 견훤 휘하에 들었다가
궁예의 휘하로 가
중국 바다세상
일본 류우꾸우 바다세상 가없이 돌아
미륵불 섬기는 중신이 되었다

허나 주군은 미쳐가고
주군의 부장
왕건은 딴꿈 꾸는 날

이진두 임종의 말 한마디

할아버님 아버님의 바다에
가 태어나고 싶으이
바다 없이 이내 가슴 하도나 갑갑하이

어용수습위

극락강 둔덕
보리 벤 밭
아직 종다리 고운 소리 있더냐

무등산 원효사
봄 안개 걷혀
아직 철쭉밭 남았더냐

5월 22일

시민들 학생들이 차지한
도청에는
수습위원회가 만들어졌다
온건론
강경론
삿대질하며
손잡다 하며
내일을 모르고
수습을 이끌어간다
이에 질세라

계엄분소에서
도지사 부지사
시장 부시장 들이 지명한

관제 수습위가 만들어져
도청에 버젓이 나타났다
원로인사 최한영을 내세워
상공회의소 간부
한국부인회 간부
지난날의 유신 시기 친여단체 간부로
자칭 수습위를 짜맞추어
신군부 전두환의 혓바닥을 대행했다

지금 광주시민은
빨갱이한테 놀아나고 있어
왜 여러분은
한평생의 애국자인 나 최한영을 못 믿어
왜 하나님 교회 김재희를 못 믿어
왜 예수 믿는 당신들이
예수 믿는 나 김재희를 못 믿어
정부의 대책에 따라
우리 향토 광주사태를 빨리 수습하여
새로운 역사에 참여해야 하고말고
이 광주를
어떻게 당신들의 죽창으로 지킨단 말이여
이 광주를
어떻게 무기 불법 탈취로
지켜낸단 말이여

하고 잠 못 이룬 시민군
배고픈 학생들에게

우리 기도합시다 다 같이 기도합시다
자 계엄군을 환영합시다 아멘

이런 소리 늘어놓다가
한 젊은 시민군이
책상 복판에
대검을 박아버리니
겁에 질려 슬슬 물러갔다

최한영의 마지막 말
이러고도
네놈들 온전하겠느냐
네놈들은
김일성한테나 가거라
거기가 네놈들이 살 곳이다

시민들 학생들 이구동성
그들의 등 뒤에 대고
광주 떠나라 전두환한테 가거라
거기가
당신들 숨넘어갈 곳이다

최한영 영감
그뒤로 세상에 나온 적 없음

6백년 느티나무 밑

달촌 오두열이 막내아들이
장사 안되어
파리 날려
하루살이 날려
읍내 가게문 닫았다더군
아랫말 김두수 아들
그 아이 이름 뭐더라
한나절이나
똘물 물장구치던 아이
똥 싸고 밑 안 닦던 아이
옳지 상옥이
그 아이가 암 걸려
얼마 남지 않았다더군
거시기
진수영감 손자놈이
시험공부 우울증으로
아파트 8층에서 뛰어내려
골이 박살났다더군
그애 어미가
실성하여
친정어머니도 몰라본다더군
저 동구 밖 오막살이
신흥댁이
영감한테 맞아

며칠째 밥도 못 먹고
아랫목 송장 노릇 한다더군
맹순이 아버지
농가 빚으로 논밭 다 팔아치우고
익산인가
대전인가로 떠나버렸다는군
임국이 아버지가
밥맛 없고 기운 없어
병원 갔더니
간암 말기라
남은 목숨 두어 달이라는군
그놈의 경운기 사고로
박일섭이 팔다리 부러져
소리차에 실려갔다는군

연기리 6백년 된다는 느티나무 밑
마을 노파 노인들
삼복 중 중복날 아침나절
난닝구 바람
잠뱅이 바람
축 처진 젖가슴 따위
바짝 들러붙은 젖 따위
할망구
할아범 내외 없이

배꼽 밑 쭈글쭈글 뱃살 내외 없이
둘러앉아
70년
75년 익숙한 그 더위 속에서
들리는 소식이라고
전하는 소식이라고
궂은 것밖에 없는 것으로
심심풀이를 하는데

은근히
그런 궂은 것 즐겨
한가지라도
더 궂은 소식 없나 하고
아쉬워하는
그 늙어빠진 악의(惡意) 없는 악의들이시여

인동할멈

영마루 넘어
열다섯에 시집와
남편하고
딱 12년 살고 과부 되었으니
남편이라 해야
스물두 살이나 많아
남편이라기보다
얼치기 시아버지 같았으니
그나마
스물일곱에 그 남편 묻고
어허달구
어허달구
세월 묻어
70년 넘게
호락질 논밭 매고 살아왔으니
아들 둘 있던 것
진작 잃고
외동딸 한 년 남아
이제
제 어미보다
더 늙어
걷는 것도 징검징검 잘 못 걷는다

드디어

그 인동할멈 아흔넷에
이승 하직하였다

늙은 딸
어디서 나오는지
그 곡성 하나 싱싱하여라
하루 울고
또 하루 울어도
목 쇠지 않고 싱싱하여라

아이고아이고
울 엄니
하루하루 자리에서 일어나면 산 것이고
일어나지 못하면 죽은 것이라던
울 엄니 말씀
엄니 엄니
나도 어서 데려가
엄니한테 데려가
여기 있어보았자 밥도둑밖에 물도둑밖에

조시민

1974년 유신헌법이 선포된다
박정희의 영구집권이 그것으로 보장된다
북의 남침 대비해야 한다고
병력 증강
한국군 60만에 이르렀다

이 시절의 한 풍경

한 젊은이가 산소용접 파란 불빛에
오른쪽 눈을 쏘였다
왼쪽 눈은 가렸다
어제도 그랬다
오늘도 그랬다

일주일 내내 그랬다
이제 오른쪽 눈은
아무것도 볼 수 없다
드디어 완전 실명에 이르렀다

이로부터 군대에 가지 않게 되었다
오른쪽 눈 없이
총을 쏠 수 없다
이로부터 군대에 가지 않고
병든 어머니

누운 아버지 병구완하며
어린 동생들 보살피며 살 수 있었다

눈 하나 없어진 날
그 젊은이는 기뻤다
그 젊은이는 슬펐다
무지무지하게 기쁘고 슬펐다

윤상원

저 70년대 10년 동안 광주의 순정이 시작되었다
헌책 몇십권 가지런히 꽂혀 있는
야학의 방
거기 들불야학
공순이 공돌이의 방
학교 가지 못하는 아이들의 방
형광등 불빛 이따금 꺼졌다가 껌벅거렸다 다시 켜졌다

열다섯 혹은 옹기종기 서른한 명
밤마다
그들을 가르치던 사람

술 끊었다
담배 끊었다
늘 웃었다
늘 사람들에게 고개 먼저 숙였다

1980년 5월 27일 새벽
그가 마지막까지 남아
전남도청 시민군 이끌다가
계엄군의 총 맞아
죽었다

그의 주검 옆에

18세 자개공 김종철
16세 광주상고 1학년 안종필이 겹쳐 있었다

순정이 완료되었다 세상은 피바다였다

고려 고종

고려가 강화도 피난 도읍에서
30년을 견디어냈다 어련무던하였다
결코 몽골에 굴복하지 않았다
굴복하지 않은 댓가로
전국토가 짓밟혔다
익어가는 벼에 불질러
잿더미가 되었다
1231년 고려 백성 20여만 포로로 끌려갔다

허수아비 왕 고종이
무신들의 손아귀 벗어나
제 왕권을 찾으려고
몽골에 굴복했다
왕자를 인질로 보냈다

나라 안의 허수아비가
나라 밖의 허수아비가 되어버렸다

고종 이은
원종도
몽골 인질 왕자로 돌아와
임금이 되었다

두말할 나위 없이

왕비는 몽골 공주였다

그뒤 몽골에 내리 충성 바치는
충렬왕
충선왕
충숙왕
충혜왕
충목왕
충정왕
공민왕에 이르기까지
몽골 사위가 고려 왕이고
몽골 공주가 고려 왕비였다

그런 날들 지나
공민왕의 북벌의지 이어
단 한번 몽골을 쳐들어가다가
만주를 쳐들어가다가 말고
그 고려 북벌의 뜻 거슬러
군대를 돌리니
그것이 조선의 시작이었다

애달프도다 공민왕
옛 고구려를 꿈꾸었다가
한 예술가로 돌아가

그림에 파묻혔다
노국공주 왕비의 그림에 파묻혔다
죽은 뒤
무덤과 무덤 사이
길을 내어
왕비의 무덤에 오고 갔다
애달프도다
애달프도다

다시 윤상원

그렇지 않으냐
아름다움이란 반드시 비극일 것
그렇지 않으냐
아름다움이란
그냥 아름다움이 아닐 것
아름다움이란
어떤 행운이나 행복의 문신(文身)이 아닐 것

여기 아름다운 사람

5월을 위하여 있었던 사람
5월 광주를 위하여
있다가 없어진 사람

곱슬머리
아침부터 진지한 얼굴
아니
저녁부터 관대한 얼굴
미풍에 눈 떴다 감았던 얼굴
그 5월 거기까지만
서른살
거기까지만 있던 사람
그 5월 도청 안
시민군 3백여명 이끌고

그 5월 27일 새벽 네시까지
10일간 불지른 사람

고아들
부랑자들
고교생들
막일꾼들
젊은이들
천둥벌거숭이들
다 떠나고
몇사람밖에 남지 않은 인텔리와 마구잡이들
그들을 이끌었던 밤
그것이 생의 전부인 사람

계엄군 3공수의 총에 맞았다
쓰러졌다
그리고 실려가는 줄 모르고 실려가 파묻혔다

하나의 들불은 꺼졌다
그뒤
그 막강한 군사의 시대
수많은 들불이 이어져야 할 때까지
그의 죽음
아무도 울어주지 못한 채

어디론가 실려갔다 쓰레기로 실려갔다 파묻혔다
누구의 감탄사도 필요없이

소년 조실(祖室)

통영 용화사 모란꽃 흐드러진다
통영 용화사 위
도솔암 작약꽃 흐드러진다
도솔암 선방
하루 내내 말 없다
인기척 없다
나비 왔다 곧 간다

선방 수좌 27명
방선 뒤에도
말 없다
바람 일어나 풍경이 운다
곧 바람 잔다
풍경도 말 없다

어느날 선방 조실이 방을 비웠다
조실 무봉선사
다도해 건너
조계산으로 갔다
인연 다했노라고
몰래 떠나
그곳에 가 눈감았다

다음해 도솔암 수좌 27명 중

다섯이 길 나섰다
새 조실을 청하러
먼 길 나섰다
배 탔다
저잣거리를 지났다
들을 지났다
해 저물어
백양산 선암사에 이르렀다

그 절 노덕(老德) 혜월을 찾았다
새 조실을 청했다
혜월 즉답
마침 잘 왔네그려
혜월이 일행을 데리고 나가
절 뒷방에 붙박인
한 어린 수좌에게
삼배 올리라 했다
이분이 그대들 조실이시네
한마디 남기고
혜월이 갔다

허어 스물한살의 조실 철우
열한살 이래
선방 10년을

눕지 않고
기대지 않고
내내 앉아 있었다
북의 묘향산 석굴 10년
말하지 않고
듣지 않고
들숨 날숨도 줄였다
남으로 와서
내내 앉아 있는 중
오줌도 하루 네 번 누었다

일러서 10년 충만의 공(空)!

스물한살 애송이 조실
통영 도솔암 조실로 모셔갔다
일흔살 수좌
마흔살 수좌
서른다섯살 수좌
애송이 조실에게
겨울 안거(安居)
공부 점검받느라 애먹었다

백척간두
한걸음 내디디면

거기 허공
거기가 살 곳인가 죽을 곳인가
어서 말해라
어서 말해라
이놈의 불한당아 밥도적들아

숨막혔다

박영순과 이경희

1980년 5월 27일 새벽 정적의 거리
이제 곧 학살군이 들이닥치리라
지금은 죽음을 각오한
침묵의 시간
남은 시민군
도청 최후의 보루를 죽음으로 지키리라

그중 80명은 제대한 청년들
60명은 청소년
10여명은 여자

이들이 각 방어벽에 배치되었다

정적의 거리
그때 시민군 처녀 박영순과 이경희의 목소리
그 애절한 가두방송의 목소리가
정적의 거리로 나가며 메아리쳤다

시민 여러분
시민 여러분
지금 계엄군이 쳐들어오고 있습니다
사랑하는 우리 형제 우리 자매들을 또다시 학살할 것입니다
우리 모두 계엄군과 끝까지 싸웁시다
우리는 광주를 사수할 것입니다

우리를 잊지 말아주십시오
우리는 최후까지 싸울 것입니다
시민 여러분
곧 계엄군이 쳐들어오고 있습니다

한밤중
이 소리만이 메아리치고
메아리쳐
사라지고 있었다

커다란 고요가 커다란 적막이 찼다

이윽고 새벽 네시 계엄군의 총소리가 시작되었다
박영순과 이경희
아직 살아 있었다

어린 스님 일연의 길

겁없이 눈보라 속이었다
한치 앞
몰랐다
열다섯살
사미십계 소년승 일연이
하필
이런 날
다른 절로 떠나는 날
눈보라 속이었다

오도 가도 못하는 혼자였다
어쩌누
어쩌누

늙은 소나무 한 가쟁이가 눈더미 쓴 채 뻗어 있었다
그 가쟁이 뻗은 쪽으로
무턱대고 갔다
그 가쟁이 가리키는 쪽으로
무턱대고 갔다
눈구덩이 헤치며 빠져들며
가고 갔다
한나절 남짓 가니
벌써 어두웠다
어쩌누

어쩌누

그때였다
불빛 하나 꿈결인 듯
소나무 가쟁이가 가리킨 길이 맞았다

소년승 일연의 입에서 어디서 못 배운 소리가 나왔다

이로부터
슬피 우는 새소리를
네 벗으로 짝지우리라
물소리를 부모로 삼으리라

무명승

오늘도 보리와 밀 내다 말리기에
썩 좋은 날인가
늘 웃었다
앞니 하나가 빠져 있었다
혼자서도
늘 웃었다

가고 갔다
가고 가는 것이 공부였다

길이 공부방

새는 공중에서 날아오고
그는 길을 걸어갔다

하루 칠십릿길 팔십릿길
혼자 두런거리면 염불이고 독경이고
혼자 입 다물고 가면
그것이 참선이었다

가고 갔다
히죽이 웃으며 갔다
제가 무슨
가섭미소(迦葉微笑)인가

가다가
밭주인한테
무 하나 얻어먹었다
고구마 하나 얻어
흙 털어 먹었다

아무 절에나 가서 하룻밤
각박한 때라
방 없다고 쫓으면
법당 마룻바닥에 앉아
밤을 새웠다

신새벽 세시
그 법당 부처님을 바랑에 모셔 지고
가랑비 맞으며 떠났다
부처님 이런 절에 계시지 마셔요
좋은 절에 모시겠어요
아닌게아니라
그 절은 새벽 예불도 없었다

가고 갔다
그가 간 백릿길 밖
다른 절에
부처님 모셔두고 떠났다

히죽이 웃었다

누가 법명을 물었다
누가 속명을 물었다
대답 없이
웃었다

오늘도 콩 말리기에
썩 좋은 날인가

아 콩알 한 개
그 속에
콩 촘촘히 담긴
콩깍지
열여섯 개
그 콩깍지 주렁주렁 달린
콩나무 한 그루

내년 콩농사 풍년 틀림없어라

만
인
보

28

萬
人
譜

영우 고조할머니 생신날

밤새 멀리 울고 낮새 가까이 운다

올해 지영우 다섯살
이 지영우 생일이
용케도
용케도
고조할머니 심씨 107세 생신날과
같은 날이라
같은 날
음력 3월 11일
고조할머니와
고손자 다섯살 아기가
함께 생일 주인이로세

고조할머니 107세이니
바다 건너
제주도 할망 110세짜리
바다 건너
오끼나와 할망 109세짜리들과 더불어
누가 이들의 생애 나란히
감히 덧없다 하리
감히 쏜 화살이라 흘러간 물이라 하리

모질디모진 세월 기나긴 세월네월 험하디험한 삶을

번쩍 들어올렸다 내려놓고
바위너설 꿈적하지 않고 서까래 썩 치켜올리고 살아오는 날들
그 고비고비 뒤
오늘 아침 언틀먼틀한 생신상 앞 앉으셨거니

그 영우 고조할머니 아래로
옛날이야기
옛날이야기
이야기는 이야기
뙈기는 뙈기
하늘에서 내려오는
썩은 동아줄
성한 동아줄
그런 옛날이야기
백 가지 가운데
몇가지는 겹치기도 하고
어슷비슷하기도 하여
아들딸 손자손녀
증손자 증손녀
고손자 고손녀들 자라는 동안
TV 만화시간 불고하고
들려주고 붙박아 들려주어
어언
증조할머니 92세

할아버지 75세
할머니 72세
아버지 49세
어머니 41세
맏형 25세
둘째형 23세
맏누이 22세
셋째형 18세
둘째누나 16세
넷째형 13세
다섯째형 10세
쭈욱 내려와
애개개 늦둥이 막내 영우 다섯살이라
여기에
종조할아버지 직계 3대 38명
첫째삼촌 사촌형 누나 8명
둘째삼촌 사촌형 누나 11명
셋째삼촌 사촌형 누나 6명
넷째삼촌 사촌형 누나 5명
큰고모 사촌형 누나 12명
작은고모 사촌형 누나 7명

이 자손들 모여 자자손손들 모여
구름 같은 생일잔치 먹으니

어찌 한 떨거지 웅성웅성 장엄치 않으랴
숟가락 젓가락만 해도
76개 152개

으슬으슬한 날씨건만
마당에 멍석 넉 장 깔고도 모자라
이웃집 멍석
석 장 빌려다 깔아놓으니
마당 가뜩
서로 부딪쳐 웃어야 하고
서로 뒤엉켜 웃어야 하고

그런 가운데도
고조할머니 심씨
총기 밝아
너 영철이놈
올해 열일곱살이지
네 생일이
나보다 두 달 늦어
5월 5일이지
그래서 네놈 아잇적 이름이
단오였지
너 진성이놈
벌써 서른살 턱밑이구나

그래 장가가
떡두꺼비 같은 자식 낳으니
애비 맛이 어떠냐

이렇게
하루 내내
손자손녀
증손녀 증손자
고손자 고손녀 하나하나
신임사또 육방관속 점고하듯
흑싸리 홍싸리 비오리 사다새
두루 챙기니
이 고조할머니 107세의 실웃음 자애와 검버섯 위엄 앞에
절로 마음고개 숙어져
커다란 가문의 복
으뜸이건만
문득 고조할머니의 눈에
시름 들어
떠오르는 놈 하나 있다

1948년 가을 달밤에
북으로 떠나간
영우 다섯째삼촌
보지 못한 그 삼촌 생각

웃음 뒤에 따로 둔 슬픔이라

흐음 창곤이 그 녀석
내 증손자 중
유난히도
유난히도
눈 초롱초롱한 녀석인데
지씨 가문 개천에서 용으로 난 녀석인데
거기 가
살았는지 죽었는지
대동강 부벽루
이수일 심순애의 거기 가 죽었는지 살았는지
김일성이한테 편지 써보내 물어봐야지

이런 할머니 혼잣말에 대고
어린 고손자 똑똑하여라
할머님 지금은 김일성이 아니라
김정일이어요

정명귀

육군 중령이었다
대령이 꿈
준장 소장이 꿈
장군이라는 말 한번 듣는 것이 꿈

어느날 그 꿈을 서뿟 내버려야 했다
전라도 장군은 사절이라는 것
그럴진대 하루라도 일찍 세상에 나가
살아갈 터를 잡자 하여
제대해버렸다

고향 해남에 돌아갔다
그러나
아무런 꿈도 꿀 수 없는 고향이었다
먼지 몰려가는 신작로 떠나
무작정 서울로 갔다

하는 일마다 실패였다
술이 늘었다
아내가 그런 남편의 서울 떠나버렸다
딸도 떠나버렸다

박정희 각하가 죽은 뒤
박정희 각하의 똘마니들이

나라를 틀어쥐었다

육군 중령 정명귀는 이제 평민 정명귀
이것
저것 실패였다

헐수할수없이 광주로 내려왔다
별거 아내를 만나보려고
아우 재귀와
재귀 친구 임원주와 함께 내려왔다

광주에 도착하여
점심을 먹고 헤어졌다

아내 못 만났다

전남대 후문 근처
거기서 고향사람 만났다
아이고 이게 누구여
이게 누구랑가
만나고 나서
계엄군한테 총 맞았는지
거기서 쓰러졌다
아무런 이유 없이

거기서 쓰러졌다

쓰러진 주검
어디로 실려갔는지 모른다

뒷날 망월동 묘지
정명귀의 무덤은 빈 무덤

살아온 세월 54년 빈 무덤 거기 휘영청 열엿샛달 밝다

공민영의 낮거리

옛 세시풍속

정월 초하루는 사람 설날
정월 초사흘은 나무 설날이라

아직 강물 못 풀리고
흙 녹지 않았건만
이미 숫기운 양(陽)기운이 들어와
초사흘 나무 설날
나무 시집보내는 날이라

나무마다
두 가지 사이
갸름히
돌멩이 끼워주는 날이라

이로부터
열매 많이 열린다
열매 많이 열리면
사람 열매도 많이 열려
자손 번창이라

또한

이쪽 암나무
저쪽 수나무 애태우지 않도록
은행 암나무에 구멍 뚫고
그 구멍에
수나무 토막을 끼워주는
초사흘
초닷새
초이레
초아흐레
그리하여
대보름 홀숫날까지
시집보내는 긴 설날이라

인수동 공민영
큼큼큼큼
콧속에 흥을 일으켜
은행나무
첫날밤 지어준 뒤
그대만 첫날밤이냐 나도 첫날밤이다 하고
첫날밤 앞서 첫날이다 하고

여보! 하고
빨래 삶는 마누라 불러
한낮인데 방으로 들어가

문 걸고 누워버렸다

눈 찌푸린 마누라 가라사대
무슨 짓이여 대낮에
무슨 짓이여
무슨 짓
무슨
무

정경채

백암산 돌산에
남포 터지면
우르르
와르르
강바람 내며 쏟아지는 돌덩이들 바윗덩이들

거기서 열여섯살 경채가
돌을 쪼았다
하루가 3년 같다
하루가 5년 같다
제 무게 버금가는 망치로
하루 아홉 시간 열 시간
돌을 쪼았다
하루가 10년 같다 점점 귀가 먼다

그런 경채
그대로 둘 수 없어서
십장 나리가
너는 저 아래 공장에 가거라
해서
돌산 밑
비석 상석
불상 만드는 석공으로 옮겨
하루 내내 돌 모서리 들들 갈았다

고향 강진 아득하였다

불상 43개
비석 2백50개 만드는 석공 조수
지긋지긋한 나날이었다
하루하루가 12년 같다 귀가 열렸다

더이상 견디지 못하고
큰형에게 갔다
강진 앞바다
그 앞바다 김 양식장
바닷바람 속에서 살았다
억울하면 바다 보고 울었다
슬프면 바다 보고 울었다

다시 임실로 갔다
못 견디고
광주로 갔다
5월 20일
광주 유동삼거리
그 계엄군의 거리에 덜렁 섰다

그뒤 행방묘연

사미 현해

저녁 종소리
저녁 산사 종소리
서른세 번 울리는 동안
어느새 밤이 된다

한번 울리는 종소리 길고 길다
그 긴 종소리 뒤
남은 소리
그 소리 자취
그 고요
그때부터 종소리는 내 마음속
내 소리로 이어진다 소리 없는 소리 이어진다

열여덟살 사미 현해(玄海)

이런 풋내기가
치는 종소리
어찌 80옹 90옹도 모르는
그 유구한 종소리 끝
자취를 이루는지요

그러고 보니
풋내기 현해가
전생 120옹으로 살다 숨져

이승에 와 있는지요

황종조 범종 종소리
이 소리는
이 소리 끝 소리 자취로
이 소리 마음으로
그냥 소리의 고요 밤 이슥도록 밤새도록 이어지는지요

그러고 보니
빈 종 종각에 걸려 하루 내내
그 빈 종으로
은은히 은은히 은은히도
날 저물도록 날 새도록 울고 있는지요

장광식

그러지 말아야 할 스물일곱살
얼굴에 주름들 부산하여
나이 지긋이 기운 얼굴이라
어이 노총각
어이 노총각
어느새 노총각이 별명이었다

저 경남 밀양에서 태어나
중학교 중퇴로 집을 나섰다
넝마주이
고물상 종업원
식당 종업원
그러다가 구두닦이 되었다
노총각이 장가들어 두 아이를 두었다

두 아이 아버지 되어도
어이 노총각
어이 노총각

남광주역 대합실 구두닦이
어이 노총각
어이 노총각
어느새 노총각이 별명이었다

어이 노총각
어이 노총각

5월 18일
도청 미문화원 사이 휩쓸려
동료 구두닦이
최진동
김현우와
휩쓸려가다 흩어졌다

그뒤 어디에도 노총각 없다
장광식 없다

형 광인이
동생의 아들 둘
제수가 맡기고 떠나버려
그 조카 둘의 아비가 되었다
친자식 둘
조카 둘
넷을 다 길러야 했다
10년 동안
아우 광식을 찾아 돌았다

기어이
5·18민주항쟁 행방불명자로 인정되어
망월동 묘지에 헛묘 묻었다

괜히 하늘에 대고 호소하지 말 것
괜히 산에 대고
바다에 대고 원망치 말 것
천상도
지상도 무죄

전두환부대 너 어디 갔느냐 총 내리고 다시 와봐

박승방

박제빈
고종의 조선
승정원에 들어가
정언(正言)
교리(校理)
수찬(修撰)
장령(掌令) 거쳐
대사간에 이르렀다

고종의 대한제국

궁내부 특진관
승녕부 부총관에 이르렀다

풍전등화 운세 속
승승장구 운세라

융희 3년
안중근 의거로 쓰러진
이또오 히로부미 시신
만주에서
조선 거쳐
왜도로 돌아가
국장(國葬)이 거행되는데

조선 사죄단으로
일진회 민병석 등과 함께
왜도에 건너가 고두배례 올렸으니
다음해 나라가 망해도
그 운세 높아 높아
일왕으로부터 남작 작위를 감지덕지 받는구나

그 박제빈 눈감자
아버지 작위
아들 박서양이 물려받는구나
박서양 양자 박승방에 이르러
그 왜적 작위 삼대를 사절

박승방

협동단 조직하여
일제 말기 국내 독립운동에 가담
서대문감옥에 갇혀 있다가
1945년 8월
해방된 거리에 나왔다

양할아버지 돈
양아버지 돈

나라 팔아먹은 돈
나라 찾는 데 썼다
나라 찾는
동지 모이는 데 다 썼다

나랏돈이 겨렛돈으로 돌아오는 동안
명월관 드나들지 않고
돈암정 주막에 드나들었다

걸걸한 목소리가
짙은 눈썹에 걸려
주린 배에 밥이고
설운 가슴에 술이었다

너에게 밤이 있으면
기필코
너에게 낮이 있으리라

그의 걸걸한 목소리
발밑에 저벅저벅 밟힌다
빈 깃대에 깃발 걸린다
잠든 젓대 깨어나 휘영청 소리 나온다

임옥환

가겟방들 국민주택들 빛고을아파트 1층 2층 3층 5층 6층
새벽 세시 기상
네시에서 다섯시 사이 배달 완수

아 나의 거룩한 하루 이렇게 시작한다

조대부고 1학년
열일곱살
임옥환
신문 배달 고학생

아 나의 밑 빠진 하루 이렇게 시작한다

5월 20일 휴교령
5월 28일 수업 재개
그사이
5월 22일
지산동 절간 불광사 하숙생 임옥환
고향 고흥 다녀오려고
새벽 다섯시 길 나섰다
어둑어둑하지만 신문 배달로 길이 환했다
광주 시외버스터미널 폐쇄
화순까지 걸어가
거기서

버스를 타야 했다

조선대 뒷산 지름길 가다 퇴각중인 계엄군에게 잡혔다
총 맞아
그 자리에서 죽었다 파묻혔다

아 나의 어이없는 미성년 한평생 이렇게 끝났다 하늘 자부룩

박중빈

어제 둥글다
오늘 둥글다
내일 둥글다

세상도 세상의 한집도 서로 둥글다

바람 솟는다 바람 내려온다

임소례

가난은 뿔뿔이 흩어져야 한다

방앗간 일꾼 남편이 죽은 뒤
빈 몸뚱이 일곱 자녀
맨손으로 키워내어
위로 셋
시집 장가 보내고
남은 것들 데리고
볕 한줌 들지 않는 애옥살이
팍팍한 삶

무안 공탄
둘째딸네 얹혀살다가
고양 벽제로 갔다
방세 내지 못하고
여기
저기 쫓겨났다

고향 몽탄도
서울도
어디도
비 오면 비 맞는 삶

그러다가

광주 왔다 광주 와서 사라졌다

광주는
총 쏘면 총 맞아 죽는 곳
곤봉 맞아 죽는 곳

어머니 임소례 죽었다 쉰일곱살
둘째아들 병균 죽었다 스물세살
막내아들 병대 죽었다 열네살
외손자 박광진 죽었다 다섯살

가난 마쳤다

문선명

세상에
세상에
이런 대담무쌍 반역의 뜻
이런 초심일관 혁신의 뜻
전란의 잿더미 위에서 선포했느니

천년 철옹성
십자가의 절대를 대번에 지워버렸느니

십자가 집안들 일어서서
이단
이단
이단이라
백년 저주 마다 않건만

바다 건너
하늘 건너
오대양 육대주
지상의 선남선녀 모아
커다란 혼인잔치 꽃잔치 베풀었느니

세계 도처에서
문은
달이 아니라

문선명이었느니
만국 선남선녀의 아버지였느니

그 구십 이승 구름 뒤 계수나무 보름달이었느니

이철우

내일 아침
녹두죽이 한대접 먹고 싶으네
황탯국 한대접 훌훌 비우고 싶으네

끄덕끄덕
술꾼의 머리 따로 노네
끄덕끄덕
손발 따로 노네
이리 비틀
저리 비틀
술꾼과 술꾼 그림자 따로 노시네

오늘밤
한잔 또 한잔
위하여
위하여
쭈욱쭉 비우고 싶으네
그까짓 안주 없어도
딱 한잔 비우고 싶으네

영암 월출산 기슭 오막살이
술꾼의 마누라
집 나간 뒤
술꾼 이철우도

기어이 집 나갔다
빈 오막살이야
거미줄 거미가 살고
들쥐가 살다가
들고양이가 살았다

광주 대처로 나와
집 나간 마누라 찾다 찾다 말았다
양동시장
만물상회 심부름꾼이었다
어디로 갔다가
다시 와
만물상회 일꾼이었다

나주배 궤짝
벌교사과 궤짝
번쩍 들어다 놓았다
도매 물건
번쩍 들어다 쌓았다

그러고 나면
막걸리 한 되 마시고
비 오면 두 되 마시고
체머리 끄덕끄덕

갈지자걸음 비틀비틀

내일 아침 해장국 짱뚱어탕 먹고 싶으네

양동시장 장바닥
주태백이 이철우 모르는 사람 없지
그런 이철우
5월 18일 저녁
시장 입구 막걸리 한사발 마시고 나선 뒤
아예 소식 없다
쉰네살 이철우 소식 없다

한 생애 싱겁다 싱겁고 아프다 공수부대 어느 놈아 썩 나오너라

유영준

황해도 해주 신생관 기생 춘설
본디 평양 권번
일곱살 적부터 기예 익혀
대동강 부벽루
평양 갑부 함부자 생신잔치
그 잔치 끝
머리 얹힌
거문고 가야금 피리 퉁소
손끝 재주
혀끝 재주
후여후여 서도 노래
목젖 재주로 모란봉 풍류 자욱한데
달 같은 춘설 납시더니
웬일로
대처 평양 두고
남으로
남으로 가
서해 해주 신생관 행수기생 추월로 나섰다
봄 가고 가을인가
이름도 바꿔
수양산 해주 바닥 걸쭉한 사내들 불러
술 권하더니
어느덧 그 사내들이
옜수 옜수

술 권하는 여장부 되었더라

기미년 만세소리 퍼져나갈 때
그 추월이 병풍 눕혀 접어버린 뒤
여러 기생들 이끌고
본정에서 행정까지 만세행진 나서는데
평민 서민 다 잡아가도
웬일로
아리따운 기생들은 돌려보내니
다시 한번
경찰서 앞으로 몰려가
돌 던져 창을 깨었다
만세를 불렀다
왜놈 돌아가거라
조선 독립하리라
만세 만세 불렀다

옛 춘설 오늘의 추월
아니 본명 유영준(劉英俊) 방년 21세라

2년형 만기로 나오니
해주 유지가
그 기상 장하다 하여
불러다가 숙식 맡고

공부시키니
출옥 기생들 전원 학도가 되었다
일본 유학
의학을 전공했다

유영준

성동 인보관 관장으로
가난한 병자 치료하는데
그 관장 노릇 하며
국내 독립운동 뒷일을 살폈다
그러다가
해방 뒤 북으로 갔다

춘설
추월의 내력이었다

이창현

인성고 뒷산 암매장 흙구덩이 속에서 너 나왔다
뻐꾹새 울었다

주검 썩어
주검냄새
한번 몸에 붙으면
아흐레 갔다
열흘 갔다

썩은 주검 갈비뼈 드러나고
팔다리도
여린 뼈로 남겨진 어린아이 유골이라

그 주검 아무리 살펴보아야
누구인지 모르다가
기어이
이 주검이
일곱살 아이 너 이창현인 것
알아버렸다

창현이
국민학교 입학 두 달 만에
국민학교
중고등학교

대학교
다 휴교령으로 문 닫았을 때
너 집 밖에 나갔다가
그길로
총 맞아 뻗어버렸다
아얏! 소리 한번 못 지르고
뻗어버렸다
일곱살 빨갱이로
뻗어버렸다

아빠는 저 완도의 건설현장
석판 나르고
엄마는 광주시내
태평양화장품 외판원

다섯살 동생 창범
세살 아기 누이동생 선영이
문간방에서 선잠 깨어나 울고 있었다

소녀 소희

배가 있었네
작은 배가 있었네
아주 작은 배가 있었네
작은 배로는
떠날 수 없네
멀리 떠날 수 없네
아주 멀리 떠날 수 없네

열여섯살 소희
대부도 앞바다 바라보며 노래하네

아리따워라

아버지는 절도 3범
교도소에 가 있고
어머니는 아버지의 친구와 달아났네

아리따워라
아리따워라

마른빨래 뒤집혀 펄럭이는 막된 바닷바람
그 바람 속
열여섯살 소희에게
어쩌자고 작은 배가 있었네

백씨

이광수의 본부인 백씨
평양에서
참기름장사로
남편의 학비를 댔다

게사니 바가각바가각 울었다
초록이자 단풍의 세월
오로지 남편 생각으로 사는 까닭이었다

일본 유학중
이광수는
나혜석과 바람났다
폐병 걸려
조선으로 돌아와
병원에 독장치듯 누웠는데
일본 유학생 허영숙이
그 병원 인턴이라
누워서 엎치락뒤치락 바람났다

기어이
본부인 내치고 결혼할 판인데
본부인 백씨
분하고 서럽고 어지러워
이혼 단연 막무가내로 거부하자

이광수
차라리 상해로 떠나버렸다
상해 임시정부
안창호 만났다
임 그리는
독립신문 주필이었다

어디 일제가 가만두겠는가
단단히 일러
허영숙을 보내어
이광수를 데려왔다

이광수 체포하는 척
곧 풀어주었다
일제가
이광수의 재혼을 서둘렀다

「자유연애론」
「조선 청년에게 고함」
「민족개조론」
조선아 너를 버릴까나 어쩌고
조선을 버렸다
본처를 버렸다

백씨 혼자 버림받아
그 배신의 세월
한 조국
한 겨레의 배신을 누누이 바라보았다
바라보다 말았다

여기 성만 써
백씨라 함

이진현

나 아득시니 살 만치 살었그만이라오
마흔여덟이나 먹었으니
이럭저럭 살 만치 살었그만이라오
아니
나 마흔여덟인지
서른여덟인지 알 것 없그만이라오

군대 갔다가
정신이상으로 제대하고
광산 신가동 고향에 와
여름 논두렁에 있그만이라오
가을 논두렁에 퍼질러앉았그만이라오
그러다가
비라도 오는 날은
날궂이병 발작으로
동네방네 쑥밭 둑새풀밭 싸질러다녔그만이라오

5월 19일
하늘 틉틉
바람 칙칙하더니
기어이
나 발작하여 또 뛰쳐나갔그만이라오
5월 18일 계엄군도 모르고
뛰쳐나갔그만이라오

뛰쳐나가
영영 돌아오지 못한
뜬귀신이 되었그만이라오

아우 이달희가
아무리 찾아다녀도
나 이진현의 날궂이 해골 찾지 못하였그만이라오

서평양경찰서장

서평양경찰서장 키무라 요시오(木村吉夫)
조선 이름 박준봉
평양 인텔리 절반이
키무라 방망이 맞았다 한다
해방 직후
그 키무라가 도망쳤으나
압록강 기슭
강계에서
강계 청년들에게 붙잡혀
평양으로 끌려왔다

평양경찰서 마당

키무라한테 맞은 인텔리 수십명이 모여들어
줄 서서
키무라를 때렸다
일곱 명째
여덟 명째
아홉 명째 몽둥이로 맞아
죽었다

가마니 송장으로 칠골 밭두렁에 묻었다

모였던 인텔리들

주막에 가
폭음으로 울부짖었다

그 시절 서울수도청
해방 경찰은
일제 경찰 그대로였다
1계급 특진
2계급 특진 그대로였다

이정길

우묵한 둠벙 보면
마구 대가리 흔들어대는
찌락대기 황소일세
아니
누가 있으나마나
화부터 내고 마는
혼자 있어도
제가 저한테
화내고 마는 찌락대기 황소일세

황소 심보 이정길

군대 가서도
내무반 쌈꾼일세
기어이
탈영했다가
영창 가고
탈영했다가
영창 갔네
3년 제대가 12년 제대였네

일곱 남매 장남이건만
동생들
누이들한테

푸근한 날씨 되어준 적 없었네

고향에도 못 있고
타향에도 못 있는 성깔이었네
끝내 주택건설 공사판
도로공사판
막일꾼이다가
공사판 쌈꾼이었네

몸속이 늘 불이 나서 뜨거웠네
누가 슬쩍 쳐다만 보아도
너 나한티 유감 있냐
옷 벗고 청룡 문신 기어오르는 가슴팍 내놓았네

어느덧 마흔살

5월 17일
광주 송정리 누님 집에서
황금동 당숙 집에 들렀다가 쌩! 하고 나갔다
탕! 탕! 탕!

종적 없네

상민

아직은 뜻이었다 힘이 아니었다
아직은 뜻과 뜻이 눈동자 빛나며 만나는 꿈이었다

아직은 가슴뿐
아직은 세상에 던지는 폭탄이 아니었다

국내 지하단체

정준섭
정준섭의 아우
정기섭

휘문고보 시절 정지용에게
시를 배운 청년
스스로 호를 지어
상민(常民)이라
봉건 양반 아니라
쌍놈이라 이름 달고
시 한편 고치고 고쳤다

학병 소집 앞두고
백운동 산중으로 숨어들었다
백운동 여름밤
벌써 귀뚜리떼 울음 차 있는데

오늘도 잡히지 않았다
오늘도 들키지 않았다
오늘도 무사하다
오늘도 누군가가 밀고하지 않았다
오늘도 무사하다 누군가가 냄새 맡지 않았다

이런 일기 끝
1945년 8월 18일 아침
나무꾼한테 일본 항복 소식을 들었다

사실인가 아닌가

기뻤다
기쁨 뒤 허망하였다

나는 일제 36년 동안 무엇을 하였던가
내 이름 상민 이것뿐

이상복

화순읍 변두리 주저앉은 집
상복이 어멈
조록싸릿대 한다발
굴뚝에 기대어두셨다
지지리도 아들 복 없으셨다

거미줄 치면
거미줄 걷으셨다
제비 오지 않아도
제비집 그대로 두셨다

둘째아들 진작 시름거리다 눈감았다
막내아들 상복이
일자무식으로 몸 날래었다
어느 겨를
자동차 운전 배우더니
트럭 몰았다
화물 운송
폭염 속
무거운 철근 실어날랐다 동료를 뒈지게 패고 씨근벌떡 돌아왔다

여수로 가 배를 탔다
난바다 멸칫배의 달밤
선장한테 주먹을 휘둘렀다

단 한번도
넘늘어보지 못하고
단 한번도
빌어보지 못하고
폭력범으로 여수교도소 수감
광주교도소 이감
하필 1980년 5월 16일 집행유예 석방이었다

오랜만에 집에 돌아왔다
고향 화순
고향 어른들의 입에서
어이 상복이 자네
쇠고랑 찼다더니 언제 왔당가
어이 자네
이제 그만 맨주먹에 권투장갑 끼고 다니게
이런 소리 듣자
홧김에
어머니한테
하직인사도 없이 집 나가
광주로 갔다

광주가 어디던가 거기 가자마자
시위대열에 끼어들었다 시민군이 되었다

계엄군 둘한테
셋한테
두들겨맞고 뻗었다
트럭에 실려 어디에 묻혀버렸다

화순 쌍봉산 비탈
매자나무 열매
흔전만전 달렸더라
화순 용담 냇가
매자기꽃 서넛 피었더라

그 어디에도
이상복 뒷모습 없더라

상복이 어멈
딸부자라
딸 넷은
화순으로 가 울고
광주로 와 울고
누이들의 울음 속에 에미의 울음도 섞여 있었다

스물아홉 이상복의 일생이었다 이상

달밤

두살배기
동실이가 천문에 들었구나

마당 멍석에 누워
7월 백종 보름달을 본다
한손은 쥐고
한손은 펴고 있다

네가 달 보니?
달이 너 보니?

태어난 날 밤
보름밤이어서
두둥실
둥실
뜬 보름달 그대로
둥실아
둥실아 부르다가
뒷날 민적에 올린 한자로 동실이가 되었다

변동실
순종 융희 3년
민호승의 집종 변돌석의 아이로 태어나
열아홉살에

일본 헌병대 밀정이 되어
의병 가족
망명 가족
독립군 가족
칠십 여인을 잡아들이고
그중의 처자 둘은
첩으로 들였다가
하나는
달밤에 때려죽였다

술 한 말 먹고 노래 불렀다

세상이란 백사지
인생은 나그네라

이기환

점잖게 사뢰기를
삼순구식(三旬九食)이라
한 달에
아홉 끼니 먹는
주림
고픔
그 허기진 날들

나주 영산포
담양 곡성
화순
순천에
널려 있을 때

무등양복점
구미양복점
반도양복점 아이 이기환

이렇게 양복점 심부름꾼 기환이
열다섯살이 되어
재봉틀 한대를 맡았다

세상이 내 것이었다
굶지 않으리

굶지 않고
세끼 다 먹으리

하루 내내 몇사발 물 먹으리

양복점 뒤쪽 재봉실
두 발을 살뜰살뜰 굴렀다
촘촘히 천을 박아나갔다
고단하다니
고단하다니
생라면 맛도 꿀맛이었다
아버지는 아버지대로 뻥끼 기술로
고흥까지
장흥까지 뻥끼칠하러 가셨다
일요일 집에 가면
어서 온나 우리 기환이 우리 기환이
어머니가 끓여주는
낙짓국이 꿀맛이었다

5월 20일
금남로는 택시기사 시위
트럭기사 시위
버스기사 시위로
빵빵 빠앙 빵 빠앙 장엄한 거리였다

이윽고
도청 주둔의 계엄군 퇴각
시민군이 생겨나
각목
쇠파이프
무기고 카빈총 삼엄한 거리였다

5월 22일
기환이 집에 왔다
계엄군 몰아내야지요
우리들 다 죽이는
그놈들 다 쫓아내야지요
하고 뛰쳐나갔다

도청 안

그 어디쯤에서 죽었다
뒤이어 어머니도 세상 떠나셨다
아버지도 세상 떠나셨다

누나 이은희 달랑 남아
스물세살
스물네살
스물일곱살

장차 누구의 아내일지
누구의 엄마일지
누구의 무엇일지 모르고 해마다 울음의 며칠이었다

어느 할아버지의 무덤

할아버지는
아버지 없는
손자 넷을 길러놓고 누우셨다

할아버지 한평생
너무 수고하신 것
손자 넷을 길러내신 것
아들 보내고
할머니마저
저승으로 보낸 뒤
혼자서
손자 넷을 길러내신 것

맏손자 기용석이
그런 할아버지 돌아가시면
편히 쉬시도록
명당을 골라두고
거기에 소뼈를 미리 묻어두었다

3년 뒤
그 소뼈 파보니
시꺼먼 뼈 아니라
누렇고
맑은 뼈로 있었다

과연 명당이로고

할아버지 몸져누우신 4년 뒤 눈감으시니

거기에 안장하고
손자 넷 쪼르르 서서
할아버지 산소에
술 따라
재배 올리니

앞산의 박새들이
날아 건너오고
다람쥐들이
우르르 건너와
또록또록 눈알 굴렸다

유재성

울보였지
소나기만 와도
울어댔지
소가 울어도
울어대고
자동차 지나가도
울어댔지

다섯살인가
여섯살인가
그때부터 울보 마쳤지
아이가
어른인 듯
해반주그레 승겁초로 웃었지

울보가
웃보
울음보가
웃음보 되었지

올해 열일곱살

여덟살 때부터
아홉살 때부터

손끝 익어
모내기날 모심었네
땡여름날 김맸네
농약 나온 뒤
김매기 대신
콩밭 고구마밭 풀 맸네

광산 들판 금호마을
멀리 무등산에 구름 한자락 끼어 있었네
광주비행장
전투기가 무슨 일 난 듯 날아오르고 날아오르는 것 보았네

5월 어느날
그 마을에도 금방 광주학살 소식이 들려왔네
설마
설마
광주사람 다 죽인대요
피바람 분대요
설마

5월 21일
입던 옷 그대로
열일곱살 재성이 집을 나섰다
어머니는

점심밥 같이 묵게 얼릉 와라
운천저수지쯤
고모부 만났다
너 시방 어디 가냐
광주가 어디라고 거기 간단 말이냐
너 정신 있느냐

그러나 재성이는 더 궁금하였다
산등성이 넘었다
산골짝 넘었다
논두렁길 지났다

어느새 광주시내였다 병원을 돌아다녔다

학동삼거리
지원동 쪽 삼거리
시위대열 속
거기 재성이 있었다
총 메고 있었다

5월 어느날
그 재성이 행방불명

뒷날 호프만식 계산법 행방불명자 보상금 1억 3천만원이라

송지영

박천의 여산 송씨 일가
아기 태어났다
세살 지영이
이어서 아기 태어났다
한살 지만이

세살 지영이가
할머니 품에
엄마 품에 번갈아 안겨
평안북도 박천에서
경상북도 소백산 밑 풍기로 몽땅 떠나왔다

옛 남사고(南師古)
10대 보신지(保身地) 손꼽는데
첫번째가 풍기

허허 저 경상남도 가야산 해인사에
팔만대장경 모셔둔 것도
10대 보신지 중 몇번째였다나
그 보신지설 믿어
고향을 닫고
새 고향을 열었던가
어디 거기뿐이던가
지리산 청학동도

512

조선 각처에서
가산 정리하고 하나둘 모여들어
망건 쓰고 흰 무명옷 입었다

이 보신지
난리 면하고
흉년 면하는 땅

그 보신지설 믿어
어린 지영이 풍기사람 되었다

젊은 날 작은 키 큰 꿈 부풀어
상해에 건너갔다
상해에서 잡혀와
일본 카고시마형무소
조선의용대 김학철과 함께
콩밥 먹다가
해방 뒤 돌아왔다
신문기자도 되고
고담소설가도 되었다
밤마다 술집 웅거

박정희 군부로부터 민족일보 간첩죄로
사형선고

무기형 살다가
감방 독서 8년 뒤
세상에 나와
박정희 유신에도 가 있고
전두환에게도 가 있다가
국회니 어디니
몸 놔두다가
밤에는 술집 서넛 웅거

비 오는 날 빗소리 듣다가 떠났다
자호(自號) 우인(雨人)이라
한 쓸모있는 인간이었다 한 쓸모없는 인간 역정이었다

유재성 아버지 어머니

재성이 아버지 유판열
재성이 어머니 채사례

아들 영영 돌아오지 않는 세월
아버지는
두 눈이 꺼져갔다
두 볼이 꺼져갔다
마음의 암이
위암이 되었다
마음의 암이
후두암이 되었다
수술 세 번
입에서
말이 나오지 않았다
버
버
벙어리가 되었다

재성이 어머니도
입에서
말이 나오지 않았다

동네사람 보아도
고개 돌려버렸다

말이 나오지 않았다
새벽 꿈속
피투성이 재성이 나타나
어메 어메 어메
불렀다
싸구려 벽지 목단꽃무늬 짝 찢었다

이후원

저 고구려 발해 후고구려
꿈 이어
고려 최영의 북벌 이어
효종의 북벌 의지에 가담한 기상

두 눈빛 힘찼다
턱 외롭고
턱수염 외롭다
입에서 나오는 말 말 말 말 말
모조리 옳았다

옳은 것밖에 아무것도 없다

인조반정 이래
벼슬살이 길고 길었다
그 환국(換局)에도
그 외환내우에도
벼슬 운세 끈적끈적
자주 사람과 사람 사이 척을 재웠다

저울이라
옳은 저울이라
의형(義衡)이라 불렸다
자(字) 사심(士深)보다

뒷날의 호(號) 우재(迂齋)보다
의형이라 불렸다

인조 뒤

효종의 북벌 꿈 거기에도 앞장
전함 2백척을 만들어냈다
항상
오늘의 의
내일의 의 겹쳐 외치는 동안

감히 임금더러

남한산성 굴욕 항복 직전
감히 어전회의에서

이 지경에 이르렀으니
임금은 오직 나라를 위하여 죽고
신하는 임금을 위하여
죽어야 하옵니다
하고 주장하였다

고대 왕조 이래
중세 왕조 이래

당세 왕조 이래
아니 그뒤에 이르도록
전무후무로
임금더러 죽으라 한 말 없었거니와

이후원

그 자존과 의리가
송준길
송시열의 전단(專斷) 앞이었거니와

양태열

산 위 솜다리
산 밑 솜나물 봄꽃 가을꽃

스물여섯살
밤마다 꿈속 몽설이었다
풀씨들 내려앉는
냉갈들 오르는
말없는 몽설 진저리쳤다

밤중에 깨어나
젖은 샅 투덜대며 씻어내고
다시 오다 말다 하는 잠을 청했다
한창 일하고 나서 지치고도
밤마다 용솟음쳐대는
그제어제 그대로 몽설이었다

맨산 칡뿌리 오리나무 뿌리 캐며
밭을 만들어
밤나무 심고
수박밭을 만들었다
수박밭 원두막도 지었다
원두막의 밤
오늘도 걷는다마는
정처 없는

이 발길을 불렀다

헤일 수 없이
수많은 밤의
동백꽃을 불렀다
잠들면 또 몽설이었다

외갓집 농사에 손 모자라
외갓집 농사 지었다

5월 21일 그 젊은 농사꾼이
아버지가
너 중학교 가거라
하면
형이나 잘 가르쳐
판검사 만드시오
나는 농사꾼이 좋아라오
하던
그 농사꾼이
광주로 가
시위대가 되었다
5월 24일
시민군이 되어서
덜렁 총을 멨다

실토하건대 태열이 이 사람 내력 들추어보건대
변변하게 변변찮게
그냥 농사꾼이 아니었던지
동네 친구들과 술 한잔 하다가
시비 끝에
친구 때려 친구 죽고 말았다
어쩐다냐
어쩐다냐
술 깬 뒤
살인죄였다가
과실치사 폭력범으로
죄수였다
지난해 모범수로 석방되었다

밤나무 모종 내고 수박 모종 냈다
감옥에서
자개 기술 배워
아버님께 효도 한번 자개농도 짜드렸다
그러기 전까지
외갓집 농사 지었다
외갓집 농사 짓다가
광주 소식에 뛰쳐나갔다

형은 판검사 대신
공무원이 되었다
아우는
이제 5월 비석으로 남았다

청맹

보지 않겠노라
보지 않겠노라
보지 않겠노라
보지 않겠노라
오직
붙어 있는 숨
쉴 따름이노라

장님 행세
거짓으로
장님 행세 하며 지조를 지키는 일

청맹(靑盲)

이성계가 등극하자
고려 유신 하나둘 장님 행세로
남은 숨 내쉬었다

고려 청맹
고려 대사헌 정온이
진주로 가
조운흘이
광주로 가
청맹

조운흘을 회유하려고
이성계가
좌의정 김사형 보냈으나
소매 넓은 베적삼에
삿갓 쓰고
더듬더듬 문밖에 나와
길게 읍만 하고
말 한마디 없었다

돌아가
왕에게 복명하기를
그 뻣뻣한 고집불통 노인이
청맹뿐 아니라
청아(聽啞)까지 겹쳤더이다

하루 내내
아미타불을 중얼거리니
사람들이
조운흘조운흘 하고 놀려댔다

뒷세상에

조운흘조운흘조운흘이라는 경문은

아이들의 노래로 이어졌다
아이들 자라
어른들의 노래로 이어졌다

그런 아이 가운데
뒷날 세조 등극 때
생육신 이맹전이
정언 벼슬 버리고
선산 향리로 돌아가
어언 30년을 눈뜬장님 행세로 마치고 눈감았다

아내조차 죽을 때까지도
청맹인 줄 모르고
진짜 맹인인 줄 알았다나 어쨌다나

지조! 삶의 무엇!

양민석

나야 진작부터
세상에 박혀 세상 좀 알지라우
뻔질뻔질한 세상맛 알지라우
서푼짜리 호텔 뿐이였는지라
치사하시는 벼슬 나리
격려사 하시는 유지 어르신
그분들께서도
호텔 객실 언저리에서야
아다라시 보면
오줌 질질 싸는 죽지뼈 녹아버린 잔짐승임을
너푼짜리 호텔 오락실 뿐이였는지라
내로라하시는 명사 어른
내로라하시는 스타들
돈 보면
저린 오금 못 펴는 오사리잡놈 옆 장꾼임을
나야 진작부터
세상을 좀 알지만
이런 세상을 아예 모르는 척했지라우
오너라 하면
득달같이
득달같이
예잇! 하고 달려갔지라우

그런 세월로

진작부터
나비넥타이 맨 정장이라
붉은 융단 위 단정한 정장이라
포마드 바른 머리 정장이라

호텔 밖에 나가면
그 거리가
도리어 시시한 마당이기도 하였지라우
아니라오 밤길 버스 택시 지나가는 거리에 가면
거기가 사람 사는 참된 세상이었지라우

5월 22일
실로 오랜만에 호텔 나와
지원동 집으로 가는 길
마침 계엄군이
시위군중에 밀려
한 패는 전남대에서 교도소 쪽으로
한 패는 도청에서 조선대
조선대에서 학동으로
학동에서 지원동으로 가는 판이라

지원동 거리의 나
그만 계엄군 후퇴 패거리에 걸려들었지라우

화순 넘어가는 길

그 영진주유소 근처에서
총 맞아 쓰러졌지라우
어이쿠! 소리 하나 못 지르고 죽치다가 쓰러졌지라우

괜히 관광호텔 지배인 꿈꾸었지라우
괜히 관광호텔 세탁부 미스 신을 꿈꾸었지라우
그 꿈들 다 부질없지라우
어디로 끌려가 부질없이 묻혔지라우

21년 뒤에야
암매장된 나 파내었지라우
두개골 깨졌지라우
하악골 턱주가리 떨어져나갔지라우
유골검사 유전자 일치로
나 양민석이 확인되었지라우
21년간 무명열사 묘역에 있다가
21년 뒤에야
나 양민석이라는 신원이 확인되었지라우

형수님
스물한살 젊은 형수님께서
제 신원을 끝내 밝혀내시고 마흔이 넘으셨지라우

석탈해

박혁거세 60년
남해 20년 지나
남해의 사위 석탈해 나타나다

본디 동해 난바다
고기잡이이다가
시림(始林) 동쪽 뭍에 오르니
쇠붙이 대장장이이다가

쇠의 힘이 곧 나라의 힘이라
대보(大輔) 벼슬
이미 나라의 힘이라
늙은 유리가
스르르
임금의 띠를 풀어주다

4대 석탈해

난데없이
난데없이
왕의 사위이더니
왕의 실세로
나라를 아퀴짓더니
드디어

왕위에 오르다 금관 쓰다

쇠로 북 만들어
데엥
데엥
데엥
데엥

그 쇠북 울어
잠든 계림의 새벽
저문 계림의 저녁
울어
뭇 사내의 귀가 커지다

그 이래
땅의 소리
하늘의 소리 듣는 뭇 계집의 귀
울 넘어
담 넘어
동서남북으로 싱숭생숭 열리다

안운재

도랑창 썩은 물 냄새도 마다하지 않았다
시궁창 죽은 쥐송장도 퉤! 퉤! 마다하지 않았다
배고팠다
너무 배고프면
배가 아팠다
스무살이다
늘 헐떡거렸다 주저앉았다가 일어섰다 일어서서 싸질러다녔다
낮달 보면 숨막혔다
개 짖는 골목의 밤 숨막혔다
어디로 떠나야 했다

그러다가
대학생 이종형 시위에 따라다녔다 신났다
이종형이 술집에서 어깨 두드리며 말했다
운재야
너는
우리와 함께 술 마시면 대학생이다
너는
우리와 함께 데모에 나서면 대학생이다
그까짓 강의 안 들어도
10년 전 강의 그대로
유성기 돌리는 강의 안 들어도
그까짓 학생증 없어도
용봉동사거리

우리와 함께 걸어가면 대학생이다
신났다
신났다

어쩌다 집에 돌아가면
마흔살 아버지가
쉰살
예순살로 늙어서 버럭버럭 화를 내신다
이놈아
이놈아
너는 대학생도 아니여
왜 네가 갸들 따라다녀
뱁새가 황새 시늉이여 이놈아

다음날 운재 또 집을 나섰다
아버지 뒷간에 가시는 틈을 타
집을 나섰다
어머니 지갑에서 돈 얼마 빼냈다
유동삼거리
금남로
도청 앞
트럭 타고 다녔다
깃발 날렸다 신났다 대학생이었다

이미 집에는 신검통지서 입대통지서 와 있다

그러나 그해 5월이 지나간 뒤
운재는 전남대에도 도청에도 어디에도 없었다 어디로 흙 속으로 떠나
버렸다

유리왕

고구려 시조 고주몽이 두고 온 아들
계루부 고씨의 핏줄인가
아닌가
소노부 해씨인가
아닌가

고구려 2대 유리왕
3대 대무신왕
4대 민중왕
5대 모본왕에 이르기까지 내내 소노부 해씨이다가
6대 태조왕에 이르러
다시 고씨 계루부의 왕위가
제자리 잡는가

이국의 애인 치희를 보내고 울었고
졸본땅에서
국내성으로 천도하니
부여와
양맥(梁貊) 떨거지 쳐 땅을 넓혔다

왕자 도절을 후계 삼았으나
1년에 죽고
4년에 다시 왕자 해명을 후계 삼았으나
함부로 나대어 자결시켰다

14년 무휼을 후계 삼고
18년 죽어
왕위를 내주었다

국내성에 거룩한 돼지를 길렀다
교시(郊豕)
이 교시가 우리를 뛰쳐나와 달아났다
탁리
사비를 시켜 잡아오게 하였으나
이들이
잡은 돼지 뒷다리살을 잘랐다
다시는 달아나지 마소서
마소서
하고 돼지 뒷다리살을 잘랐다

이를 알고
신성모독 노기 솟았다
하늘에 바칠 고기
고기 바쳐
그 돼지 신령을
하늘에 올려보낼 그 거룩한 짐승을
모독하였도다
하늘의 노여움 있으리로다
두 사신을 산 채로 파묻어 죽였다

536

그해 가을
유리왕 큰병 앓았다

두 사신의 원혼 달래어
두 사신 무덤에 제사 지낸 뒤
병 나았다

그뒤 유리왕 4년
또 교시가 달아났다
찾다 찾다 못 찾았는데
뒷날
멀리 국내 기슭 위나암에서
누군가가 기르고 있었다

유리왕이 직접
그 국내에 거둥하여 보니
땅 기름지고
산짐승
물고기 많고
병환이 없는 천혜의 요새였더라

그해 10월
아예 도읍을 옮겨

국내성의 시대 열었나니
거룩한 돼지 땅 열었나니

고구려 정신이란
이런 하늘 짐승이시며
하늘 꿀꿀이의 분신이신 돼지 정신 아닌가 썩 좋아라 좋아

신양균

스물네살 아내 이순애
생그레
그 젊은 아내
셋방에 들어앉혀

섬진강 벚꽃 구경 한번 시켜주지 못하고
여수 오동도 동백꽃 구경
한번 시켜주지 못하고
덜렁
아이 둘 낳아
아이 엄마 노릇에 박아놓은 뒤
처마끝 빗방울 물구슬로
속가슴 진주구슬 삼으라고 묶어둔 뒤

서울로
대전으로
춘천으로
화물트럭 몰고 다니는 뜨내기 남편 노릇 기사 노릇

야간 수송 마치고
광주에 돌아오는 길
송정리에 이르자
광주는 피바다가 되었다는 소식
트럭 놔두고

양동까지 걸어서 왔다
여기저기
계엄군 초소 피해서 왔다

새벽녘
잠깬 아내와
잠든 아이들 보았다
젖은 눈시울로 아내의 몸
오랜만에 품었다

그날 아침나절
날계란 두 개 먹고
거리에 나가본다고
슬리퍼짝 끌고 나간 뒤 돌아오지 않았다
총소리만 들렸다 돌아오지 않았다

그의 아내 이순애
사망신고 안됨
다른 데 가고 싶어도
이혼수속 안됨
두 아이 고아원 위탁 안됨
남편 행방불명으로 사망신고 영영 안됨
푹 처박혀
꽁꽁 묶인 신세

용쓰지 못하고 늙어갔다

기어이 다른 서방 보았다

퇴고 12년

아름답고녀
아름답고녀
서시보다
금강산보다
아름답고녀

퇴고
퇴계와 고봉
퇴계 이황과 고봉 기대승
스승과 제자
스물여섯 살 위
스물여섯 살 아래
영남과 호남 사이 천릿길
오고 간 세월 12년 아름답고녀
그 12년 중
8년 깊고녀 뜨거웠고녀

서찰 든 노복 산길 물길 걸어갔더니라
답찰 든 노복 물길 산길 걸어왔더니라
그런 사단칠정 논변 8년

아름답고녀

조선 성리학

바로 이때가
조선 중기
그때가 가장 순수하였더니라

퇴계의 주리론
고봉의 주기론
이기이원론 이기호발론
정발이동기감설 따위
실학 아니어도 좋아라

뭇 세상살이 도탄일지라도
이런 형이상학
밥 먹여주지 않는
이런 철리에
온 정성 다하는 허학 없이
어이 뒷날의 아픈 실학이리오

마음 넓고
뜻 곧은
두 사람의 서찰 글자 한자 한자

아름답고녀

한 사람은

다른 한 사람과 마주 설 때
새로 한 사람이리라
서로 한 사람이리라

아름답고녀
아름답고녀

송환철

난바다 물너울에 갈매기 없구나
영광으로 갈거나
고흥으로 갈거나
득량만 목쉰 물새 보러 갈거나

형 환규는 신학대 학생이고요
면도하지 않아도 늘 맨송맨송하였지요
아우인 저 환철은
광주기계공고 졸업한 기능공이지요
열다섯에 거뭇거뭇
코밑수염 구레나룻 돋아났지요
불가불로
공장에 들어가야 했지만
이럴까
저럴까
마음 정하지 못하고 하늘의 연 바라보았지요
형 책꽂이에서
사회과학 책도 좀 보고 겉똑똑이 되어
어제는 덩달아 『교육의 의식화』라는 책도 보았지요
하지만 기계보다 책보다
그림그리기가 꿈이었지요
충장로거리에서
어떤 장발 화가를 한참 따라가기도 했지요
그의 긴 외투자락 멋있었지요

물너울에 조각배 없지요
여수 돌산 갈거나
완도 갈거나
밤 통통배 타러 갈거나

고향 곡성에 갔다가
광주 고모님 집에 와
5월 16일 밤
금남로 횃불시위에 쓸려나갔지요
다음날 5월 17일
계엄군 곤봉에
쓰러졌지요
쓰러졌다가
군용트럭에 실려가
어디엔가 묻혔지요 아무도 모르지요

고모가 준 용돈 2천원도
그대로 묻혀버렸지요

죽은 날이 16일인지 17일인지도 모르지요
스물두살의 일생
그렇게 흐지부지 마쳐버렸지요

오는 제비의 춘삼월이여
가는 제비의 구월이여

누가 강남제비도 아무도 모르는
내 죽음을 노래하지요

물너울에 갈치떼 없지요
강진 미황
해남 땅끝
거기 갈거나
거기 가
한양 낭군 부를거나

우왕후

김부식은
남방의 물농사 밭농사
힘든 줄 통 몰랐소이다
힘든 백성 비난수하는
미륵당 몰랐소이다

김부식은
북방의 떳떳한 가풍
형이 죽으면
아우가 형수를 아내로 맞는
북방 대지의 가풍을 몰랐소이다
그래
패륜이라고 침 튀기며 퍼부어댔소이다

삼국사기의 쫌보

저 고구려 고국천왕 갑자기 숨 끊기니
왕후 우씨
눈앞이 깜깜하다가
한 아낙 아니라
왕도
패도의 여인이시매
침전의 시신 그대로 두고
자시 가까이

548

몰래 대궐 뒷문을 나서
첫째 시숙 발기한테 달려가셨나이다

형수인 왕후 직설키를
내가 금상 모시고 20년 해로하는데
여지껏 후생이 없으니
아예 시숙께서
왕위에 오르소서

아닌밤중에 홍두깨로
난데없는 이 제안에
발기는 느긋하여
장차 형님께서
아우에게 물려주실 터
이 무슨 망발 서두르리오 하고
더구나 이 깊은 밤에
아낙이 나들이하는 것이
무슨 짓거리요 하고 꾸짖으니

이놈 봐라 하고
그길로
둘째 시숙 연우한테 가셨소이다
거기 가
이실직고

지금 금상 승하하셨으니
어서 시숙께서
대궐로 가사이다
하니
둘째 시숙 연우
몸소 칼 빼어
살을 베어 맹세를 하였소이다
피가 번지니
형수 왕후께서
치마끈 풀어 피를 염염히 닦아드리셨소이다
시급히 합환할 바
일심동체로 대궐에 돌아간즉
축시
인시 사이였소이다

다음날 신하들 불러들여
왕의 승하 선포하고
연우로 하여금
왕위에 오른 바 선포하셨소이다

뒤늦게 안 첫째 시숙 발기
노기탱천으로
요하 동쪽 태수의 병사 3만으로
고구려를 쳤으나

연우의 관군이 방어 뒤 격퇴하였소이다

산상왕 왕후 우씨의 새 시대가 열렸소이다
그간 왕권과 왕후의 친정 연나부가 손잡았으나
차츰 부족연맹의 때 다하고
왕권세습의 때가 왔소이다
일러
상고시대 원시공동체가 끝났소이다
그 시기에
두 왕의 아내로서
왕권의 낮밤을 온판 쥐락펴락하여
나라의 성벽 더 높다랗고 더 두터웠소이다 더 굳혀갔소이다

그 철혈 왕후 우씨인들
한 가지는 누리지 못한바
아무리 곤전의 밤 택일하여
나뒹굴어도 엎어져도 뒤집혀도
뱃속에 씨 하나 들지 못하고
무자식으로 마쳐
후궁에서 느지감치 태자 얻은 상감의 기쁨
몽땅 바쳐야 하셨소이다 허망 또 허망하셨소이다

큼

5월 20일

비가 그쳤다

1차 작전 '화려한 휴가'로부터
5차 작전 '충정' 사이
아직 몇개 작전이 남았다
몇개월 전부터 다져온
광주 진압작전 절차 그대로

부디 데모 커져라
부디 데모
얌전하게 끝나지 말고
불질러라
유리창 부숴라
부디 대학생들
각목 들어라

육군 제7공수특전단
이것은
전두환의 기동병력
여기에
3공수
11공수가 동참
광주항쟁 소탕작전을 그대로

어서 다시 데모 커져라
그래야
빨갱이 소탕작전
떳떳하게 끝마친다

3명 1개조
닥치는 대로
붙잡는 대로 쇠심 박힌 곤봉 내려치고
대검으로 찔렀다

구두닦이 유명진이
곤봉 맞고
한쪽 귀에서 피가 흘렀다
대검 맞고
옆구리가 뚫려 피를 쏟았다

서석동 산기슭
슬레이트집 오막살이
명진이 할머니
밤새 돌아오지 않는
손자 명진이
숨진 그 시각
꾸벅꾸벅 졸다가
번쩍 눈떠

내 새끼
내 손주새끼
웬놈들이
데려가는 꿈 깨어나
번쩍 눈떠
토방에 내려섰다

비가 그쳐
낙숫물만 떨어지고 있었다

박철웅의 아들

문민정부 시절
대통령의 미움 당연하던
전두환
노태우 정부 내내
재벌 서열 25위에서
서열 7위로
껑충 뛰어오른 은성그룹
1971년 은성상회 열어
미곡상에서
철물상 광산업 수입업
수입품 고급의류 고급화장품 총대리점
드디어 조선업에 이르기까지
재벌 운세 기울 줄 모르더니
문민정부 들어선 뒤
은성그룹 총수 박철웅
납작 엎드려
청와대 눈치
장관 눈치
안기부 눈치 검찰 눈치 보는데

그 아들은
순 철부지로
어제는 압구정동 가시내
오늘은 신사동 가시내 태워

미사리길 달리다가
하룻밤마다
가시내 가시내 가시내 갈아치운다
순 철부지로 앙밭은 상체하체로
그저께는
성북동 운정각에서
어제는
논현동 룸쌀롱 뉴월드에서
오늘은
삼성동 요정 인수각에서
먹다 말고
마시다 말고
하룻밤 칠백만원 구백만원
휙휙 날리고
휙휙 던져준다

아이 심심해 죽겠어
아이 시시해
프랑스 가겠다
프랑스 남쪽 리용에 가겠다

그 이름 밝힌다
박일수

도망

1980년 5월 17일 하루 내내
호남고속도로는 군사도로
군용차량이 수없이 이어졌다
7공수
11공수
3공수 계엄군의 숨찬 이동이었다

그날 오후 광주 상무대
전투교육사령부 마당
공수특전단 1천여명 이동 완료
명령 대기
아니 며칠 전 이동 완료 대기병력
현지훈련을
막 끝냈다
처음으로 급식이 푸짐했다
1주일 전부터
2주일 전부터
극심한 작전훈련
잔인한 기합훈련으로 다져진 몸
소량급식으로 주린 몸으로
빨갱이 사냥감을 맹수로 노리고 있다

드디어
무차별 진압의 명령이 떨어졌다 신새벽이었다

전남대 캠퍼스
조선대 캠퍼스
계엄군 공수부대가 대번에 진주했다
도서관
강의실
학생회관 활동실 등
거기 남은 대학생들 짓이겼다
무조건 곤봉
무조건 군홧발이었다
대학본부에 짓이긴 학생들 처박았다

누구는 강의실 옥상으로 도망쳤다
누구는 화장실 위 파이프를 타고 도망쳤다
도망쳐
대학 밖 사레지오고교 담 밑
전나무 밑에 숨었다가
그 계엄령 전국 확대 통금의 새벽을
중흥동
이 골목
저 골목으로 도망쳐
계림동 골목
산수동 집에 왔다
무릎 정강이 깨져 있었다 옆구리가 쑤셔댔다
이마가 찢겨 있었다

잠긴 대문을 두드렸다 가만히 두드렸다
아버지가
말없이 문을 열어주었다
내일 담양 고모네 집으로 가 있거라

전남대 문리대 사학과 송만철은 배가 고팠다
배고프다가
잠이 왔다 쏟아지는 잠속에 빠졌다

꿈속
오리구이 먹고 있었다
담양 개울에
발 담그고 있었다 팔자 좋았다
상여 나가고 있었다
무덤 아가리 열리고 있었다 팔자 망했다

권필

벌떡사발에 술 낭창낭창
단번에
꿀꺽 꿀꺽 꿀꺽
술잔 빈 잔

먼 산 본다 탄식 길다

석주(石洲)는 천하에 으뜸가는 선비라
그 재주는 임금을 보필할 만했는데
포부 제대로 펴지 못하고
가난살이에 묻혀 굶주리기를 즐겼다
시 지으면 하늘을 꿰뚫었으니
뛰어난 글솜씨 그 누가 답하랴
왕유와 맹호연도 마땅히 뒤에 있어야 한다
안연지 사영운도 윗자리 내주어야 한다
창과 칼에 번개소리 펼치는데
구슬 글조각들 흩어지나니

허균의 극찬 잦았던 석주 권필

흙재주 아닌
벼락재주 칼재주
그믐밤
그믐달재주

560

물재주 아닌 불재주
언덕재주 아닌 벼랑재주
술재주

일찍이 스물네살에
임진왜란
영의정 이산해
좌의정 유성룡
나라 못 다스렸으니 목 베라 상소
그뒤 광해군
못된 이이첨 나타나면
한자리 앉을 수 없다 하여
뒷담으로 도망치고
심지어 임금의 처남 유희분도
네놈이 유희분이냐
나라 망치면
네 집도 망치나니
네 목 임금님 처남 목이라 하나
어찌 그 목이라고
도끼 면하지 못하겠느냐

그뒤로도
썩은 권세 욕하다가
잡혀가

작신작신 죽게 된 것을
좌의정 이항복이 어렵사리 살려내어
귀양살이로 가게 되어
흥인문 밖에서
친구들이 백성들이 전송하는 자리
술 한잔 받아마시고
다음날 눈감으니
3월 그믐

마침 그 민가 벽에
족자 하나 걸려 있거니와
그대에게 권하노니〔勸君〕권자가 잘못 씌어
그대 권형이시여〔權君〕가 되어
그 오자(誤字)가 시참(詩讖)이었거니와

택시의 날

시대에 방정떨지 말거라
소짝거리지 말거라 곁눈질 옆눈질 말거라

5월 20일 저녁
유동 쪽에서 택시들의 행렬이 나타났다
헤드라이트
환한 눈동자들이 성난 눈동자들이 뻗쳤다
정적
맹렬한 목소리들이 노여운 목소리들이 가로질렀다

시대에 쇠뭉치 부르지 말거라
따오기 쫓지 말거라

선두에는
화물 가득 실은 12톤 대형트럭
바퀴 40개의 트럭
이어서
고속버스
시외버스
이어서
영업택시들

차량 위에는
스무 명

스물다섯 명 청년들이
태극기를 흔들었다
버스 안에서도
태극기를 흔들었다

그것은 전두환 공수부대의 만행에 대한 분노였다
민주주의의 파도였다

시대여 민주주의로 오라
민중의 백년으로 오라
어서 오라

쓰러지고
쓰러진 시민
끌려가고
끌려간 학생에게
다시 일어설 힘이었다
앞에서 죽으면
뒤에서 일어서는 힘이었다

이 운수노동자들의 파도 보거라 똑바로 보거라
다음날 새벽까지
새벽 동틀 때까지
금남로 임동사거리 광주역 고속버스터미널

계림동 대인동 할 것 없이
4차선 도로들을 가득 채워
돌고 돌았다
이제는
전두환 물러가라가 아니라
전두환 처단하라

대한통운 소속 12톤 트럭
그 트럭 운전사 기말룡
그 노여운 눈빛
어느새
눈물 그렁

시대여 빛고을로 오라
금남로 대낮으로 오라 밤으로 오라

금남로를 지나서 돌고 돌아
다시 금남로
도청 앞에 이르렀을 때
눈물범벅

한동안
마누라와 두 아이 떠올랐다
그리고

한밤중이었다
한밤중 어둠속
대낮으로 일어선
환한 무등산을 쳐다보았다

유영 후예

저 옛적 진(晋)나라 묵객
유영(劉伶)이렷다
늘 술 한병 차고 다니며
마시고
또 마셨다

종 하나 삽 들고 따라다녔다

나 술 마시다 죽으면
죽은 곳
거기 바로 묻어다오
분부하며 당부하며 마셨다

가고 갔다 마시고 마시고 마셨다
어쩌다가
시 한수 왔다

이에 질세라
바다 건너
동토 황토 위 한 사람 계셨더라
종은 아닐지나
오다가다 만난 아이 딸려
오늘도
삼거리 객줏집

한잔 한잔 또 한잔
거기서 취중절명하니

따르던 아이가
삼거리 세 길목 둘러보며
어느 길목에 묻어드릴깝쇼
호남길이우
영남길이우
동쪽 영동길이우
하고 송장더러 물었다
송장 눈떠 영동 쪽이다 하고 눈감았다
그 길목에 묻으니 밤에 비 왔다

자칭 김삿갓 4대손
방랑 묵객이라
방랑 가객이라던
김장구(金長久)

허허 이름 한번 장구하여라
그러나
장구하여서 아니라
이마빼기
툭 불거져나온 짱구를
점잖은 발음으로 장구라 하여

그것이 본명이 되고
본명 안식은
진작 어디에 묻어났다 하더라

택시운전사 홍사익

광주-영광 운행의 시외버스 전남5나 3706이 앞장섰지요
그 광진교통 버스를 선두로
시외버스 다섯 대가 대열 이었지요
너도나도
대형트럭들 이었지요
시외버스만이 아니라
시내버스 몇대도 가담해 이었지요

대낮 헤드라이트 불빛이 필사적으로 이어왔지요
저녁 헤드라이트 불빛이 결사적으로 이어갔지요

드디어 무등경기장에 택시들 모여들었지요
동료가 총 맞아 죽고
곤봉 맞아 죽어 쓰러진 이래
너도나도 모여들었지요

광주역전 꽉 메워
금남로로
트럭에는 잡석 실어
투석전 대비

영광택시 소속 운전사 홍사익
눈물 주룩주룩 흘렸지요
1년 전 세상 떠난 어머니 모습 그렸지요

어머님
어머님
이 불효자식
어머님 생전에 호강 한번 시켜드리지 못했어요
강원도 고씨동굴 구경도 못 시켜드렸어요
서울 남대문도
남산도 구경시켜드리지 못했어요
어머님
어머님
어머님

지금 운동장에서 역전 광장에서
거리에서
살인마 처단하라
민주주의 만세
계엄군 물러가라
무등산아 영원하라
이런 구호 가득할 때

홍사익 그대
어머니를 불렀지요
어머님
어머님

다음날 새벽

어머니의 넋 가슴에 담고
쇠파이프 하나 들고 도청으로 달려갔지요
아내 두고
잠든 두 아이 두고 달려갔지요

이로부터
택시기사가 아니었지요
거리의 시민이었지요
라면 하나 먹고
어머님! 대신
계엄군 물러가라!를 외쳐대는 시민이었지요

미내

기원전 54년
신라 첫 임금 혁거세 4년

개기일식
대낮 캄캄하여라

늙은 일관(日官)의 기쁨 멈췄다
늦둥이 딸 미내(未乃)
그런 아버지가 돌아오실 때까지
하루 내내
감히 일어서지 못하고 엎드렸다
오줌도 참았다

천벌 내릴까봐 무슨 벌 내릴까봐
숨도 죽였다

그날밤 뜬눈 비몽사몽
일식 풀린
환한 햇덩이 품었다

아니렷다
그날밤
불려간 일관
일식 막지 못하여 자진하였다

아버지 저승길
환한 햇덩이던가

미내
너 어느 댁 종년으로 끌려가나 끌려가 똥 치나 오줌 치나

두 친구

광천동
공단 일대
모든 차량이 막혔다
금남로 일대
모든 차량이 꽉 막혔다

모든 주택가들 흉흉
시장과
상점들도 흉흉

김대중을 죽이고
광주시민 다 죽인다

이런 말이 공중에 선헤엄친다

5월 19일
그 흉흉한 공포 속
그 흉흉한 적막 속
다시 사람들 쏟아져나온다
어느새 2천이 4천
4천이 5천

계엄군 헬리콥터 뜬다
경찰 확성기 울려퍼진다

광주시민 여러분 집으로 돌아가시오
불온분자와 섞여
경거망동하지 마시오

되풀이
되풀이 해산을 역설한다
시민들 하나하나
욕설로 맞선다
어떤 소년은
헬리콥터를 향해 돌팔매를 던진다

최루탄이 날아온다
최루탄 연기가 피어오른다
시민들 돌을 던진다
보도블록을 깨어 던진다
교통 철책
공중전화부스를 쌓아
방어벽이 선다
애국가
정의가를 목청껏 부른다
각목과 철근 쇠파이프를 날라온다
녹두서점 활동가들이
화염병을 부랴사랴 만든다

김철우는
화염병 20개 만들어
독서클럽 친구 임호섭에게 보낸다
임호섭은
벌써 금남로에 가 있다

최루탄이 오면
화염병이 간다
최루탄이 오면 흩어진다
화염병이 가면
다시 모여든다
김철우도 달려온다
친구 임호섭이
방어벽 맨 앞에서 마구 던진다
기동경찰 진압부대가
밀리기 시작한다

야 호섭아
야 철우야
이제 책을 떠나
여기에 왔구나 거리에 왔구나
밀렸다가 다시 밀어나간다
야 철우야

야 호섭아
여기가 내 조국이다
여기가 내 묘지이다

이강회

강진 유배 18년
그중 12년을
나라의 죄인 다산을
꼬박 스승으로 섬겨오다가
긴 유배형 풀리자
스승 다산은 고향으로 돌아간다

그 지긋지긋한 유배 풀린 것이야
제자들 뛰어오를 듯 기뻤으나
스승 떠난 빈자리
어찌 열 길 물속의 슬픔 아니랴

떠나기 전날
스승 앞에서
제자들 모여
다신계(茶信契) 결성하건만
현지 이속 자제 6명 모두
초당 제자 18명 모두
가슴 텅 비었다

또한 다산을 늘 찾던
산중 승려들도 달려와
전등계(傳燈契)를 결성하건만
어찌 아침에도 저녁에도 가슴 골짝 허전하지 않으랴

이밖에도
강진
해남
영암 일대의 뜻 있는 약관들
뿌리내린 스승
뿌리뽑혀 떠나는 스승 앞에서
빈 하늘에 나는 새 없이
어찌 텅 빈 마음 아니랴

바로 이 다산학단 첫손 제자
이강회
다산 저작에 매양 동참한
이강회
형 이유회와 함께
다산을 정신과 몸으로 터득한
이강회
뒷날 다산이 멀리 세상 떠날 때
그 임종몽(臨終夢)
큰 전당이 무너지는 꿈 꾼
이강회
그 이강회가
스승이 고향으로 떠난 직후
그 자신도

마음 둘 데 없어
어디로 떠나버렸다

가보세나
가보세나

저 다도해 서남
우이도
그 망망대해 저쪽
우이도로 건너갔다
무던히도 슬펐으리라
무던히도 허망하였으리라

가보세나
가보세나

바다 건너
우이도로 건너갔다

선정 재상 이준경 후손
그 후손 이보만이
윤선도의 사위로
강진 백도에 살며
그곳을 구름 머무는 곳이라 일컫는다

운주동
구름골
운곡

이 운곡이라는 호로
이강회는
과거시험 공부하다
경학으로 돌아서
다산을 만나
다산학단 수좌가 되었던 것

우이도 거기
표류로 류우뀨우 필리핀까지 떠내려갔다가
광동 마카오를 거쳐 돌아온
파란곡절 토박이
문순득에게 의탁한다
그리하여
바다를 새삼 깨닫는다
바다의 시대를 새삼새삼 깨닫는다

스승의 정신 이어
자신의 세계 연다 바다 세계 연다
우이도를 현주(玄洲)라 이름 지어
시꺼먼 파도덩어리에 에워싸인

582

그 고독 속
자신의 세계에서
바다 건너
다른 세계를 연다
이 조선은
삼면이 바다인 해국(海國)이라
이제껏
중화사대의 뭍 답답한 뭍 당파의 뭍
허허
중화 변방의 뭍
이로부터
바다의 나라를 연다

운곡 이강회

드디어 스승의 어제로
내일을 이루었구나

밤새 파도소리 자지 않는구나

비구니 선화자

삼각산 문수봉 밑 문수암에는
비구니 선화자(仙化子)스님이 머물렀습니다
밤새
별 아래
천수주력 쉬지 않았습니다
잠든 새
잠든 다람쥐
천수주력에 빠끔 깼다가 다시 슬금 잠들었습니다

그런 세월 어느 고비
선화자스님은
별 우러러
별 공부를 시작하였습니다

인조 승하 뒤
효종 등극하였습니다
효종 3년
이윽고
구리판에 별나라 천문도를 아로새겼습니다
주극원(周極元) 안에
자미원 별자리
다 새겼습니다
어허 구리원판 둘레는
그냥 둘레가 아니라

일월성신 밤하늘
온통 28수 그것이었습니다

선화자스님
나이 스물아홉살이고
기껏해야
산중 나이 다섯살이었습니다
이런 아리따운 보조개 여승께서
홀로 높이높이
밤하늘의 일을 새겨
땅의 일로 삼고 놀더니
다음해 대뜸
해탈하였습니다
해탈입적하였습니다

나이 서른이었습니다
이뻤습니다
씹어먹게
못 씹어먹게
이뻤습니다

춤

계집년들 열다섯
다 벗겼다 이쁜 맨발이었다 쌍년들
위는 브래지어만
아래는 팬티만
히히
히히
쌍년들 꼴린다 꼴려

얼차렷!
쉬엇!
차렷!
엎드려뻗쳣!
뒤로 누웟! 쌍 벌렁 누워 자빠졋!
다섯 번 굴러 굴러 굴러 굴러 굴러!
쭈그리고 앉앗! 벌리고 앉앗!
손에 귀 대고
귀에 손 대고 뛰엇!
껑충 뛰엇!
암토끼 뛰엇!
엎드려뻗쳣!
엎드려기엇!
쌍년들
땅바닥 문질러 기엇!
한발 들고 섯!

차렷!
쉬엇!
엎드려뻗쳣!

1980년 5월 20일
오전 열시
금남로 3가
계엄군 공수특전단에 끌려간
브래지어춤
팬티춤
호남전기 회계과
임시직원 하순옥 문선자 맨몸
갈색 브래지어
백색 브래지어
갈색 팬티
흑색 팬티
서로 바라보며 울며 짝 벌렷 가래춤
천도 없이
인도 없이
그 무엇도 없이
엉덩이춤
불두덩춤

탐라 김익강

다산 수제자 이강회가
우이도에 건너가
바다의 삶을 살 때
파도소리로 잠들고
파도소리로 잠깰 때

언젠가
스승 다산도 유배지 강진 바닷가에 이르러
나는 바다에 살게 된 것이 지금 12년에 이르러
바다의 일들을 자못 익숙하게 알게 되었다
말하지 않았던가

갈매기소리에 문 닫고
갈매기소리에 문 열 때
그렇게
섬의 삶을 살 때

그 바다의 삶 어느날
거기서
탐라사람 김익강을 알아보았다
꼭 만나야 할 사람이었다

이다지 이강회한테
귀양살이 인연 깊으나 깊거니와

그도 제주도 역적으로
우이도 귀양살이를 하고 있었다
그리하여 김익강을 익혀
탐라『상찬계시말』을 썼다
삼면이 아닌
사면 오면이 바다인 해국
『탐라직방설』도 썼다

김익강

이 환갑 진갑 노인은
그 이름대로
탐라 민심이 다 모인
탐라대덕(大德)

제주목에 웬놈의 이속
진무리(鎭撫吏)
향리(鄕吏)
가리(假吏)가 무려 8백여명이라
이중에서 3백여명이
상찬계 계원으로
갖은 탐학
갖은 농간으로
백성이 죽어났다 죽어나갔다

고을이 망해갔다 더 망할 것 없이 망해갔다
그리하여 뜻있는 사람들 뭉쳐
그 앞장에
양제해가 있다

상찬계 해체운동 전야에
양제해가
역모죄로 잡혀갔다
오늘의 항우(項羽)라는 영웅 김익강
양제해 처단만으로는
그의 장인
김익강 처단 없이는
우리는 살아도 산 것 아니라고
장인 사위
한꺼번에 죽이기에 이르다가
뭇 백성들
뭇 인사들 들고일어나
할 수 없이
멀리
멀리
귀양 보내는 것으로 마쳤다

김익강

날마다 남쪽 바다 본다
동남쪽 바다 끝
거기 꿈에 그리는
탐라 본향 본다

탐라 백성 뭇 남녀노소가 섬기는 대덕

며칠 전
그 탐라사람들이
김익강 생신일 손꼽았다가
탐라 사라봉 기슭
차일 치고
멍석 깔고
빈 생일상 차려
김익강 없는
생일잔치 올렸다

오늘은 탐라의 한 젊은이가
몰래
몰래
추자도 건너
해남 거쳐
다시 바다 건너
우이도까지 와서 엉엉 운다

어르신 안 계신 생일잔치 차렸다고
엉엉 운다

울지 마

눈깔 하나 빠졌다

무릎마디 저렸다
무릎노리
무릎도리 저려왔다
설상가상
무릎방아 찧어
더 못 걸었다

더 못 걷다가
반듯이 반듯이 걸었다
이런 무릎고질 뜸해진 겨를에
광주에 왔다

31세 양치선
어제 광산 삼도에서 광주에 그렇게 왔다

광천동 시민아파트 처가에 왔다
장인장모 인사드렸다
무릎고질 숨겼다
살 만헌가
촌에서는 못 살겠습니다
노점이라도 차릴 작정입니다
노점이라
예 노점상도 벌이는 쏠쏠허답니다
비 오는 날은 어쩔 것이여

비 오는 날은 공쳐야지라오

오늘 광천동에서 충장로에 접어들었다 무릎 조심조심으로
노점 차릴 데
여기저기 눈여겨보았다

그때 최루탄과 화염병
곤봉과 투석으로
뭉쳤다 흩어지고
흩어졌다 뭉쳤다

화니백화점에서 관광호텔 쪽으로 밀려갔다
노점의 꿈도 뭣도 다 깨져버렸다
무릎도 놀라 마구 달렸다
달리다가
곤봉 맞아
어이쿠 쓰러졌다
끌려갔다
후둑후둑 맞았다
작신작신 밟혔다
끌려가다 내팽개쳐졌다 무릎이고 뭐고 다 깨져버렸다
무릎걸음으로 기었다
기어서
광천동 처갓집에 다다랐다 기절했다 눈깔 하나 빠졌다 외눈이었다

광산군
나주군 그 왕가뭄 속
돼지 아홉 마리 키우고 있었다
싸그리 기억력 없어졌다
내가 누군지
네가 누군지 몰랐다
광주 처갓집도 뭣도
할머니 제삿날도 뭣도
아이들 이름도 뭣도 다 잊었다

다 잊어버리고 천치 되어 물 한모금 입으로 들어가며 살아 있었다

독거

압구정 로데오거리 선남선녀들아
희멀겋구나
야들야들하구나
시건방
건방
매끈매끈
기름지구나

자국어 막히고
영어
일어 열리는구나 자국어도 외국어 되었구나

일당 5백만원 그어도
아무런 탈 없구나

비현실이구나

성북동 요정 청미각
장안 권문세도 제현들아

낮은 아쭈 정관정요
밤은 소녀경

밤 이슥

꽃아
꽃아

내일쯤 내일모레쯤
남도 비봉산 골짝
백 가호 마을이
아슬아슬
아홉 가호 남은 두메
용천마을쯤 가보아
터덜터덜 걸어서 가보아

거기 삭은 슬레이트지붕 밑
기우뚱
윗방 아랫방
그 오막살이
독거노파 수돌이 할머니네
찾아가보아

왕쥐 서생원들이
할멈 덮은
누덕이불 뜯어먹어도
내버려두는 간밤
라면 끓이다가
가스 떨어지면

생라면 반라면 그대로 먹는 아침
전등불 켜지지 않으면
한 사흘 뒤
누가 와 고쳐줄 때까지
그냥 깜깜 지내는 밤
말없는 밤
찌그러진 몸 탈나도
숫자도 글도 몰라
전화다이얼 돌릴 줄도 어쩔 줄도 모르는 낮
장날 장에 간 적 없고
산 넘어
가게에 간 적 없는
그런 날들로
그냥저냥
저냥그냥 사는 할멈 찾아가보아

수도꼭지 하나는 단단히 잠가
수돗물 낙숫물
절대로 없이 사는 할멈

그 할멈 죽어
상여 멜 사람 없으니
어떡해
어떡해

갈까마귀야 호떡새야
그놈들이 상여 메기는
그 두메 가보아
가네 가네 나는 가네
거기 한번 가보아

이명학

나 부르지 마라
대황남경(大荒南經) 옛 저승이여
아직 이승의 명줄 남아 있구나
나 부르지 마라
나 부르지 마라

이승살이
앞니
어금니 하나하나 빠졌다
이 빠지면
지붕에다 던졌다
지붕에 던져
새 이빨 나오기를 빌었다

빠진 이빨 나오기는커녕
남은 것 하나마저 빠져버렸다
이빨 이빨 받아먹은 지붕
감감무소식

자네 맹학이
언제까지 합죽이로 살 티여
틀니 해넣어야겠네
아 이 사람아
돈 있어야

틀니고 금니고 해넣든지 말든지 허지

이러구러
5년 지나고
6년 지난 합죽이 이명학이
역전의 셋방살이
중흥시장 노점으로 살아왔다
고기 씹지 못하고
후루룩 국물만 마시고
찬밥 물 말아 삼키며 살아왔다

아들놈 결혼식 앞두고
큰마음 내어 틀니 맞춰
비로소 합죽이 면하여
질긴 것 질겅 씹어보았다

5월 20일 통금 앞당겨
일찍 집으로 가니
아들이 없다
오는 길 역전파출소 부서진 것 보았다
아들 찾으러 나섰다
북광주전신전화국 앞
공수 네 명한테 잡혀 타작감이 되었다
그 자리에서 실신

틀니도 다 튀어나가 다시 합죽이가 되었다
생오줌 쌌다
생똥 쌌다
마침내 숨 놓았다

마흔네살이 그의 이승 나이였다

마흔네살 이후로는
저 옛적
파종 없이
추수 없이
밥 있고 옷 있는 곳
난새 노래하고
봉새 춤추는 곳
오곡백과 쌓인 곳
대황남경 그 저승이었다

박석윤

어떻게 동방 변방의 한 사내가
대영제국 검교대학 유학 운세까지
타고났단 말인가
이 부러움이
혹은 오랜 사대주의 실감 나머지
새로운 서양 사대주의 유감일지 모르나
1920년대
그 케임브리지대학을 보무당당 졸업한 사내가 있느니
대한이 끝나고
일본제국 조선이 되어
그 조선총독부에서
케임브리지까지 보냈느니
검교(劍橋)라!

장안의 먹물이란 먹물들 학필이란 학필들
혀 내둘러
그 부러움이
술맛 쓰게 하였더니라
그런데 돌아와
경성제대 교원 따위
무슨 편수관 따위가 아니라

일제 괴뢰 만주국 장관으로 가
일왕 쇼오와한테 속충성을 바치고

만주국 황제 푸이한테 겉충성을 바치다가
해방 이후
그럭저럭 대한민국 국민 일원으로 살다가
전란 때
괜히 길 나섰다가
쫓겨
쫓겨
그만 삼팔선 이북
평남 양덕까지 가버렸는데
거기서
하필 알아보는 사람 있어
만주 시절 사람 있어
마을사람들한테 붙들려
몽둥이 맞아 죽었다

네 이놈의 새끼
네놈이 조선민족을
왜놈과 한뿌리라고 지껄이고
일본의 발흥이
아시아의 기운이요
동방의 벗이라고 지껄이고
동양민족 다섯이
일본을 맹주로
대동단결해야 한다고 지껄인

최남선의 매부 박석윤
친일매국노 박석윤 그놈이지

슬픈 장살(杖殺)

그날밤

턱!
마당에서 소리가 났다 잠 깨었다
문을 두들겼다
사람 살려요 사람 살려요
다급한 소리였다
문 열었다
젊은이였다 숨찬 학생이었다
두말없이
안방 벽장에 밀어넣고 눈 딱 감고 누워버렸다
벽장 속 어둠속
가슴이 뛰고
벽장 밖
누운 식구들
퐁당퐁당 가슴 뛰었다

탕! 탕!
대문을 두들겼다 대문 빗장 빠졌다
공수 군홧발이 들이닥쳤다
방 안을 뒤졌다
벽장도 열었다 어둠속이었다
벽장 벽에 들러붙은 학생의 멈춘 숨 발각되지 않았다

그 대신
세대주도

세대주 마누라도
열네살 아이도
열살 아이도
곤봉 맞고 군홧발에 마구 차였다
이 광주 폭도놈들
이 빨갱이놈들
다 죽여버리겠다 씨를 말리겠다
기어이
세대주 신정남이 피 뿜었다 뻗었다
여보!
여보!
여보!
여보!
외치던 마누라도 뒤따라 뻗었다
아이들 울지도 못했다

공수가 문짝 차고 떠났다 씨팔

벽장 속 학생이 나왔다
두 송장
두 생명 앞에서
엉엉 울었다

이주승

우의정 좌의정 지낸 당대 문장 이정귀
그의 증손 이해조
그 이해조의 8대 종손 하나
한말을 살고 있었다
망국을 살고 있었다

충북 청풍

지난 시절
8대조 이해조는
종형 이희조가
권상하의 벗이라
그 송시열 제자 권상하가
여보게
난세에 살 만한 곳이 있네
여기에 있네
하고 지도 하나를 주었다

그 지도가 이어지고 이어져
증조할아버지 서랍에 있다가
마침 한양 성내가
되놈
왜놈 천지로
왕비 참살되고

궁이 파천하고

밤에도 낮에도
말발굽소리
총포소리 들리니
서랍 속 지도 슬그머니 꺼내어
그 지도 속의 피난지를 꾀하였다

대 이어온 지도 한 장이
새 터전이 되었다

이민익 이어
이원재 이어
이제 8대 이주승 일가
청풍 호족이었다
호족 이주승
첫 부인 정씨 사이에
딸 둘 얻었다
이주승 마흔이 넘어
정씨 사후
후취로 스무살 박씨 길남 처녀를 맞이하였다
무려 서른한 살 아래였다
거기서 떡두꺼비 아들
그 늦둥이 아들 불쑥 낳으니

9대 종손이라
이 구영(九榮)이 무럭무럭 자랐다

이주승
의병 기의(起義)
아우 조승과 함께
유인석 부대
호서 의병 동참하였다
일병 2백
관군 4백
지방 중군 5백 들어찬 충주성을 깨뜨리니
어중이 의병전으로 막강 정규군을 이겨내니
전국토 의병의 사기가 봉홧불로 솟았다
유인석 다음
이강년의 의병대에도 참여하였다

이주승은
부모 봉양 한쪽에서
언제나 의병운동 독립운동의 배후에 있었다

그런 중에도
원근 각처 인심들 모였고
떠도는 걸인 인심도 다 모였다

봄
가을
두 차례 생일잔치 크게 베풀어
손님 2백여명에다
걸인 4백여명
6백여명 먹는 잔치가
안마당
바깥마당 가득한 잔치 차려졌다

이주승 모신 상에는
걸인 대표
이원보와
강응문이
연초 아홉 봉
조화 두 개를 바쳤다
걸인 선물이었다

그 이주승 어른 죽어
상엿길 만장 물결 속
걸인 만장도 날려
이참봉주승대선대부인양례호상(李參奉冑承代先代夫人襄禮護喪)
이라 썼다
글 쓰는 걸인이었다
그 걸인 대표는

이것으로 모자라
이주승 적선을 기려
나무비에
이참봉주승씨적선비(李參奉胄承氏積善碑)
네 개를 만들어
걸인 순방 각처 네 군데에
세웠다 하였다

허허

김성민

나 열아홉살이라오
연애하고 싶어 죽겠어라오
연탄 운반 트럭운전사
연탄 배달로
화순광업소에서
광주까지 오고 가지라오
휘파람 불며
5월의 지방도로 오고 가지라오
트럭 운전석 라디오
가요 프로가 제일 좋아라오
나 연애하고 싶어 죽겠어라오
5월 20일
길 막혀 배달운송 쉬었지라오
북동 양복점 재단사 친구 생일이라
주원동 탄광 광부촌에서
월산동 넘어갔지라오
술 너무 마시고
여인숙에서 자버렸지라오
깨고 나니 속이 뒤집어졌어라오
다음날 집으로 돌아가는 길
오거리에서
계엄군 검문에 걸려
두 팔 노끈으로 묶여 끌려갔어라오
맹타

맹타
곤봉 맹타
워커 맹타
오후 네시 꿈인지 생시인지 군용트럭에 실려
시청 지하실에 처박혔지라오
너 빨갱이지 너 총 들었지
너 도청 폭도였지
너 총 쏘았지

상무대 헌병대로 실려갔어라오
개머리판 맹타
빠따 맹타
너 자백하지 않으면
여기서 죽어
너 총 쏘았지
너 도청에 있었지
자백해도 죽어라오
자백하지 않아도 죽어라오 다 알았어라오

나 부동자세로 섰다가 끝내 주저앉았어라오 죽었어라오
워커가 조져대도
내 몸은 아무것도 몰랐어라오
곤봉이 내리쳐도
이미 내 몸은 아무것도 몰랐어라오

나는 송장으로 곤봉 실컷 맞았어라오 몰랐어라오

이 세상 사는 동안
오리불고기 여섯 번인가 일곱 번 먹었어라오
돼지불고기 열한 번인가 먹었어라오
역전 싸구려 순댓국 자주 먹었어라오

나는 열아홉살이라오
어디 가서 몇십년은 더 살아야 하여라오

강부장

일제시대 서대문형무소 앞
그 을씨년스런 현저동 비알
이리저리
꼬불거려 오를라치면
거기 간수들 단골주막
그 주막 심부름꾼
강희남이란 녀석
단골손님 지우산도 맡았다 돌려주고
겉옷도 걸어주고
흙 묻은 지까따비도 씻어주며
귀염받던 녀석

어느날 단골 간수 하나가
형무소로 데리고 가
형무소 보안과 간수보 견습생으로 써보았다
간수보로
3교대에 편성되어
사방(舍房) 땜통도 담당도 맡았다
해방이 되었다
일인 간수 떠나자
조선인 간수 속
간수보 견습생도 간수가 되었다
해방이다
해방이 승진이다

616

보안과 간수 되어
수갑 채우기
오라 묶기
어느새 그 손놀림 익숙해져
정동 재판소 출정 호송 때
딴맘 먹는 미결수
발로 차기도 하며 혼내는 재미 늘어났다

야간 교대시간에
2사 상 맡을 때도 있고
3사 하 맡을 때도 있다
영락없이
그때는 감방 안
차입된 개털들 인절미 얻어먹으며
이게 무슨 찹쌀인절미여 순 밀가루인절미지
하고 탓하고
매입한 건빵 봉다리 맛보자 하여
다 먹어버리고
목마르다 목마르다 한다

1975년 마누라 죽이고 들어온 살인범
정상참작으로
무기징역 받고 돌아온 밤

간수 강희남 가로되
거기도 무기이고
나도 무기여
이날 입때 감옥살이로는
거기나 나나
다를 것 없어

다음날부터
젊은 동료 간수인지 누구인지
만년 간수 강희남
쉰넷 강희남을
간수부장으로 올려 불러
강부장 강부장 강부장님 불렀다
처음에는 비아냥으로 듣다가
차츰
강부장으로 불러야 대꾸했다
쪼글쪼글한 얼굴
누런 틀니로 웃는 얼굴
돈 한푼 없이
간식 공짜
주식 야식 공짜
긴 세월 살아온 공짜부장 강부장
강부장님 해야 대꾸 있다 공짜 없다

618

상무대 헌병 공창욱

그것은 숫자 아니다
그것은 날짜 아니다

5월 18일
5월 19일
5월 20일
5월 21일 22일 23일 24일 25일 26일

시내 각 계엄유치장에서 실려온 폭도들 빨갱이들
헌병대 영창 일곱 개에 꽉 찼다
하루 내내 부동자세로 세워놓았다
조금만 움직이면
M16 개머리판이 날아왔다

취침시간
한방 1백여명 누울 수 없다
앉아서 잤다

아침 기상시간
세수 따위 없다
단무지 한 조각 밥 한 덩이

운동장에 몰고 나간다
포복 한 시간

빠따 한 시간
엎드려뻗쳐
빠따 한 시간
차렷 부동자세
워커 차기 반 시간

하나하나 불려갔다

일어섯
앉앗
섯
앉앗
섯
잣
섯
잣
섯
잣
서지 못하면 각목 맹타
어깻죽지 살점 떨어져나간다
등짝 피 튄다

헌병 공창욱 중사
벌써 7일째 9일째

개머리판 세례
곤봉 세례
워커 세례
운동장 기합 세례 전담 중사

4백명
4백 50명
그의 소대 거쳐갔다
폭도들
쥐도 새도 모르게 죽였다 암매장했다
감옥으로 보낸 놈은 차라리 행운

끝내 그가 돌아버렸다 공창욱 중사
술 퍼마셨다
부대로 돌아왔다 상사 중대장을 쏘았다
맞지 않았다
즉각 체포되어
영창에 들어갔다
그 무지막지한 만행 끝
정신이상 되어버렸다 공창욱 중사
날마다
두들겨패고
차고
기합과 고문으로 신나더니

끝내 정신이상이었다

돌았다
돌아서
나는 폭도다 나는 폭도다 외쳐댔다

사흘 뒤 야간이송되었다 대전으로? 서울로? 어디로?

천손이 할멈

충청도 제천 북노마을
그 마을 떡장수 아낙
이름 천손이라
천손이 할멈
천손이 할멈
닷새마다 엿새마다
떡 광주리 이고
성크름 바람 내며
북노마을 접어든다

윗마을 부부인마님 댁에 떨이할 때는
빈 광주리 이고
나는 듯 건너간다
어느날 부부인마님 댁에 가
마님 하고 부르며
떡 광주리 내려놓고
방 안을 들여다보니
이미 다른 아낙이 떡을 팔러 와 있었다

천손이 할멈은
나 말고
또 떡장수가 있구나 했는데
부부인마님 댁 안방에 걸린
커다란 명경

그 명경 속의 제 모습 보고
다른 떡장수로 알았더라

뒷날
부부인마님께서 그 일을 두고두고
내 집에는
천손이 할멈밖에
천손이 할멈 떡밖에
들이지 않을 터이니

거울 속 떡장수
하나건
둘이건
다 천손이 할멈뿐이니
마음 놓고 오게나

천손이 할멈
생전 처음으로
자신의 얼굴 보고
남의 얼굴 삼은 뒤로
거울 속에서
자신의 얼굴 기어코 찾았음이여

박지관

6사 하 감방 12방
거기 박지관 있다
한 평 미만
죽어 드러누울 관 크기
그 방의 날들이 흘러 흘러
30년
저 전쟁 발발한 그해 들어온 이래
30년

머리 다 빠졌다
이 다 빠졌다
양볼 골짜구니 깊으나 깊다
어머니의 성씨 따위 진작 잊어버렸다
아버지의 생신 따위 잊어버렸다
친구들
동지들 얼굴 까막까막 잊어버렸다

숨만 쉰다
밥만 받아 입안에 담아
모자란 침으로 조금씩 조금씩 녹인다
밥 한줌 받아
두 시간
세 시간 잇몸으로 세 새김질 네 새김질 씹는다

싱겁게 히히 웃는다
싱겁디싱겁게 힝힝 운다

그런데 교무과 사상교도반이 나타나
전향서 내밀면
그때만 오똑 아르렁
뒤돌아앉아버린다

이 지독한 빨갱이 영감땡감 오늘 급식 제한!

점심 저녁 두 끼 굶어야 한다
히히 웃는다
힝힝 운다

과거도 없고 미래도 없다 오직 하나 있다
쓸개인지 묵은 이데올로기인지

백운선생

부잣집 도련님께서는
시전
서전을 익히는데

세상은 온통 매미소리

사랑방
독선생 앉혀
백운선생 앉혀
사서삼경 익혀가는데

집안 종형 종제까지
다섯 학동이 익혀가는데
후한 학채(學債)로
한해 쌀 열 섬

삐딱 망건 쓴 훈장 백운선생
학동 강학을 마치면
해거름에
큼큼큼 건기침 놓으며
고개 넘어
주막으로 가
점잖은 문자속 벗어나
늙은 주모 붙들고

갖은 상말 늘어놓으며
늘어진 젖 죽은 젖꼭지도
만지다 얻어맞으며
속을 푼다

막걸리는 딱 반되

백운선생 보낸 뒤
주모 구시렁구시렁 두어 마디
아따 쩨쩨하시기는
일년에 열 섬이나 받으면서
마시는 공덕은 겨우 반되짜리셔
아무래도
밑 달린 것이
애들 고추 그대론가벼
아따 그 주제에
계집 젖꼭지에는 사족 못 쓰는 것이
애들 고추는 면했는가벼

옥중결혼

김현장
부산 미문화원방화사건 흉악무도 배후인물
1심 사형선고
항소심 사형수로
옥중결혼 이루어졌느니

신랑 대구교도소
신부는 상 피고인 여자 벨라뎃다
원주교도소

내일모레 죽을 사형수 신랑
신부 벨라뎃다

그들은 서로 다른 감옥에서
첫날밤 없이
신부 신랑 신혼생활 엄숙히 이루어졌느니

여섯 번 이감
이 감옥
저 감옥 옮기는 사이
남편은 사형에서 무기형
그뒤
무기형에서 20년형
상 피고인 16명 중

사형이 무기형
무기형이 20년형 10년형으로 감형

먼저 나간 신부 벨라뎃다가
시어머니 섬기며
시집살이 생계 떠맡았느니
쌀 팔고
라면 사고
김치 담갔느니
남편 옥바라지
대전교도소에 한 달에 한 번 면회 갔느니

몇년이 흘러 흘러
20년형 형집행정지
비로소 늦게 늦게
쓰라린 기쁨의 첫날밤이 이루어졌느니 시대의 오지에 눈물 글썽 화촉
동방 밝혀졌느니

합방의 밤

1916년생 열여섯살 총각 이구영
1918년생 열여덟살 처녀 김필한
마당 가득 친 차일 밑
교례배 마치고
사모관대 벗고
족두리 벗고
파릇파릇 모살이 부부가 되었다

한번도 본 적 없고
들어본 적 없이
어밀어밀 부부가 되었다

신랑 재종고모가 처녀 보고 정하니
신부 자당이 응하여
부부가 되었다

부부가 되어도
할아버지
아버지
어머니가
정해준 밤에만 만났다
한 달에 한 번이기도 하고
두 번이기도 하였다
그밖의 수많은 밤은

631

안채 뒷방의 신부
친정에서 데려온 몸종 계집애와
자다가
남편이 들어오는 밤에만
몸종이
시어머니 방 윗목으로 가 잔다

그런 부부생활로
딸 둘을 낳았으니
허한 밤 중
실한 밤이 더러 있더라

이런 밋밋스름한 내외살이여
허와 실 그 사이
이런저런 자디잔 금실이여 밤 두견새여

김현장의 한시

1982년 6월 1심
사형선고 뒤
감옥
요시찰 독방으로 돌아가 묵묵히 앉는다
죽음
감옥 밖의 세상
어머니와 아버지
죽음

문득 한시가 나온다 의병시대 의병장인 듯 척사파인 듯
즉흥 오언율시

남아가 이 세상 인연으로 태어나
하필 이 어려운 때 떨어졌던가
내 짧은 생 돌이켜보니
눈길 헤매는 길손이었네
비록 수정에 두 손목 묶였으나
어찌 내 혼백마저 묶이리오
역적이 내 육신 빼앗으니
자못 이 목숨 갈대 신세련만
개 같은 전가와 함께 사느니
죽음이 그 얼마나 편안하리오
오직 내 넋 하늘로 가
만세토록 이 나라 지켜가리라

몇해가 갔다
1988년 4월 23일 모친 별세 부음이 왔다
요시찰 독방 묵묵히 앉았다
눈물이 멈췄다 시가 나왔다

인생 백년도 다하지 못하는데
항상 천년의 걱정 안고 사는구나
흙덩이에 물이 스미니
가루 되어 만사가 다하는구나
부음이 거듭 날아들어
남산만 바라보니 슬픔 쌓이네
난세 사나이의 효란
모래 쪄서 밥 지으려는 것
세월은 물같이 흘러가는데
나는 한가로이 옥중에 앉아
깊은 밤 두견새 울고
철창 밖 슬픔 바람만 부는구나

어머니! 어머니!라는 통곡은 끝내 숨겼다

보아라
세칭 '무등산 타잔'이니
세칭 '반미 폭도'니

세칭 '악질 간첩'이니 하는 젊은이 있어
자존 애상의 율시(律詩) 두 편을 남겼구나 두어라

이문식당

종로 화신 뒷골목
이문식당
이문설렁탕집 있것다
밤새 소뼈 고아낸
김 가득한 국물
아침 점심 저녁 설렁탕 한 그릇마다
가득 담겨
세상의 몸들 풀어주것다

그 이문식당 주인 김대덕
국량(局量)이 자못 커
배포가 자못 커

한때 조선일보 운영을 맡은
신석우 어른이
기자 월급도 못 주는 대신
기자와
영업사원들
인쇄공들
이문식당 외상으로
설렁탕 점심을 먹게 하였다

설렁탕 한 그릇 5전일 때
쌀 한 되 10전일 때

외상값 4만원 넘어도
설렁탕집 주인 김대덕
외상값 독촉 없었다

설렁탕 뚝배기 크고
설렁탕 배포 컸다

오늘도 백수건달들 이문식당 설렁탕 외상 먹으러 가네
아 외상의 시대여
지나간 시대 신뢰무진의 시대여

한 넝마주이

나에게도 이름이 붙어 있다
칠복아
하고 부르면
왜요 하고 대답했다
칠복아 오늘밤 역전에서 한잔하자
인봉이가 꼬시면
안돼 나 갈 데 있어 하거나
그러자 시마이하고 하자 대답했다

역전
광주역전 거기가 아니라
남광주역전 거기
구두닦이들
넝마주이들
집 없어
구멍만한 대합실이 안방이고 구석방인 아이들
밤이면
그네들 세상인
역전 거기

부모도 없다
고향도 없다
먼 일가붙이 핏줄 하나도 없다

이 지상의 호젓하고 호젓한 혈혈단신들
내 두 눈
내 코
내 입
내 두 귀
내 자라난 좆대가리와 두 불알
내 똥구멍
이것이면 되었다 아무것도 없다

하루 넝마 한 통 가득 차면
그것 마치고 나서
빈 몸 호젓하고 호젓한 혈혈단신

너무 일찍 소주맛을 익혔다
대두병 막소주로
동백 아가씨 부르면
역전 포장마차가
내 세상인 거기

그렇게 취해
몇걸음 갈지자로 가다가
계엄 공수에 딱 걸려들어
삼복날 개처럼
동짓날 북어처럼

곤봉 작신작신 맞고 뻗었다
뻗은 채 던져져
군용트럭에 실려갔다 아직 숨 남았다
워커 쪼인트
거꾸로 매달기

그래도 밥 한덩이 담긴 그릇 비웠다

몰래 수저를 씨멘트 바닥에 갈고 갈았다
송곳 만들어
배 찔렀다
잇단 고문에 못 견뎌
사는 것보다
죽는 것이 훨씬 좋았다
배 찔렀다
피를 펑펑 쏟았다 아직 죽지 않았다

헌병 나리 질겁하고 달려왔다

이 새끼
이 폭도새끼 순 독종 빨갱이새끼

현재묵

5백년 동안
밤낮없이 대의명분만 지껄여대도다
조선의 주자학
그 어떤 조선도 불가
오직 주자의 조선이 가하도다
5백년 미만
이념의 관학으로
날 새고
밤새웠도다

조선 당쟁

밥그릇 싸움
감투 싸움으로
대의명분 싸움 내걸어왔도다

상해 임시정부도
그뒤 대한민국도
아직 노론의 쓰레기 있고
남인의 잿더미 남아 있도다

제주도
제주대학 수산학 교수
현재묵은

전후
대학교수
그 긴 세월을
제주도 귀양살이의 주자학
전혀 가까이 가지 않고
제주도 앞바다
먹갈치
옥돔 자리돔 공부만 하더니

그래서 안경 속 눈알도
어느새
갈치눈 도미눈이 되었도다
순하디순한 눈길이도다

이따금 바다 본 뒤
하늘 보면
하늘가 심심한 구름 가고 오는 먼 길이도다

죽음의 행진

5월 18일 이래 광주의 밤 잠들지 않았다
일주일이 지났다
8일째였다 아직도 잠들지 않았다

5월 26일 새벽 한시

송정리 미군 다 떠났다
광주시내 미국 민간인들 다 떠나버렸다

이제 광주는 순 광주였다
이제 전두환의 작전 '화려한 휴가' 가고
마지막 작전 '충정'이 온다
심지어 도청 수습위원도 슬슬 빠져나갔다
지진에 앞서 새들이 떠났다
쥐들이 떠났다
구렁이도 슬슬 담 넘어 떠났다
누군가가 분노를 터뜨렸다
이제 와 수습위 그만둔다고
저 혼자만 살겠다고 도망친다고
비겁한 자라고 욕 퍼부었다
욕하다 그만두었다

남은 먹물은 윤상원뿐
고교생들 내보냈다

너 집으로 가거라
너 어머니한테 가거라
남은 놈들
넝마주이
막일꾼
구두닦이들뿐
남은 시민군 먹먹히 어둠을 본다
곧 닥쳐올
죽음의 어둠을 본다
밑바닥 어둠을 본다

교수
목사
변호사
문인 제현 대부분은 이미 자취 없다 꼬리 감췄다
도청 사수 시민군
순 광주 순 민중 순 밑바닥뿐

벌써 학동 쪽 공수부대 진입
백운동 진입
송정리에서 월산동 지나
광주극장 지나
놈들의 탱크 굴러왔다

끝까지 남은 홍남순 이기홍 조비오 김성룡
김천배 이영상 이성학 장두석 조봉환
유인백 윤영규 등
그들은 이제 죽음을 무릅썼다
가다가
가다가 쓰러지자고
어둠의 거리
신새벽의 거리를 걸어갔다
수습위 17일
마지막 금남로를 걸어갔다
새벽안개 속
여기저기서 시민들 학생들 나왔다
어느새 긴 행렬

수창국민학교 앞
유동삼거리
양동
돌고개
한전 앞
농촌진흥원 앞
계엄군 바리케이드 총구멍이 조준되었다
이쪽
죽음의 행진 끝
그들 몽땅

트럭에 내던졌다

그러나 거기서 시작이었다 끝이 아니었다
저쪽이다
저쪽이다
도청
저쪽이다
진격하라
한놈도 남김없이
사살하라
폭살하라

밑바닥이 남아 있다 그 이름 사수대가 남았다

내 나무 노래

저 남국 말레이시아에서도
아기 태어나면
그 아기 몫 나무 심어
그 마을 푸르러온다지
그러다가
그 나무 심는 일 아예 사라졌다지
슬퍼 마

어디 그 남국뿐이랴
내 나라 고려 조선 삼천리 향토에서도
아기 태어나면
그 아기 몫 나무 심었지
아들 낳으면
선산에 심고
딸 낳으면
밭두렁에
몇그루 돌잔치 나무 심었지
내 나무야
내 나무야
무럭무럭 자라나라고 빌며 심었지

그리하여
딸 나무는 시집갈 때
그 내 나무

벽오동나무 베어
장롱 지어주거나
반닫이 짜
한평생을 한방에서 살고지고

아들 나무
내 나무는
그 아들이
어느새 아버지이고 할아버지인 뒤
세상 떠날 때
관을 짜 함께 묻히지

내 나무야 내 나무야
생과 사의 내 나무야

오늘 전북 순창 회문산 비탈
이형래 옹 오일장 장사 행렬
만장 3백에
원근 문상객 6백
보릿고개에 양식 나누고
가난한 아이 공부시켜
덕을 베풀던
천석꾼 이형래 옹이라
아들 다섯 형제

딸 세 자매가
고인 관을 사들이려 하자
입관 전
시신이 벌떡 일어났다 누웠다
그 옛날
뒷산에 심은 내 나무
그 소나무 베어
관 만들어
입관하였지 안장하였지

단명이라 하여
어머니가 타래실 감아
밤을 도와 빌었던 내 나무 덕인가
단명은커녕 여든일곱 장수로
오늘 떠나서
뒷산 선산
그 내 나무 벤 자리
거기에 묻히셨지

내 나무야
내 나무야
원 없이
한 없이
이형래 옹 내 나무야

돼지와 개들

공장 공순이들
식모들
시장 아줌마들
소매 걷어붙이고 나선 그네들
도청 뒷마당에
가마솥 걸고
냄비 걸고
밥 짓고
국 끓여내어
시민군 교대로 밥 먹였다
지루한 왈가왈부 회의만 하는
수습위원도 먹였다

어서 진지들 드셔라오
어서 식기 전에 드셔라오

시장에 가서 쌀 한가마 에누리하여 팔고
거저 얻고
부식도 사고 얻고 하여 먹였다
차츰 식량 부식 궁했다
급식도 1일 3식이 1일 2식 또는 1일 1식이었다

도청 뒷마당
시신 늘어갔다

650

거리에 널린 시신 수습
도청 뒷마당에 늘어놓았다
총소리는 멀리서 가까이서 그칠 줄 몰랐다
뒷골목 돌아
장의사 찾아
관 구했다
베니어판 뚝딱뚝딱 관 만들었다

어이할거나
산 자 밥을 굶고
죽은 자 무덤 없었다

시민군 잠 설쳐 동요
수습위 딴생각 나며 동요

그때 취사반 처녀들 아낙들이 외쳤다
끝까지 여기 있을 것이오
나 혼자만 살려고 도망가지 않을 것이오
하고 뭉쳤다

그러자 수습위 김성룡 신부의 말
생명 걸고 싸운 시민의 피 한방울
헛되게 하지 말자
우리 다

개나 돼지로 성을 바꾸고
네발로 기어다니며 지켜내자

그래서 조비오는 돈(豚)비오
홍남순은 돈남순
김성룡은 견(犬)성룡 윤영규는 견영규
송기숙은 돈기숙 명노근은 견노근이었다

작은 시습

저 세종 문종
저 세조
그 왕조 시절
세조 등극의 피바람 등지고
책 태워버리고
산을 내려온 시습
집 떠나
영영
산으로 간 시습

승도 속도 아닌
승이고
속인 시습
시를 지어 흐르는 물에 시를 보내는
시습

하루고 이틀이고
침식 잊고
시에 사로잡히다가
이윽고 시가 나오면
어화둥둥
그 시 쓴 종이 돌돌 말아
시환(詩丸)
시환약(詩丸藥)이라 하였다

그 시환을 넣어둔
표주박은 응당
시표(詩瓢)
시 바가지였다

한철 지낸 절 떠날 때
그 시표를
시냇물에 떠내려보낸 뒤
허심으로
다른 산 다른 절 찾아갔다

시환
시표의 시습 뒷세상
헌종 시절
오가작통법 피해
산으로 간
주선붕
이 절 저 절
식객으로 떠돌며
시를 지으니
누가 일러
작은 시습이라
옛 시습 환생이라 하니

아닌게아니라
시 써서
시 쓴 종이를
시냇물에 띄워보내며
선붕아 선붕아 잘 가거라
가거든
저승의 친구 정하상더러
저승의 친구
남인 권속 유자우더러
이승의 건달 선붕이 잘 있다고
안부 전하여라

시 한편 쓸 때마다
자신이 태어난다며
저녁 청량산 노래한 것
아침 계룡산
모악산 노래한 것
그 산들이 각각
선붕 자신이 되었다가
물에 띄워보내면
흘러 흘러
저승 바다
미리 간 친지들도 만난다더라

서른일곱살 봄날
경기도 감악산 지장암에서 숨 거두니
미처 물에 띄우지 못한
시 열한 편
지장암 승려 셋이
관 속에 넣자거니
남겨두었다
세상에 알리자거니 하는데

다음날 입관할 때 찾아보니
그 시 쓴 종이 한 묶음
어디 갔는지
자취 없었다

작은 시습 송장 둔 방에서
밤새 시 읊는 소리 구슬피 들렸다 한다

무등갱생원생

수저 한 벌 부모 같구나
신발 한 켤레
집 같구나
바람 한 자락
내 고향 같구나

아냐 도청이
내 나라 같구나
마지막 내 나라 같구나

5월 25일 도청 시민군은 막무가내였다
수습위 인사들이
무기반납을 결의하자
선생들만 애국자요
우리도 애국 한번 해봅시다 무기반납 못하겠소
무등갱생원 아이들
그 32명 무장부대 한사코 반납을 거부했다
이미 회수한 무기도
그대로 보관했다

시 외곽 순찰 마치고 돌아온 갱생원 시민군

수습위에 맞섰다 핏발 섰다
선생들이야 갈 데 있지만

우리는 갈 데 없소
여기서 싸우다 여기서 죽겠소
수류탄
M16 자동소총
대검 번쩍 들었다

드디어 공수부대 포위선을 뚫고 나갔다
싸우다 죽겠다
수습위원들 돈 17만원
그들에게 주고 얼렁뚱땅 떠났다

무등갱생원 시민군
임대길 19세
유신호 17세
김갑동 20세
이철수 18세
박철수 21세
윤영구 16세
변오길 19세
최오봉 16세
김오복 17세
32인조가 죽어가며 9인조가 되었다

그들의 성 원장이 준 성이다

그들의 이름도 누가 준 이름
그들의 나이도 갱생원 처녀보모가 정해주었다

이제 그들도
5인조
2인조로 남는다
다 쓰러진다
한 사람 한 사람의 얼굴 없어진다

새 수습위가 어용대책을 낸다 또 거부한다
모든 전파상 뒤진 공수부대
앰프시설 다 가져가서 구할 수 없었다
전기공이 나서서
차량 배터리 떼어다
앰프를 설치한다
임시로 조작한 앰프 들고
거리를 돈다

광주시민 광주를 지켜냅시다
계엄군의 만행을 막아냅시다

시민군의 말은 거칠었다 유치찬란하였다
밑바닥 말이었다 그러나 우렁찼다

이제
새 수습위 자취 감춘 뒤
그들만이 도청을 지킨다
그들만이 도청 앞과
금남로와
유동거리 지킨다

죽음이 온다
그들만이
그들만이 저지선을 뚫는다

수류탄 핀을 뽑는다
서둘러 총기 조작
어느새 익은 동작
작대기였던 총
오발사고 총
이제는 익은 동작

원통한 것은
화순탄광 TNT 뇌관을 다 빼버린 것
어렵사리 구해온 TNT
하나도 쓸모없는 것

뜨르륵!

32인 갱생원 시민군
28인
9인
5인
2인
이렇게 남았다가
풀썩풀썩 쓰러진다

김유남

지리산 노고단
남쪽 비탈
박달나무 굴참나무 호젓하여라 조릿대 푸서리 호젓하여라

새도 이르지 못하는데

거기 옛 김유남의 해골 묻혔다가
웬일로 나와 있더라

저 아래는 아직 말복 끝더위
여기는
으슬으슬 땀 들고
잔뜩 쇠별꽃 피어
하늘 귀 먹먹 호젓하여라

멀리
멀리
해 진다

김유남의 유복자
김만식의 평생 40년
아버지 유골 찾아
지리산이란 지리산 다 오르내린 끝
쇠별꽃

662

쇠별꽃에
달밤 오더라

앰프

5월이 간다 광주의 앞이 꽉 막혔다
본 수습위 이어
새 수습위가 만들어졌다
남은 용기 무효
타협이었다
투항이었다
무기반납 귀순이었다

본 수습위
남동성당으로 옮겨갔다
정부 사과
피해보상
보복구속 중단을 끝까지 내세웠다

5월 25일 수습위 조사
전남대병원
적십자병원
제생병원 등
사망자 1천3백여명

여기서 시민군은 시민군대로
도청 광장에 모였다

시민군 가두방송반 송지호가 벌떡 섰다

처음에는
떨리는 말투
차츰차츰
당당해진 말투
끝내
온몸으로 외치는 말투

도청 광장 한 바퀴 돌았다
도청 광장 떠나
이 거리 저 거리로 내달렸다

송지호의 앰프가
거리의 전선들
전화선들 깨웠다
지붕 밑 가슴들을 깨웠다
공포에 질린
분노에 질린 뜻을 깨웠다

태어나서 처음으로
세상의 주인이 되었다
송지호
눈은 눈물범벅
입은 피 쏟는 말투였다

송지호
그대 살아 있는 시간
얼마 남지 않았다
저 유동삼거리
거기서
다른 거리로 꺾었다

그대의 소리 멀어져갔다 그쳤다

불탄 시체

도청의 새 수습위원 목사 장세균이 나타났다
총기회수
총기반납을 역설했다 꾸짖었다
그러나
막일꾼
빈민
껌팔이 시민군들 반대했다 대들었다

그때 도청 앞 분수대에는 10만 인파가 찼다
어디서 구해온 대형 스피커로
광주시민 여러분
광주시민 여러분
국군은 국민의 생명을 보호합니다
국군은 결코 국민을 죽이지 않습니다
그런데 국군은
우리 광주시민을 학살하고 있습니다
정부는 공식 사과하라
공수부대 무조건 철수하라
민주주의 만세 광주시민 만세

이런 우렁찬 시위 저쪽
사레지오고교 앞거리
공수부대 화염방사기 불길에 타버린 시체
시꺼먼 숯덩이 시체 하나 뻗었다

누구인가 누구인가 누구인가 누구인가 누구인가

그가 껌팔이 행상 시민군 민태순인 것
아무도 모른다
그냥 숯덩이다
허파도
밥통도 간도 쓸개도
소장 대장도 맨 숯덩이다

그가 살아갈 미래 아무도 모른다
충장로 2가 기성복 상점 사장일 미래
2남 1녀의 아빠일 미래
그의 복된 미래 아무도 모른다

숯덩이다
화염방사기 뿜어대는 불 맞은
숯덩이다

타버린 민태순인 것
아무도 모른다

두 부자댁

금강 건너
서천 우부자 2천석 부자
마름 아홉
머슴 열둘
식모 침모
둘째아들 유모
계집아이 등 스물하나인가 둘인가
그들한테 주는
월급
새경
짜디짜기로
금강 건너
군산 옥구 임피까지 알려졌거니와

옥구 회현
두부자 천석꾼
두회덕 천석꾼
그 집안
안채
사랑채
행랑채 두루
밥상 늘 감투밥 고봉밥이었다

두부자 소실댁

거기는
언제나 세끼 네끼 밥을
더 안쳐
아랫마을
갑득이 에미
차돌이 에미 오거든
마당 머슴 얼른 밭일에 내보내고
마당 쓸게 하고
뒤란 쓸게 하여
밥 먹여
밥값 치르게 한다

그래서
두부자 소실댁 인심으로
두부자 큰아들 인모가
해방 후
첫 국회의원선거에서
차점 낙선

사람들 입방아에

소실 작은어머니 덕에
본부인 생모 덕 더했더라면
영락없이 당선일 터인데

생모 공씨는 낱알 하나
뉘 하나
옛 가난으로
누구 줄 줄 몰랐다
대궁밥 남아 쉬어터져도
누구 줄 줄 통 몰랐다

최종구

종구야
내가 니 애비니라
니 애비 혼령이니라
니 스물여섯살의 이승에서
내가 니 애비였느니라
니 애비가 도장공이듯
니도 도장공 되어
중동 열사(熱沙)의 땅 건설현장에 갔느니라
그곳 뜨거운 날들
모래바람의 날들 견디어
흘릴 땀도 다 동나고 견디어
뼛속 같은 중동 돈 벌어왔느니라
니가 이 애비한테
한 달에 20만원 30만원 보내왔느니라
그런 종구야
이런 종구야
내 아들아
한 달 전에 귀국하여
하필이면 5월 18일
광주에 내려와
총 맞아 죽었느니라
애비는 살아서
니 주검 찾다 찾다 쓰러졌느니라

망월동 빈 무덤
니 혼령만 묻고
날이 날마다
눈물로
막소주로 보내다가
애비도 니 간 곳 찾아 젠장 눈감아버렸느니라
그래서
이제 애비도 애비 혼령이고
니도 니 혼령이니라

버젓이
광주 중흥동 그 거리
최부자(崔父子) 도료상회 개업할
그날이 오지 못하고
사진관에 가
가족사진 한장 찍지 못하고
니도 니 애비도 각각 혼령으로 흐린 중음천 떠돌고 있느니라

아들 사형제

조선 철종 연간
전라도 나주목 압해도
거기 양대롱이
조깃배 타는 양대롱이
어깨 떡 벌어져
쇠가슴 떡 벌어져
흑산도
완도
거문도
해남 연호리
배 대고 머무는 동안
이 구멍
저 구멍에 씨 뿌렸다

바닷바람 속에서
열살 먹고
열네살 먹어온 양대롱이
사타구니 떡 벌어져
밤새 우렁찼으니

흑산도 아이 일득이
완도 아이 이득이
거문도 아이 삼득이
해남 연호리 과부 몸에서

오득이

배다른 이 네 아들이
20년 뒤
양대롱이 탄 조깃배
영영 돌아오지 않자
서로서로 전갈
압해도로 건너가
아버지 제사를 지냈다

일득이가
이득이를 끌어안고
삼득이가
오득이 부여안고
오득이가
일득이한테 안기고
이득이가
삼득이 손잡고

양씨 사형제가
아버지 양대롱 신위
그 지방(紙榜) 앞에서
팔목 따
네 피를

한잔에 섞어
거기에 제주를 부어
나눠마셨다

아버님
아버님
아버님
아버님
저승 가서 뵐라요

허어
네 아들도
떡 벌어졌다
허벅지 쇳덩어리여
발꿈치 쇠발꿈치여

옳거니 확언컨대 각처 자손 발복이여

그의 가계

리어카 가득하다
자전거 타이어 자전거 바퀴살
쇠토막 나무걸상
탁구채 사다리 토막
철제의자 쭈그러진 것
버린 책들
시험답안지 묶음
이런 고물
싸게 사다가
고물상에 넘기는 사내
쉰살짜리 사내 영찬이

열다섯 살 위 늙다리 형네 집에 함께 살았다
어물 행상
바작지게에 조기 한짐
갈치 한짐 지고 다니며 팔던 날도 있었다

영찬이 아들 승철이
늦둥이 열여섯살
그녀석도 고물 줍다가
광주공원 밑 국밥집 심부름꾼으로 들어가
벌써 2년째
그러다가 계엄군에 끌려가 소식 없다

아버지 영찬이
5월 18일 아들 찾아나섰다가
상무대 쪽으로 갔다 자취 없다

승철이 잡혀갔다 간신히 간신히 살아나오자
이번에는 아버지가 없다

승철이 동생 승현이
목욕탕 때밀이로 살아갔다

삼일목욕탕 때밀이 사방에 소문나
화순 영감도 오고
담양 영감도 오고
용봉동
지산동 공장장도 단골이었다

아버지 제삿날
식당에 가
불고기 3인분 시켜놓고 제사 지냈다

형 승철은
서울 갔나
어디 갔나
살아 있나 죽었나

한라산

한라산
일년 열두 달 가운데
일년 아홉 달은
순 구름 속

한라산은
한라산 없이
한라산이었다

구름 속
산자락
얼핏 나와 있다가도
설핏 들어가는
구름 속

그런 한라산 백록담 밑
선작지왓 철쭉밭
소떼 다니는 길
저쪽 으슥히
사람 뼛가루 있다
김종철의 뼛가루

한라산 3백번 올랐던 사람

한라산 내려와
취하면 안 취하고
안 취하면 취하는 사람

나중에는
한라산 대신
한라산 기생화산
오름
오름
오름
오름
오름
올랐던 사람

한라산 구름 속 그 사람
김종철

눈에 호수 든
귀에 풍금소리 든
김종철

채수길

광주 백운동쯤
화순이나
담양이나
송정리가 아닌
광주 백운동쯤이면 어엿한 광주지 광주구말구

금남로나
충장로가 아닌
백운동쯤
광주 바깥 아니고 광주지
암 광주구말구

거기 채수길이

어찌어찌
광주 밖에서 태어났지
어찌어찌
광주 안에 들어왔지
열네살 적 보릿고개 징혔지 징혀
밥 실컷 먹고 싶어
식당에 들어왔지
김칫거리 져오고
김칫거리 다듬고
생선가게

생선 실어오고
생선 다듬고
푸줏간 가
어제 잡은 돼지고기
한짐 져오고

장작 져오고
장작 져다 쟁이다가
연탄 쟁이고
쌀 한 가마
보리 한 가마
번쩍 들어 메어오고

손님들이 남긴 대궁
실컷 먹고
밥통에 남은 찬밥
실컷 먹고
두 어깻죽지 잉잉거렸지

광주시 백운동 청림식당
주인 겸
주방장이 나이 차
들어앉자마자
주방장 되어

풍림식당 3층 옥탑방 살았지
국민학교 마친 터수라
최인호의 『별들의 고향』 세 번 읽었지

반공일 밤
가만히
광천동 가서
아버님 어머님 뵈었지
아우 수광이도
식당 주방으로 데려올 생각이었지
한달 25만원 월급인데
20만원 적금 들었지
장차 식당 주인 될 부푼 푸른 꿈
한번도 잊은 적 없지

1980년 5월 21일
그가 식당 뛰쳐나가
금남로 거리에 있었지
5월 23일
시민군 참가
총 들고 식당에 왔다 다시 나갔지

아우 수광이도
5월 18일

5월 19일 금남로 시위대 되었지

끝내 형 수길이 돌아오지 않았지
광주 어느 거리에도
어느 골목에도
수길이 없었지

아우 수광이
아무리 찾아도 형이 없었지
사망자로
행방불명자로도 인정되지 못한 채

광주에도
담양에도
화순에도
아름찬 세월
무서운 세월
그 어디에도
채수길이 자취 없었지

해금의 밤

물 건너 삼다도라 하지만
풍다(風多)
석다(石多)
여다(女多)라 하지만

바람 없는 날 없으나
바람 없는 날 있으나

그 바람보다
돌담 밭두렁
아낙 없는 날 없으나

그 아낙보다 그 비바리보다
돌이 많은 곳
석다도라

돌 중에도
화강암 따위 아니라
그냥
툽툽 침침한 현무암이라
숭숭 구멍난
화산회토 구덩이
어디 존귀한 석재이더뇨

산 높아 바람 많은 곳
골 깊어 물 많은 곳
흙 박하여 가뭄 많은 곳
흙 박한 곳
돌 많은 곳이라
오죽하면
조선 세종대왕
이 제주도를 면세지로 삼자 하셨겠는가

한삽 파보면
딱 한 자 밑
거기 돌이고 바윗등인
제주도
그 석다도
아낙들 나와
이슬 발목
별 머리로 일하는
여다도라

허나 역대 목사
역대 현감
착취밖에 모르니
제주도 조천 망북정
그 정자 밑

한밤중 세 가족 모여드니
물질하는
과부 문임생 아낙네 세 식구
조달구네 네 식구
임오열네 두 식구
작별 고사 올리니

제주도 조천 내 고향 떠나
배 두 척에
세 가족 타고
난바다 떠돌며
고기 잡아
몰래몰래
곡식 구해다
의복 구해다 살며
왜구라
호구라 꾸며
제주 해금(海禁) 피하여
살길 나서는 길이라

문임생의 딸 복이가
조달구의 아우
조상구의 아내 되니
뭍 떠나는 고별 고사에

한쌍 이루는
혼인 고사를 마치니

어쩌자고 구름 걷힌
하늘 속
북극성
북두칠성 빛남이여

갑쥬

그들 배 두 척 밀어
이윽고 축시 밤바다 위
떴다

장차 해상 득남하리라

조덕례

내 고향은 장흥이어요
저 아랫녘
장흥 갯마을이어요

아버지는 머슴살이 고용살이
다섯 아이 자라는 동안
생일떡도 없어요

나 보따리 없이
헌 입성
겹으로 입고
집 나섰어요

쉰살 아버지 고생 덜어드린다고
광주로 와
식모살이 시작했어요
열네살부터
밥하고
빨래하고
빨래 다렸지요

남편 교수
부인 교사
그 이층집

식모살이였지요
5월 어느날
장 보러 나갔다가
그길로 계엄군의 총에 맞았어요
아악!
큰 소리 한번 내지르지 못하고 풀썩 쓰러졌어요

살아야 할 세월
60년
70년 그대로 두고
해 넘긴
삭은 짚다발로 멋대가리 없이 피식 쓰러졌지요

유일한 기억 하나
그전 집 식모로 들어갔을 때
어느날 밤
술 취한 주인아저씨가
몰래 들어와 씩씩거리던 일
그 아저씨를 박차고 나선 일
그뒤로
어른이든
뭐든
그냥 짐승이라는 것
진작 깨달았을 뿐

살아야 할 굳센 세월 두고
그냥 쓰러졌어요

영순이

저 마한 54국의 마을들
내 건너
산 너머 마을들
10월 가을걷이 마치고 나면
천신 지신
산신 수신
조상신 외톨이신 떠돌이신
다 불러 굿 바치고
마흔 예순 둘레 지어
2백
3백 둘러서서
손잡고 발 굴러
도네
도네

손춤은 무(舞)라
발춤은 용(踊)이라
손춤 발춤 다하여
강강수월래

돌아
노래로 돌아
발로 돌아
가슴으로 돌아

빙빙 돌아 넋 놓고
조상신 만나고
천신 만나
둥근 춤 넋 놓아 돌고 도네
도네
감도네
감아도네

전라남도 목포시 죽교동
차일석 이사장
둘째딸 시집갔다
소박맞고
보퉁이 하나 이고
친정 돌아와
친정 뒷방
천장에 서생원 노는 방
노래기 방 치워
죄지은 년으로 살며
새벽 달성사
그 험한 비탈 올라가
달성사 약수 길어오고
친정할머니
친정어머니
친정오라비 올케 마실 물도 공궤하고

세 곳 아궁이
군불때기
청소하기
기명 치우기 종년 신세로 사는데

정월 대보름날 그 밤
오래간만에
오래간만에
바깥구경 나와
강강수월래 둥근 춤에 끼여보니
끼여서
돌고 돌아
빙빙 돌아
넋 놓고 몸 놓아
둥근 둘레 끝없어라
그때
달빛 한 덩어리 몸에 들더니
영순씨!
하는 사나이 목소리 들렸어라
국민학교 동창생 최복동이
어린 영순이 댕기 잡던
말썽꾸러기 복동이
그 복동이 객지 떠돌다 돌아와
영순씨!

마흔아홉 번 돌았는가
쉰 번 못 채우고
그 둥근 둘레 빠져나오니
달밤 이슥히
저쪽 창고 옆

영순씨!
다 들었소
나허구 떠납시다
광주 갑시다
광주 싫거든
대전 갑시다
대전 싫거든
강원도 강릉 갑시다
거기 가서
여봐란 듯이 나허구 삽시다

아직껏 저쪽 강강수월래 강강수월래 돌고 도네

정인채

씨멘트 바르고 나면
아무리 씻어도
씨멘트 냄새하고 잠잔다
그러다가
양림동 한옥 짓는 날
황토흙 이겨 바르고 나면
황토 흙내음 따라와
지친 몸 뉘어
함께 잠든다
푸우푸우
코 골며
냠냠 야 맛나다 냠냠
잠꼬대하며 잠든다

올해 가면 마흔살
세월이 빠르다는 말이 남의 말이 아니었다
두살 때라 했다
두살 때 어머니 세상 떠났다 했다
어린 형들 자라나며
어린 동생 길렀다
일찍부터
집 짓는 데
다리 놓는 데 가서 잔심부름
미장일 익혔다

696

집 짓는 세월 속
나이 먹어
서른여덟에 장가들었다
이제 마음껏 네 인생 살아보라고
큰형이 울었다
그동안
형님은 형님이 아니었소
부모였소 하고
아우가 울었다

그렇게 장가간 뒤 아내가 나가버렸다
다시 홀몸으로
광주와 나주 형들 집 오가며
미장일 하나 의젓하였다

돌아와요 부산항
휘파람 불며 바람벽 곱게 곱게 밀었다

어머님 제삿날
나주 넷째형 집에서
광주 월산동 큰형 집으로
제사 음식 장만한 것 가지고 왔다

5월 21일 도청 앞 가본다고 나간 길

광주 시외버스터미널 시위 속
거기 있었다
거기 있다가 없어졌다

형 정양채
아우 정인채 제사를 지냈다
아우 정인채 생일날
음력 10월 20일
아침에는 아우 생일상 차려놓고
밤에는 아우 제사상 차려
촛불 두 자루 밝혔다
촛불 출렁거렸다

짜아식!

김학성 어머니

숙종 때였다
흥인문 안 인화방에
바느질품으로
한 청상께오서 두 아들을 길러내셨다
큰놈 학성이 세살 적에
아버지 잃으셨다
작은놈 유복이는 유복자셨다

행여나 과부자식이라는
후레자식이라는 욕 듣지 않도록
어머니는
때로 인자하고 자상하다가도
늘 추상 엄중하여
버들가지 회초리 백 개를
시렁에 얹어두었다 내려오셨다

그런 학성이 어머니께오서
바느질 소문 자자
사대문 안 너머
사대문 밖
경기도 장단 강참판 댁에서까지
바느질감 받아들이셨다

장마철

하늘 문이 다 열려
비 그칠 줄 모르거니와
처맛물 떨어지는 토방 아래
딩동댕동 소리가 나셨다

두 아들 서당에서 돌아오기 전
그 물고랑 파보았더니
거기 큰 가마솥 한 채가 묻혀 있으니 아서라 아서라
옛적 어느 난세에
어느 뉘 피난 떠나며
가마솥 가득 재물을 묻어두신 것

금덩어리 은덩어리니 옥구슬이니 비춰니 뭐니 뭐니

학성이 어머니 가슴 두근두근
급히 그 가마솥 제자리에 묻어버리셨다

며칠 뒤
두 아들과 함께
그 인화방 초가삼간 냅다 팔아넘기고
아예 남산 밑 주잣골 초가삼간으로 이사하셨다

세월 뒤
세월 앞

700

두 아들
편모슬하 효자로 자라나셨다
장가들어
아들딸도 졸막졸막 낳으셨다

학성이 어머니
유복이 어머니 어언 85세로
자리보전 며칠 뒤
임종이셨다
그제야 두 아들한테
지난날 금은보화 가마솥 이야기며
그 집 팔고 이사 온 이야기를 슬그머니 꺼내셨다 처음이셨다

큰 재물에는 재앙이 따르느니라
어린 너희에게 의식(衣食)이 지나치면
안일에 빠질 터이고
너희에게 헛재물이 생기면 방탕할 터이니
이제 너희 형제가 살 만한 처지 남부럽지 않구나
되었느니라
되었느니라
그간 내가 열 손가락 바느질로 이룬 것이니
헤프지 말거라
헤프지 말거라

학성 유복 형제의 어머니 가든히 눈감으셨다

바느질 평생으로
눈떠도
잘 보이지 않는 그 잠 없는 눈 감으셨다 긴 잠이셨다

어머니 바느질 그릇
시렁 위
삼신할머니 쌀자루 곁에 고이 모셨다
길고 긴 잠이셨다

정복남

형 옥남 서른네살
아우 복남 서른한살

옥남은
복남을 늘 안쓰러워하더군 불쌍히 여기더군
동으로 순천이다
남으로 목포다
떠도는 날품팔이
집 짓는 데 씨멘트 모래 버무려주고
버무려진 씨멘트 범벅
하루 내내 삽질하고
아 술참 30분
막걸리맛 달더라
국수맛 달더라
그러다가
다시 떠나면
나주다
광주다
때로는 전북 순창읍내다

그러나
몇해 전 주민등록 말소로
어디가 병들어도
병원이 받아주지 않더군

공사판 몸 다쳐도
몸 다쳐
허리 못 써도 올데갈데없더군
광주 백운동 형한테 가
허리 나을 때까지 쉬는데
달포 지나
5월 16일 횃불시위
얼레얼레
처음으로 바깥구경 나섰더군
구경 나섰다가
그 대열에 끼어들어
처음으로 떳떳하더군
다음날 형에게 끌려 돌아온 뒤
5월 19일 다시 나가더니
아예 돌아올 줄 모르더군

다음날도
그 다음날도
돌아오지 않는 아우 찾으러
형이 거리에 나섰더군
여기저기
도청 앞도
대학병원도 찾아다니더군
어디에도 없더군 사라져버렸더군

어이 복남아
불쌍한 복남아
너는 어디 가고
나 어쩌란 말이냐

여인국 선화아기

상고시대 옥저 동쪽 바다 난바다
그 어드메
오직 여인만 사는 섬
자색 구름 이는 섬 있다고
점잖은 후한서(後漢書) 동이(東夷)
옥저전이 말한다

그랬던가

그 여인국에 간다
너울 넘어
큰물결 잔물결 넘어
저승 같은 봄꿈 같은
그 여인의 섬에 간다

과연 파도소리 잠들자
그 섬
여인들의 소리가 들려온다
노랫소리가 들린다
깔깔깔 웃음소리도
바람 타고 들린다

몰래 섬 귀퉁이에 다가가 기어오른다

보았다
보아야 할 것
보고야 말았다

어느 풍만한 여인이
아이 배고 싶으면
섬 꼭대기 우물이 있는데
그 우물을 들여다보면
바로
아이를 밴다
한 이레 지나
그 아이 태어난다
여인 2대가 된다 3대가 된다 7대가 된다

이 옥저 여인국에 질세라 밀릴세라
고려반도 지도에
동해 남동쪽 여인국이 그려진다

동방 고려 여인국 소문이 나
중국에서도
천축에서도 여인국을 찾아온다
또한 남쪽 바다 어드메에도
여인국 있다 한다

1653년 네덜란드 표류 선원 에이보켄이 말한다

한국에는 여인들만 사는 곳이 있어
과부가 욕정이 생기면
두 다리를
남풍 부는 쪽으로
쩍 벌린다
그 남풍이 몸속에 들어와
숨찬 나머지
아이를 밴다

과연 남쪽 바다 어디
탐라국 동남쪽 어디
그 이어도도 여인국이라
거기 가는 여인은
놀아도 잘 먹고 잘 입고
놀아도 잘산다 그냥 누워 있어도 아이 낳는다

이어 이어 이어도사나 썩 잘산다

이제 오리라
망쳐놓은 사내들의 패도 뒤
후천개벽 여인국의 왕도 꼭 오리라

708

한강례

나 바랭이풀이라오 씀바귀라오
나 마흔여섯살이나 먹었어라오
나 마흔여섯살이나 먹은
농투성이 마누라라오 뒷산 산뽕나무 잎사귀라오

농사철
쥐도
고양이도 불러다 일해야 할
바쁜 농사철
모내기철

외손자 돌날 긴가민가해
광주 딸네 집에 다녀오려 했건만
바깥영감 호통쳐
일 놔두고 어디 가느냐
그 호통에도 돈 꾸어
딸네 집에 갔더니
그만 외손자 돌날 지난 뒤였다
아이고아이고
외손자 돌날도 까먹은
이 외할미
어따 쓴당가 하고
외손자 줄 장난감 사러 나갔다가
얼루기 공수부대 총 맞아 죽었는지

곤봉 맞아 죽었는지
열흘 지나도
보름 지나도
감감무소식

화순의 어느 비탈
광주교도소의 어느 언덕
또 어디 어디
다 찾아도
영영 못 찾고 말았다
기껏 쉰살 영감 박필철의 꿈에 나타나
여보 나 잘 있소 그만 찾아다니소
도리어 영감을 달랬다

꿈 깨고 난 새벽
담배 서너 대 연거푸 피우며
벌써 두 해 계명성(鷄鳴聲) 들었다
강례 강례
마누라 이름 불러보았다

조선 노론

너무 길구나

3백년 넘어
5백년에 이르는구나
또 과장하고
또 왜곡해도
누가 감히 탓하겠느냐

저 폐허의 17세기

북방 후금(後金)과 명(明) 사이
중립으로
등거리로
나라의 위기 맞선 광해군
그를 내쫓을 때
그 명분
대명천자를 배신함 그것

이 시대의 극(極)으로부터
노론 등장
몇차례 고비 잘도 넘겨
조선 후기의 풍운을 몽땅 틀어쥐었구나

그 후예 길구나 질기구나

일제 작위 받았구나
현대사 도처 부귀공명 누리는구나

지겹구나 역겹구나

오로지 후예 이동녕 하나
임정 요인으로 중국 땅바닥 떠도는 순결의 곤궁이었구나

변오연

그날 금남로에서 친구 하나 사귀었지
한철이라 했지
서로 이름 주고받자마자
어이 오연이
자네가 태어난 날 두 달 늦으니
내 아우놈일세
하고 한철이 녀석이 아우놈 아우놈 셍기며
형 노릇을 톡톡히 해대었지

나야
전두환 물러가라
김대중 석방하라 외치다가도
어이 한철이 자네
오늘만 내가 아우 노릇 해주겠다
내일부터는
네가 내 아우놈이다
너는 나보다 키도 작고
눈도 작고
코도 작다
아마 고추도 내 것보다 작을 것이다
내일부터는
내가 자네 형님이시다
하고 껄껄깔깔댔지
그러다가

계엄군 바리케이드 이쪽
시위대 밀려들며
전두환 물러가라
유신 잔재 물러가라
동해물과 백두산이 마르고 닳도록
외쳐대며
밀렸다 도로 밀고 나갔지

나야
아무나 형일 까닭
아우일 까닭 없지
내 핏줄 십남매 함께 있으면
할머님 고희잔치 팔순잔치
차일 밑 가득했지

나는 3년 늦게 출생신고
막내아우와
그 위 여동생
서로 출생신고 바뀌어
누나가 동생 되고
동생이 오빠 되었지

어찌어찌 놓고는 나오고 보았지
허리 휜 아버지더러

대학 보내달라는 말 끝내 못 드리고 말았지
그냥 동무 따라
서울 가서
난방기구 회사에 들어갔지
스물다섯살에 늙다리 방위병으로 근무하다가
3년 밑 후배놈들과 너나들이라 남우세스러워
어찌어찌 병역기피자 되어버렸지
다시 서울로 올라가
떠돌이 노릇
자진신고하려고
광주에 내려왔지
1980년 5월이었지

5월 19일 전남도청 앞
그 민주성회
그 장엄한 인파 속
그 어디에 나도 한철이도 끼여 있었지
3인조 얼룩무늬한테 쫓겼지 그러고는 탁! 그 소리뿐이었지
내 세상 종쳐버렸지
1년 뒤
5년 뒤
10년 뒤
세상은 행방불명자로 규정하였지

오늘은 내가 형이다
어이 한철이
너는 내 아우놈이다
행방불명이 큰소리쳤지

을병이 팔자

세상이 자못 어지럽거든
그 세상 끝
새 세상 온다는 소리에 귀기울이어 혹할지어다
한밤중 잠 설칠지어다

조선 십승지(十勝地)
임진정유란
병자란 뒤
백성들 더 혹할지어다 전주 이씨 세상 돌아설지어다
전주 이씨 내걸고
광산 김씨
파평 윤씨
풍산 홍씨
광주 이씨
안동 김씨
동래 정씨
달성 서씨
여흥 민씨
양천 허씨
반남 박씨
풍양 조씨
살판난 세상 등질지어다
노론 세상 엎을지어다
아 갑족(甲族)들 위세

탐욕의 문중들 등쌀
못 견디고 혹할지어다

쭉 내려와
1930년대
1940년대에 이르러서도
중일전쟁 미일전쟁 끄트머리
옛 십승지 말고
개벽성지
계룡산 신도안이요
정읍 입암 대흥리요
김제 모악산 기슭
대전 탄골 그밖에도
몇 십승지 솔깃솔깃 영락없이 혹할지어다

1945년 전반
미일전쟁 막바지
필리핀 레이테 넘어가고
오끼나와 위태할 즈음

승지 지리산에 오르면
이 난세
이 말세 화를 면한다 하여
새 세상 맞는다 하여

718

조선 각처에서 납신
이씨
정씨
유씨
장씨
강씨
이 다섯 성바지 각 문중 통틀어 3백60여 세대

지리산 세석평전 산전을 열어 정착하였으나
1천2백 미터 고지대에
씨 뿌려도 헛짓
져나른 양식만 축내고
비실비실
뿔뿔이 흩어져 내려오니
해방에 덜컥 혹할지어다 덩달아 날뛸지어다

그때 내려온
진주 강씨 문중 열두 세대 중
강시중 주사의 독자 을병이가
해방 조선땅
순 알거지로 떠돌며
전북 삼례 일대 삼복나절 원두막 찾아다니며
유행가 불러주며
참외 얻어먹고 빈 배 면하며 살아가니

염복

처복인가

참외밭 주인영감이

소경 딸 맡겨

사위 삼으니

지리산보다 낫네

지리산보다 좋네 하며

참외밭 참외 심어 기르고

참외밭 저쪽

수박 심어

수박 내다팔아

마누라 금반지 하나

사다주었네

그날밤

세 번 네 번 합하여 감창으로 날샜네 거기가 십승지였네

박형률 삼형제

아버지는 20년 전 세상 마치셨지요
어머니는
아들 삼형제
형철
형석
형률을 키우느라
오일장 칠일장 빼놓는 날 없이
떠도는 장돌뱅이 아낙이셨지요 바지런도 하셨지요
큰 광주리
큰 다라이 이고 다녀
가르마 머리 다 닳아
진작 대머리 아낙이셨지요

어느새
형철 27세
형석 25세
막내 형률 23세 우쭉 자라났지요

1980년 초
서울 간 형철이 광주에 왔지요
서울놈들은 의리도 없다
서울놈들은 친구도 없다 하고 돌아왔지요

5월 19일 금남로 시위 인파

그 속에서
처음으로 의리를 보았지요
친구를 보았지요
모르는 남녀노소가 다 의리이고 친구였지요

그날 금남로 큰거리
걷다가
서다가
밀려났다가
나아갔다가
노래 부르며 외치며 사람과 사람의 핏줄 뜨거웠지요

그뒤 행방불명

어머니 큰아들 찾다가
장사 놓고
아우 형률은
극장 영사실 조수
음식점 배달이다가
하루벌이 행상 근근이 살았지요
형석은
걸핏하면 막내 형률을 패대었지요
한번이 아니라
연달아 주먹을 휘둘렀지요

형제의 의 끊겼지요

끝내 어머니 어머니 어머니 눈감으셨지요

그뒤로 새벽이 제일 싫었지요
새벽 꿈속
피투성이 형 형철이 나타났지요
썩어문드러진 문둥이 된 어머님이 나타나셨지요
형석은 꼴도 못 보고
막내 형률 혼자
잠 깨어난
새벽 먼동이 제일 싫었지요 스팔

설계두

다함없는 건곤이여 등불 밖 등불이여

육두품 소생 설계두
진골 아니고는
아무리 뛰어나도 둘둘 꼬리 말아도 장군일 수 없고
아무리 빼어나도 치솟아도
고관대작 어림없으매 함부로 이 갈려 노여웠다

소년 설계두 서쪽 백제 포구로 가
내일 떠나는 배
한밤중 스며들어
이승 파도
저승 파도 넘어
당나라에 턱하니 발디뎠다 안 죽고 섰다 이놈 봐라 이놈 봐

고국에서는 선덕여왕이 막 즉위하였다
이어 김춘추와 김유신
제 세상 만나
국권을 틀어쥐었다

당이 고구려에 쳐들어갈 때
당나라 장수가 되어 나타난 계두
안시성 언저리에서 고구려군과 싸우다 죽었다

도대체 신라는
골품이나 따지고
문벌이나 따져
뛰어난 공 마다하니 답답하여라
바다 건너가
당나라 신검 차리라
신검 차고
천자 옆에서
천하를 호령하리라

그 기개 얼추 마치고
고구려 안시성 땅에서 죽으니
당태종이 어의를 벗어
시신을 덮고
대장군 관직을 내렸다

그때까지 독신이라 후손 없다 이놈 봐라 하늘 두고 눈감은 이런 놈 봐

박현숙

엄마의 잔사설을 들으며 자랐어요
젖먹잇적부터였어요

밭두렁
젖 물리고 나서도
구름 한번 보고
구름더러 말하고
젖 먹는 나 보고 말하고

애고애고 우리 아기
얼뚱아기 햇뚱아기
칠성님전 명을 받고
조상님전 복을 받아
우리 아기 금덩어리
우리 아기 은덩어리
우리 아기 흙덩어리
애고애고 우리 아기

긴 사설 그치지 않는데
내가 젖 다 먹고
그런 엄마 부지런한 입놀림 빤히 빤히 보고 자랐어요

어느덧 아홉살 열살 열다섯살 열여섯살
내 입에도

엄마 잔사설 내림으로 이어지니
내 입도 다물 줄 몰라
오메오메
벌써 패랭이꽃 나왔네
오메오메
장다리꽃 나왔네
녹두꽃도 나왔네
어제도
오늘 아침도 잔사설이지요
그러다가
몸 허약하여 병을 달고 다니는 동안
그 잔사설 하나둘 없어지고
입 다문 날 잦았지요

박정희가 죽었다는 소식 들어도
촌구석 함평 처녀야
누가 죽었다 하면
죽었나보다 할 뿐
이웃집 개가 강아지
네 마리 낳았다 하면
낳았나보다 할 뿐이었어요

그러다가 광주 가는 버스에 몸 실었어요
어릴 때 단짝동무 길순이가

취직자리 있으니 오라 했어요

때는 1980년 5월 10일

며칠 뒤
군인들이 들이닥쳤어요
총 맞아 죽고
곤봉 맞아 죽고
이 판에서 나 어디론가 실려갔어요

엄마를 불렀어요
아버지를 불렀어요
동생들 얼굴 떠올랐어요
명을 받고 복을 받은 스물세살이었어요
엄마 모습 사라졌어요
눈감았어요
입 닫혔어요 끝나버렸어요
온데간데없이 끝나버렸어요

김우진 전집

1926년 8월 4일
일본 시모노세끼
관부연락선
현해탄 너울 위에 이르렀다

부산항 아직 멀었다
밤바다 기우뚱
그 난바다 너울 김우진 윤심덕이 연달아 몸을 던졌다

어둠의 파도
파도의 어둠
어떤 자취도 없다

김우진

일본 와세다대 영문과 졸업
1925년 목포에 돌아와
아버지의 회사를 맡았다
다음해 집을 뛰쳐나갔다 다시 토오꾜오로 갔다
어쩔 수 없이 다시 애인과 애인
삶은 삶의 뒤 아니라
죽음 앞이었다
사랑은 죽음이었다

그가 과감하게 이광수 문학을 규탄했다
사랑은 고뇌였고 문학은 공격이었다
이광수의 무식과 위선을
이광수의 피상을
이광수의 안일을 규탄했다

조선인은 중병을 앓고 난 허약자이므로
강렬한 자극은 해로우며
평상
평범
바이런보다 테니슨 워즈워스
밤의 문학 햇볕의 문학을 말하더니

그가 일어서서 외쳤다
새 인생관 새 시대의식
새 세계의 창조를 요구할 때
이광수의 공중누각 방관할 수 없다
이광수 문학 매장하자고 벌떡 일어나 포효했다

현대문학 10년의 그때
김우진은
사전 제작 구비전설 민요 수집
외국문학 번역 수용을 주창했다

그의 즉흥시
그의 희곡
그의 평론과 수필
그의 영문 논문
그의 일기

아우 익진과
친구 조명희 홍해성에게 남겨주었다

그가 죽은 뒤
김우진 전집 내려다가
출판 불허
압수 직전
동대문 밖 한 중학교
교실 천장에 숨겨두었다가
해방된 뒤 찾아냈다

그러다가 1983년에 전집 냈다
아우도
친구도 다
세상 떠난 뒤

1922년 3월 18일자 그의 일기
다만 두 마디뿐

친구여
우리에게 데까르뜨의 머리와 사탄의 힘을 부여하시라!

박용제

갈까마귀한테 물어보랴 웅덩이 올챙이한테 물어보랴
내 딸 현숙아
현숙아
너 어디 갔니
저승 아니면
이승이냐
이승 아니면
저승이냐
죽었는지 살았는지
죽었으면
신발 한짝이라도 놔두어야지
살았으면
살았다는 소식 초초한 꿈에라도 들려야지
누가 보았으면
보았다는 말이라도 돌고 돌아 들려야지
날이 가면 갈수록 네 행방 밭 너머 푸른 하늘 감감하니
상무관 씨멘트 바닥
시신안치소
병원 복도
그 어디에도
내 딸 현숙이 송장 없으니
어디 가서 묻혔느냐
천당이라면 구름이냐
지옥이라면 골짝이냐

내 딸 현숙이년 내 새끼 현숙이년 찾아다니느라
찾아다니다
병들어
논밭 다 팔았단다
병 나아
남의 밭에 고구마 심어
고구마 뽑다가
어린아이 꽃신 한짝 묻혔다가 나오더라
현숙아!
현숙아!
불러대도
그 꽃신이 네 신발이 아니더라

네 행방불명 신고해도 신고해도
실증 없어
위증이라 하더라
다시 신고하니
겨우 정정 판시
그때서야 사실이라 하더라

현숙아
너 어디 있느냐
오늘밤 머리 푼 귀신 형용으로 오겠느냐 어쩌겠느냐
너 어디 가서 소식 없느냐

송병준

몰라주지 않으시누나 즉시 알아보시누나
명성황후 꿰뚫어보시압기를

역적의 상이로다
저 송가라는 자
왜놈보다 더 왜놈 아닌고

미움 샀다
황후폐하 손보기 전
얼른 일본으로
풍선 타고 내뺐다

메이지유신 일본 군부 군속으로 살았다
10년간
철저하게
착실하게 일본놈이 되고 남았다

러일전쟁 발발
조선어 통역관으로
일본 군대 따라와
오만방자 설쳐댔다

통역은 통역이고
밤마다

사람들 불러내어
일진회를 만들었다 다져갔다

이제 조선은 일본의 보호 아래 살아야 한다
날마다 외쳤다
그 소리
그 소리 다음
을사늑약의 굴욕이 시작되었다

초록동색
이완용 세력과 함께
고종 내각에 떡하니 발 들여놓았다

고종 어전에 침실에 첩자 심어
헤이그 밀사 파견도 알아냈고
고종 퇴위 강요할 때도
바로 그 송가가
황제의 어체를 용상에서 끌어내렸다

이또오 히로부미 피살 뒤
드디어 드디어 드디어 드디어
한일병합의 송병준
대일본제국 만세
천황폐하 만세 삼창 불러댔다

자작 작위
이어서 백작 작위로 올라섰다
가슴팍 훈장
주절주절 매달았다

경향각지 땅을 넓히고
경기도 화성
아흔아홉 칸
밤이나
낮이나 풍악 울렸다
소실 자주 갈렸다

그의 아들 종헌이 한술 더 떠
일본인 교장 따위도
매로 때리는 세도였으니
하물며 조선 백성이야
걸려들면
하인들 시켜 멍석말이 요절냈다

백작 작위 3대 세습

1925년 송병준 죽자
아들 종헌이 세습
송종헌 백작

그다음은
아들 재구가 작위 이어받을 터
허나
해방되니
종헌도 행방불명
재구도 행방불명

왕십리

거기 호떡장수 재구
사내가 호떡 굽고
여편네가 호떡 팔았다

이로부터 60년 뒤
이 재구의 핏줄 있어
증조부 송병준의 토지를 되찾는다고
국가 상대 소송을 내는구나 조상 복 타고났구나

박규현

규현아
여섯살배기 규현아
네 아빠 이름 박정환이란다
네 엄마 이름 나순시란다
2남 2녀
중흥동 짜장면집 사남매 뛰놀면
방 안 가득하더니
5월 19일
놀이터 나가
너 돌아올 줄 모르더구나
네 아빠
너 찾으러 다니다가
몸져눕더니
그길로 눈감았단다 슬프디슬픈 목침만 남았단다
규현아……
이 한마디가 유언이란다

황룡강 다리 공사
암매장 시신 나왔을 때도
백제 화장터
용미리 암매장 시신 나왔을 때도
있어야 할
너는 없었단다 어디에도 없었단다

집에 온
네 취학통지서로
네 동생 은영이를
네 이름 규현이로 보냈단다
3년 뒤
네 동생 은영이가
오빠 규현으로 된 것 도로 고쳐놓았단다

고속버스터미널
그 놀이터
이제는 없어졌단다

숙부 박정화의 꿈속

작은아버지 작은아버지 나 추워요 하고
딱 한번 나온 뒤

누구의 생시에도
꿈속에도
네 소식은 어느 둔덕에도 개골창에도 없더구나
규현아

현영섭

1938년 나찌 독일의 철학자 한 녀석
동경제국대 초청으로
일본에 왔다
나찌 철학
게르만의 길
강연 뒤
일본 식민지
조선을 보러 왔다

조선 소학교 교실에서
조선어 수업이 있는 것에 놀라
언어를 말살해야
그 민족 말살할 수 있다고
총독부에 충고

옳거니

조선총독부가
조선인을 내세워
조선어폐지안을 스스로 내게 하였다

현영섭이 나섰다

총독 각하

내선일체
동조동근
대동아공영을 위하여
낡은 조선어를 폐지하고
일본어로
문명의 시대 열어주소서

옳거니

다음해 조선어금지령 선포되었다
조선어 수업
조선어 도서
조선어 사용 금지되었다

조선어로 말하면
어린아이들
한나절 내내
걸상 들고 벌받았다

현영섭

태화관 기생 옥매와 함께
술 마시다

병풍 밑 쓰러져 자글자글 노닐다가
조선말 쓰는 옥매를
키사마!
키사마! 하고 머리끄덩이 잡고 호통쳤다

왜말로 큰소리쳤다

오늘밤 화대 없다
조선어 쓰는 년
화대 줄 수 없다 빠가야로

박갑용

광주천 바다
밤에는 너울가지 포장마차 저자가 된다
낯모르는 사람도 고닥새 한잔 두잔 동무가 된다
술 취한 노랫가락
산홍아 너만 가고…
남쪽나라 십자성은…
대전발 영시 오십분…
밤안개…
끊이지 않는다
술 취한 싸움판 지망지망한 욕설도 풍년 든다
니기미 시발새끼 좀 보아
야 이 간나새끼가
이 살무사 같은 놈의 새끼
팔대 구대 문둥병 걸린 놈
야 이 새끼
간에 붙었다 쓸개에 붙었다 하는 놈
오늘밤이 네 제삿날 밤이여 이 몽달귀신아

그 광주천 건너
광주공원은 적막하다 적막한 항구다

5월 18일
그 광주공원이
백마고지같이

철의 삼각지같이
시위대와
계엄군 백병전 판

그 시위대 속
날마다 나오는 공원 노인 중
예순여섯 박갑용 영감도 섭슬리어
구호 외칠 때
구호 대신
주먹 쥔 손을 허청허청 휘둘렀다

오늘 새벽
두암동 뒷산에 올라가
땔나무 해두고 나온 것

하루 내내 말 서너 마디면 되는 영감
누구한테 공담배 한 개비
구걸하지 않고
맨입 다시며 담배침 넘기는 영감

어쩌다가 무안의 큰집 가서
일흔살 큰형님 보고
함평으로 시집간 딸네 집 가서
사장 사부인 보고

시집살이 딸 보고
외손자 보고 온다
나주 사는 대밭집 옛 친구 보고 온다

그런 행보면 흡족한 삶
그런 날 말고는
광주공원 아침마다 나와
한나절을 보내고 간다 하루 일과라

5월 18일
그 박갑용 영감도
주먹손 들어올리며
시위대 밀려가다가
개머리판 한방 맞고 꺼꾸러졌다
그뒤 어디로 실려갔다 실려가 묻혔다

아들 박노장
며느리 김점례 내외
아버지 찾다 찾다 찾다 가슴 먹차 그만두었다

무디지 않은 며느리 꿈속 거기에 자주 나타났다

꿈속의 시아버님
아가

아가
나 밥 좀 다고 밥 좀 다고

1982년부터
아버지 생신 음력 10월 26일을
제삿날 삼아
제사상 차린다
고봉밥 메 서너 그릇 차린다

제사 지낸 새벽 꿈속
시아버지 왼발만 신발 한짝 신고 나타나 주춤거리다 길 떠난다

박남규

1939년
얼씨구절씨구 조선어금지령 뜨자마자
조선인 창씨개명 청원서를 낸다
조선인 박남규

이로부터
내선일체의 시대
조선인도 일본인이니
낡은 조선 성씨 썩은 조선 이름 버리고
문명의 이름
일본 성씨 일본 이름으로
다시 태어나야 한다 역설한다

맹세컨대
내가 성을 갈 것이오 말 것이오
조상대대 성씨 걸어
맹세하고
조상이 지어준 이름으로
자랑삼아온
천년의 가풍 하루아침에 내버리고

너도나도
반강제로
강제로

반강제 강제도 모르고
그냥 시키는 대로
고무신 배급 타러 가는 길
성 갈고 이름 고쳤다

내선일체 구현한 문명의 선구자여 선구자여 조선반도 왜색이여

전 중추원 참의 최지환 앞장서서
창씨개명하기를
성씨는 일본 '후지산'으로 하고
이름은
정한론(征韓論) 주장한 사이고오 타까모리(西鄕隆盛)
그 타까모리로 하여
후지야마 타까모리(富士山隆盛)가 되었구나
이어서 이광수
카야마 미쯔로오(香山光郞)로 고치고
이제야 진짜배기 일본인이 되었다고
즐거워하는구나
정종 한잔 감축 자축하는구나

그런데 이 창씨개명 포고에 항의
자결한 사람
신문에 알려질 리 없거니와
무릇 세상이란 알릴 것만 알려지다가

그 언젠가 알려지지 않은 것 기어이 알려지고 말거니와

어이 박남규 그대 썩은 조상 대대의 이름 뒤 그대 문명의 이름 뭐지?

문미숙

1991년에야 이제야
네 빈 무덤을 썼구나
네 빈 무덤
빗돌을 세웠구나
열살짜리 미숙이
뇌성마비 미숙이
네 저승집이 그제야 이제야 생겨났구나

10년 전
네 어머니 한 품고 눈뜨고 숨졌더구나
어린 딸 병 고친다고
화순 한약방 다 돌아다니다가
광주로 가자 하여
광주 한약방 찾아나선 길
어린 딸 미숙이 업고
학동삼거리
선화당한약방 찾아가는 길
거기에
계엄군 후퇴하다가
마구 갈겨대는 총에
어머니 등짝의 어린 미숙이가 맞았더구나
기절 실신한
네 어머니 정신차려보니
네 피범벅 주검 어디 가고 없더구나

네 어머니 다시 기절 실신하였다가
정신 돌아와
미숙아
미숙아
미숙아
남평 문씨 미숙아
하고 온데 간데 찾아다녔구나
네 어린 주검
어디로 실려가고
여기도 저기도 온데간데없더구나

박춘금

1923년 9월 1일
토오꾜오 요꼬하마 일대 대지진
칸또오대지진

일본 역사상
최대 재난
칸또오대지진

하루아침에
시체더미의 거리였다 폐허였다

일본 정부 간 졸이며
지난날 쌀 폭동의 악몽을 떠올렸다
이 대지진으로
다시 폭동이 일어날 것 막으려고
일본 농민
일본 서민들 공포에 떨도록
조선인 학살을 감행했다
조선놈들이 우물에 독을 넣었다
조선놈들이 일본인 죽인다 일본집 불지른다
헛소문 내어
단검
죽창
일본도

망치

낫

몽둥이로

닥치는 대로 조선인을 죽였다

찔러죽이고 때려죽이고

베어죽이고 쳐죽였다

그것으로 모자라

조선인 보호한다고

군대 병영으로 불러들여

8백여명을 대번에 쏴죽이는 집단학살도 마지않았다

바로 이때의 학살조직을

이끌었던 자가

조선인 박춘금

상애회(相愛會)를 만들어

조선인 공장노동자

막노동자를 착취하던 박춘금

그가

칸또오대지진 조선인 학살한 공로로

일본 제국의회 중의원이 되었다

이런 줄도 모르고

조선에서는

일본 지진 피해를 위로하여

754

쌀 2백만 가마니를 걷어 보냈다
걷어 보내고
긴긴 겨울 굶어
부황 났다

박춘금은 카루이자와 온천에 갔다

문성옥

해바라기 돌려놓으면 시들시들 죽는단다
높은 산 구상나무
못 내려온단다
숭어 짠물에 못 간단다
송어 민물에 못 온단다

흔하시던 우스개 하나 없이
흔하시던 타령 하나 없이
아버지는 소주만 마셨다 맥주도 청주도 못 마셨다
2천원짜리 대두병 막소주만 마셨다
해 쨍쨍해도 마시고
궂은비
처마 끝 낙숫물 부산해도
싸구려 막소주만 마셨다
간장도 없이
고추장도 없이
죽은 딸년
죽은 마누라 생각이 열두 가지 안주였다
구시렁 한마디 없이

나는 제대 후
그 지긋지긋한 싸구려 고향 시름 떨치고
광주로
뇌성마비 누이 죽은 곳으로 왔다

택시 운전
트럭 행상
남광주역전 포장마차
단내 풀풀 나는 싸구려 인생살이
머리 벙거지 홀렁 벗겨져 날아갔다

텅 빈 가슴 어차피 내 가슴도 한오백년 싸구려였다

아무리 쌍눈깔 뒤집혀도
어린 누이동생 죽음이 인정되지 않았다
행방불명자로 되었다
시시한 날들이 길었다 빨리 그런 날들이 지나가기를 바랐다
담에 대고
벽에 대고
니기미
니기미
욕밖에 남지 않았다

싸구려 이승보다
싸구려 저승이 훨씬 좋겠다
내 동생 미숙이 간 곳
어머니 가신 곳
거기가 좋겠다

아버지 기어이
밤마다 아홉시 뉴스 땡전뉴스 보시다가
소주병 두고 눈감으셨다

밤중

밤중에는
건넌방에서
안방으로 건너는 것도
무서웠다
그래서 안방의 엄마 불러
엄마더러
안방문 열어놓으라 하고
후닥닥
대청 건너가
마음 놓았다

밤중에는 마당 구석 뒷간에도 가지 못했다
오줌 참다가 참다가
형이나
엄마 앞세워 가
얼른
싸고
싸다 말고
찝찝한 밑 그대로 나와
엄마 손 꼭 잡았다

엄마의 한마디
문기야
어둠은 귀신도 도깨비도 아니란다

해 뜨면
없어지는 것이란다

그러나 열다섯살이 되어도
스무살이 되어도
그 밤중의 무서움
길이길이 없어지지 않았다

이 무서움으로
헌병대와 경찰의 지하실 고문
필사적으로
결사적으로
견디는 생애가 비롯되었다

일제말 최후의 애국
조문기
그이
해방 몇십년의 벼랑
그이

760

남영임

옛말에 철중쟁쟁(鐵中錚錚)이라
쇠 중에도 쨍그랑 소리 나는 참쇠이면
색중옥음(色中玉音)이라
여색 중에도 구슬소리 나는 미색이라

이쁘다
이쁘다

본디 영임이가
나주 들판 뜨르르한 춘향녀로 소문났건만
진작 시집가자마자
소박데기 되어
신방 연지곤지 지워지기 무섭게
시집살이 쫓겨났으니
시엄씨 시아버지가
우리집에 며느리가 든 것 아니라
귀신이 들었다며
밤마다 흉몽 가운데서
며느리가 나타난다 어쩐다 하니
어찌 신랑인들
그런 각시 지켜내랴
이보소
금생은 틀렸으니
차생에나 재회하세 하고

이불 한 채
옷가지 한 보따리 짐 싸 바람 속에 내치니

쫓겨난 영임이 갈 데 없어
논두렁 하룻밤 지내고
이틀밤 지내고
사흘밤 지내니
가뜩이나 귀신 형용으로 친정길 들어섰다
춘향이가 이 지경이었다

오라버니가 뒷방 하나 내주어
오라버니네
돼지 일곱 마리 기르는 일 돕다가
돼지 돌림병으로 꾸중 듣자
에라
오라버니 둘째아들이
광주에서 자취한다고 하니
거기나 다녀올까 하고 나섰다

광주 며칠 흉흉
흉흉한 거리 궁금하였다

5월 22일 남광주역으로 가
나주 가는 기차 타려다가

밀려온 사람들 사이 휩쓸리다가
M16 총 맞고 엎어졌다
스물아홉살 어여쁜 몸
바로 두 다리 끌려
어디론가 사라져버렸다

뒷날
친정어머니 숨지며 남긴 말씀

영임이 시신
꼭 찾아라
꼭 찾아
꼭 찾아
양지바른 데 묻어주거라
우리 영임이……

이경선

1919년 4월
수원 남문
만세
만세
만세

만세 부르러 나온 사람 중
처녀 이경선

만세 부르다가
순사한테 댕기머리 잡혀갔다
맞았다
밟혔다
매달려 물 먹었다 비행기 탔다

겨우 숨만 붙어 나왔다
집에 들어오자마자
사립문 들어서자마자
쓰러져 죽었다
집에 와 죽었으니
순국열녀도 아니었다

1997년에 누군가가
억울한 독립유공자 포상 신청을 했건만

아무 소식 없다

무덤도 없다

이경선

김희수

우뭇가사리로 우무 만들어 헝클성클 우무 만들며
살 만치 살었어라오
백살
아흔살 안 바라요
그렇게 긴 세월 훙클훙클 우무덩어리로
아무짝에도 쓸모없어라오
그뒤로
이놈의 벽돌이나 쌓는 조적공
아흔살
백살 살아
무슨 영화 무슨 복락을 누린단 말이랑가요
싫소
오늘 죽어도
내일 죽어도 원 없어라오
나 왜정시대 왜놈 고문 받아
사내 구실 못하는 주제
마누라 하나 건사 못하는 주제
하루 아홉 시간 열 시간
벽돌이나 쌓는 주제

광주 5월 금남로에 나갔다가
그길로 시위대 따라붙어
엉겁결 외치다가
엉겁결 밀리다가

엉겁결 무기고 습격
총을 든 시민군이 되었어라오
아이들도 총 들었는디
어찌 내가 총 안 들어라오
내 나이 쉰다섯 다 잊어먹고
아이들 속 아이로
총 들자
힘 불끈 생겨나
광주 월산동에서 나주 노안까지
노안에서 광주까지 오가며 살던 우뭇가사리 팔자가
엉겁결 시민군 트럭 탔어라오
월산동 돌고개 쉴 참
고향 친구 만나
담뱃값 얻어
담배 세 개비 피우니
천하가 내 것이었어라오 생전 처음 이 세상 뿌듯하였어라오

오늘이 며칠인가 물으니
5월 21일이라 들었어라오

송정리 군부대 근처
전두환부대 소대 병력 만나
나 두서너 발 눈감고 쏘아보았어라오
이것이 내 마지막이라오

내가 쌓은 산수동 공사장 2층 벽돌집도
그 아래쪽 왜정 때 집도 와르르 무너졌어라오 원 없어라오

이갑성

1919년 3월 1일 태화관
민족대표 33인 중의 한사람 이갑성
눈부셨다
33인 중 최연소자 30세
세브란스의전 졸업
각 학교 학생들을 이끄는 젊은 지도자 이갑성

신간회
상해 망명
귀국
해방 뒤
독립촉성국민회 회장
과도입법의원
민의원
1963년 박정희 공화당 발기인
광복회장

80세 이후에도
33인 유일한 생존자 이갑성
이 경력 밖으로 환하고 환하시다
그러나
이 경력 안으로 불가불 어두우시다

상해

그리고 귀국
항일 독립투사 하나하나 밀고하였다
일제에 붙어
창씨개명을 재촉하였다
스스로 일본 이름 지어 자랑하였다
국민복 의젓하였다

그런 날들 숨기고
광복회장도 지냈다
세월 속
이 이갑성 그 최린 그 박희도 그 길선주 그 정춘수 등
이미 33인의 뜻 내버린 사람들이었다

그런데
가을하늘 푸르다
이듬해 봄
홍매 붉고
백매 희다

김재영

1

망월동 묘지번호 10-11
묘 텅 빈 채
묘비 서 있다
묘비명 다음과 같다

장하다
총칼에 맞서 민주화를 외치다 간 한 많은 세상을 마감한 일생
너의 유골을 꼭 찾으리라

성명 김재영
직업 구두닦이
나이 17세
출생지 화순

2

그날 전남도청 앞에 있었다

황금동 어귀
구두닦이 재영이 구두통 두고
도청 앞에 가 있었다
열일곱살짜리가

성큼 스물일곱살짜리로 되었다 구두통 없이 날개 달려 날아올랐다

돌을 던졌다
사이다병을 던졌다
어느새 총 멘 시민군이 되었다

화순 촌놈이
광주 금남로에서
처음으로 큰 소리로 구호를 외쳤다
전두환 물러가라
큰 소리로 애국가를 불렀다
처음으로 한 사람으로
한 사람 구실로
당당히 광장에서 외쳤다 부르짖었다

제대군인 아버지
술로 하루를 보냈다
술로 폐인이 되었다가
끝내 목숨 버렸다
어머니 어디론가 떠나버렸다
어디론가
형도 떠나버렸다

혼자 되어 나 김재영 올데갈데없다가

남광주역전 구두닦이 심부름꾼이다가
황금동 구두닦이 심부름꾼으로
단골 구두 나르다가
구두닦이 된 지 막 1년

5월 21일 도청 앞
죽은 재영이 트럭에 실리는 것
트럭에 실려
유동 쪽으로
상무대 쪽으로 가는 것 누가 보았다
누가 보았다 하다가
누가 모른다 한다 입 틀어막혀

무덤은 빈 무덤이다

김형극

희한한 사기꾼

1944년 3월
상해 임시정부 첩보원으로
일본 내무성에 들어가
고등관이 되었다는 김형극

이 김형극이
가공인물 남의태를 내세워
그 하수인 행동대로
조문기 유만수 강윤국 들을
부민관
대의당 결성대회에 보내
폭탄을 던졌다 했다

아무리 희한한 사기꾼이라 해도 실수 하나 있으니
한 달 전에 일어난 결성대회가 아니라
그뒤 대의당 주최
아시아민족분격대회에
폭탄 던진 것을
결성대회 사건으로 둘러댔다
또한 가공인물 남의태 잡혀
감옥에서 목 졸려 죽는 그 시간에
폭파가 일어났다 꾸며댔다

김형극

불려와 잘못했습네다
뭐 하던 사람이냐 물으니
태연히
일본 내무성 고등관이었습네다

아니다

충남 공주군 유구면 부면장을 지낸 자
창씨개명 카네우미 에이따로오(金海榮太郎)
해방 뒤
미군에 붙어 돈 벌다가
선박 수주 사기죄 4년 복역 이래
거듭거듭 사기꾼

김형극

그 일 뒤에도
다시
TBC TV
KBS TV
MBC TV 전전 출연하며

1945년 마지막 항일거사
그 부민관사건 배후자로 사기쳐댔다

가짜 애국도 애국인가 사기 애국도 애국인가

김인수

여보게 덕모
자네랑
건설현장
자갈하고 모래하고 씨멘트하고
마구 버무리는 막일꾼 노릇으로
굳기 전 마구 버무려야 하는 숨찬 막일꾼 노릇으로
경찰서 일용직 막일꾼으로 채용되어
한 시절
소주 병나발깨나 불어댔지 제기럴 것 신명났지

덕모 자네도
어지간한 술꾼이었지
하루 벌어 하룻밤 꿀꺽 삼켰지
곤드레
만드레
오늘도 걷는다마는
정처 없는 이 발길이었지
나야 여편네도 있어보았고
버젓이
삼남매 자식도 있으나
덕모 자네는
쉰살 여태껏
마누라 맛 모르는 때깨중이 팔자였지
나야

한때 화순땅 남면 경산말에서
우물물 긷는 여자를
콩꽃 나온 콩밭으로 끌고 가
가시버시 되었지
그 마누라가
고향 등지고
장성 갈재 넘어
김제 들녘 행상도 하며
어린것 길러냈지
그러다가
어린것들 버리고 집 나가버렸지

광주 충장로 금남로 잇는
지하상가 공사현장
이년
개 같은 년
거기서 도망간 마누라 욕해대며 힘내며
건설자재 날랐지
미움도 힘이더군
그 공사
시위판으로 중단되자
에라 모르겠다
시위대열에 나섰지

에라 무기고 총 받아들고
카빈총 들고
에라 머리띠 질끈 매고 계엄군과 맞서보았지
5월 21일
5월 22일
5월 23일
5월 24일
5월 25일
아주머니들의 주먹밥 먹고
박카스도 먹고
소주도 좀 먹고
막일꾼 덕모 생각하며
시민군 트럭 타고 담뱃불 날리며 달렸지
공사판 십장 방씨
그 새끼 생각하며
열다섯살 먹은 놈이랑
스무살 먹은 놈이랑
시민군 동지 되어
쉰두살 막일꾼 나 김인수
에라 전남수협 앞거리 달려갔지 탕!

끝

유만수

조선 젊은이 유만수
일본 카와사끼 군수공장 구역
일본강관주식회사 훈련공으로 들어갔다
조선 젊은이 2천명 일본인 1천명으로
공장이 돌아갔다
잘 돌아간다고
대본영본부 표창도 받았다

군대 편성으로
대대
중대
소대
작은 다다미방 하나에
4명 배치
국민복 한 벌
신발 한 벌

3개월 훈련
본디 산업체 학교
노학겸전(勞學兼全)
허위광고에 몰려든 것

안성 금광면 출신 유만수
20세

키 훤칠
웃음 빛났다

손재주 좋아
손바느질로 양말 깁고 바지 무릎도 기웠다

제2강관 현장 배치
파이프 생산
시뻘건 쇳덩이 꺼내어
잘라낸 뒤
다음 공정으로 넘기는 작업

일본인 일당 1원 30전
조선인 일당
위험 작업
중노동 작업인데도 그냥 20전

서울 가서
한성공업 야간부 다니며
새벽 신문 돌리고
아침 공장 갔다
그러다가 조선 독립의 뜻 품고
만주로 갔다
돌아왔다

일본에 건너왔다 카와사끼 군수공장

거기서 평생 동지 조문기를 만났다

1944년 11월
둘은
죽어도 같이 죽고
살아도 같이 산다는 그 맹세로
일본 내 활동 접고
조선으로 돌아가
조선 역적 박춘금 따위
처단하자 결의하고 돌아왔다

그리하여 1945년 7월 24일
일제 마지막
그 간악한 마지막 친일 아시아민족분격대회 폭파 대성공

김용석

하루 세탁소 다리미질
스무 벌이면
스물두살 젊은 몸 허리 휘어
다저녁때 애늙은이 되고 말지
그러기에
뜨거운 여름
뜨거운 세탁소 안이라도
그 여름이 좋아
남방셔츠나
홑바지 다리미질
훨씬 편해 여름날이 좋아

야근 마치고 집에 돌아오면
노점상 어머니가 차려놓은 밥
밤중에야 파근파근 떠먹었다
거리에 나다니지 말어라
오늘도 몇백명이나 죽었단다 죽어 실려갔단다
잡혀갔단다

이런 어머니 마음 거꾸로
다음날 세탁소 대신
거리로 나가
도청 앞 시위대에 끼어들었다
아버지의 친구가

거기서 보았다

신났다

다음날도
그 다음날도 나갔다

딸 다섯 아들 하나
그 하나인 아들 용석이 나간 뒤
영영 돌아오지 않았다
5월 18일 이후
세탁소에도
어디에도 영영 보이지 않았다

어머니 김씨는
딸 다섯의 울음도
아들 하나의 죽음도 통 모르고
혼자 웃다 말다 이것저것 걸터듬어
영영 정신이 돌아오지 않았다

서상한

일본 쇼오와왕 암살미수로
사형수였다
쇼오와왕
왕자 출생 경축사면 감형
만주사변 승전 경축사면으로
장기수였다가
포섭 석방되어
일본 고등밀정으로
패전에 이르기까지 암약

그 와중에도 많은 조선 청년을
곤경에서 풀어내기도 하였다
기이하였다

항일
친일
그리고
항일 협조
이 세 가지를 다하였다 조선노래 일본노래 잘 불렀다

서상한

그 형제

김양수 28세 행방불명 묘지번호 10-52
김양규 25세 부상 부상자회 회원

형제의 생사 일긋일긋 기구하구나
오남매
홀어머니가 길러내어
한방 가득
아버지 제삿날 목욕 마치고 도란도란 모였다가
다음날
저마다 일터로 흩어졌다가
어머니 생신날에야
오남매 다시 만나지
어머니 생신날
머릿속 가슴속에
큰 글자로 새겨졌지

양규가 퇴근길 버스정류장에서 공수 진압봉 맞고
실려갔는데
그 동생 찾아나선
형 양수 돌아오지 않았지
그동안 양규는
상무대 끌려갔다 돌아왔지
형 찾아나섰으나
5월 20일

돌아오지 않는 형 찾아
이 병원
저 병원
안치소 갔으나
5월 27일
공수 점령으로 형의 흔적 찾을 데 없었지

날마다 어머니의 새벽기도
날마다
어머니의 밤기도

주여 비옵나이다
양수 당신의 품에 안아주소서
더 기다리지 않겠나이다
주여
당신의 품에 안아주소서
비옵나이다
주여 주여

아우 양규
무등산 올라
형 이름 불러보나마나
빈 메아리뿐
김양수수수수수수

두 사람

길이 대웅전이오 암 길이 성당이오
길 가녘

108일째
하루 4킬로미터
8만 4천 배례

머리 던져
가슴 던져
두 손
두 다리 던져
던져
오체투지 고행배례의 길
뙤약볕에도
장대비에도
무르팍 망쳐
어깻죽지 망쳐
피고름으로
욱신욱신 쑤시는 것 아무도 몰라

가고
가는
두 사람 수경 정현
세 사람

백 사람
백만 사람의 뜻 모여들어

가고
가는
두 사람의 밤
잠들어
가고
가는
두 사람의 꿈

평화 아프구나
자연 아프구나
생명 아프구나
민주 아프구나
눈물도 다 동나버려

가고
가는
두 사람의 길
꽃길
핏길

김연임

이내 성씨
친정 성바지 해주 오씨라
이내 이름
쌍금이라
머리 쌍가마 진 것이 이름 되어
쌍가매야
쌍가매야
부르다가
열세살 적
쌍금이 되어
뒤늦어 호적에 썩 올라앉았다오

월출산 서쪽 기슭
김씨 성바지 서방 얻어
낮이나
밤이나
들러붙어 있어야 살지
떨어져서 못 살았다오
그런 서방 시름시름 앓다가
계집애 하나 본 3년 뒤 사들사들 앓다가 눈감으니
벽 보고 살라던가
문짝 보고 살라던가
거미줄 풍뎅이 보고 살라던가
그런 서방 북망 두고

실성하더니
삼년상 치른 뒤
청상수절 마치고
에라 마음 맞는 사내 맞아 개가하니
어린 딸년한테
의붓아비 두었다오

딸년 스물이 되자
불쑥 길 떠나
광주 대처로 나와
어렵사리 자란 끝자락인데
신색 가랑비에 젖은 듯 염염하니
이 다방
저 다방 레지로 나섰다가
사내들 등쌀 징허디징혀
대인동 한복집으로 가 바느질 익혔다오

그해 5월 초
영암 내려와
에미 보이고
에미 치마저고리 한 벌 바치고
광주로 가서
하루하루 바느질로 소곳이 살아가는데
바깥소식 아이고 무서워라

군대가 쳐들어온다
대학생들 잡아간다 다 죽인다
날마다 흉흉한 소식이라
어디 도청 쪽에 구경 가보자 해서
바람 쐬러 나간 그 길

감감무소식이라오

시골 에미 광주 달려와
딸년 찾아나선 길
광주 바닥 안 간 데 없는데
용하디용하게
대인동 한복집 지나다가
그 집 주인 만나니
꼭 연임이 얼굴 그대로인 그 에미인지라
그 집 주인 내세워
행방불명자가족회 가입하여
인우보증을 삼았다오

꿈속에 나온다오
사흘 걸러
나흘 걸러
우리 딸년 연임이가
꿈속에 나와

에미를 부른다오
머리 아프다고
머리 쥐어뜯으며
헝클어진 머리 도리질하며
울다가 울다가 사라진다오

과연 계엄군 총에 머리 맞고 실려가
그 어드메
무덤도 없이
손톱 한개 머리칼 한올 감기지 못하고

보름달

홀아비 변장식 영감네 외동딸 순임이
내일 시집갈 순임이

홀아버님 두고
시집갈 순임이
이제사
긴 울음 그치고 마당에 섰네
이웃집 아낙 시키는 대로
달 먹어라
달 많이 먹어라 하여
초저녁 마당에 나왔네

막 달님 떠오르셨네
눈물진
달빛 얼굴
마구마구 환하시네

내일 시집가는 순임이
딱 부러지게
숨 그치네 그쳤다가
참은
숨 내쉬네
숨 그치네 그쳐
꾹 참은

숨 막히다 터뜨리네
한 숨통
두 숨통
세 숨통⋯
여덟 숨통
다시 숨 들이켜
아홉 숨통 내쉬네
온몸의 인내 이어져
숨 멈춰
막다른 숨 내쉬네

달님의 정기 숨 막혀 숨 열어 꼴칵 삼켜버렸네

달님
하늘 복판 오실 때
정기 먹고
달님
서산에 내려가실 때
정기 먹고
내일 시집가시네

그 달님 먹은 몸 열어
첫날밤
신랑 맞이하네

달님 떠네
달님 우네
긴긴밤 숨 막히네
그러다가
그러다가
달의 기운 신내린
아기 하나
드시네
달님 우네
젖가슴 우네
태어날 아기 넋이 우네
태어나기 전
아기 넋 미리 나와
아기 우네
달님 우네

김성기

나 스물여섯살이오
만약
이 나이로 죽었다면
만약
이 나이로
5월 21일
광주의 번화가
충장로파출소 언저리에서
피살 혹은 실종
행방불명
이런 대상이었을 것이오
뒷날
행방불명 신고자 2천7백여명 중
1천8백 31명 피해보상을 받을 때
그런 대상이었을 것이오

본디 나 서울 바닥에서
명동거리
경양식당 디스크자키였다오
1980년 2월
에라 시골에 가서 살아보자
이놈의 서울 바닥
겉멋 바닥 떠나
겨울 푸른 보리밭

푸른 배추밭 바라보자
하고 광주로 와서
충장로 비어홀에 우선 몸 의탁하였다오
돈 좀 만들어
담양이나
곡성이나
그런 시골
가을봄으로 갈 작정이었다오

그러다가 5월 시위대열
외화살로
쇠뇌화살로
치솟는 화살로 외쳐댔다오

만약 스물여섯살
이 나이에 죽었다면
내 죽음
내 행방불명으로
여든살 어머니 신고 사절로 가로막혀
그 길고 긴 한의 세상이었을 것이오

만약이 아니라오 사실이라오

김성기

그 어머니의 꿈속에서
스물아홉살
서른네살
마흔여섯살로
어느새
잔칫상 앞에
저승 가신 어머님 사진 아래
두 자식 출무성하게 자라났을 것이오
예순한살 환갑으로
어색한 나비넥타이 매고 앉았을 것이오

만약이라오

환장암 스님

충북 화양동
만동묘는
동쪽 작은 중화로 하여금
큰 중화를 외오 섬기는 곳
큰 중화 천자를 중화 공부자를 외오 모시는 곳

그 화양동 골짝 한 두메
쟁그랑 풍경도 달지 못한
세 칸 암자 숨어 있는데
그 암자지기
일오(一悟)스님
무슨 할 일 있겠는가
저 아래
물소리 듣고
뒷산 바람소리 듣고
그러는 동안
산 보는 눈
물 보는 눈 열려
사람 보는 눈도 덤으로 열려

가만가만 내려가
만동묘 참배 오시는
내로라
내로라하는

선비들
벼슬짜리들 보는 눈 열려

헤헤
저분께서는 남인이시군
말할 건 말하고
도포 소맷자락 떨치시는 것 봐
저분께서는 노론이시군
삼가 우러르는 마음
몸 굽혀
이마 조아리시는 것 봐
저분께서는 틀림없이 소론이시군
산도 보는 둥 마는 둥
참배도 하는 둥 마는 둥
어쩌다 환장암까지 올라와
괜히
네놈은 왜 천자폐하 위에서 사나
괜스레 심술내 꾸짖으시는 것 봐

만동묘에 납신
송시열 대감
큼!
한번의 기침에도
작은 중화의 주자로 으뜸 성인군자로

우르르
우르르
문인들 수하들 모여드시는 것 봐
과연 십붕팔당(十朋八黨)이라
열 가지
여덟 가지
양반 거조(擧措) 다채로우신 것 봐 저 지리멸렬 봐

일오스님

끝내 환장암 쫓겨나
화양동 아래
신진사 댁 종살이로 떨어졌다
환장암은 그예
어린 선비들 고깔 쓴 도령들 술 먹고 노는 독서당이 되어버렸다

만동묘 천자는
명나라 천자셨다 더더욱 작은 중화 천자셨다

김남석의 넋

나 남석이 넋이오
김남석이 알지요
그 김남석이 넋이란 말이오

허허 21년 만에
내 뼈다귀 검증으로
나 김남석의 죽음 밝혀졌다지요
내 넋이야
그 뼈다귀에
들러붙지 못하고
여기저기
잔솔밭이나 도토리나무 밑에
스며들었다가
오늘은 하도 환하게 갠 날이라
무등산 밑
문수암 명부전 언저리에 내려와보았소

5월 18일 아침에 인천을 떠났지요
삼촌이 경영하는
직업훈련원에서
회계 공부를 하다가
훈련원이 문 닫아
심심한 김에 광주길 나선 것이오
지난해

803

대학입시 낙방
재수생이다가
에잇
일찌감치 사회로 나가보자 하고
인천 삼촌한테 갔던 것

5월 18일 밤 열두시 넘어 광주 터미널에 도착했지요
난리판이었어요
시내버스도 뭣도 다 끊겨
걸음아 나 살려라
집으로 뛰어갔다오

다음날 5월 19일
집 옥상에 올라가
공수부대가 마구잡이로 닥치는 대로
사람들 찔러죽이는 것
쏴죽이는 것 보았소
5월 21일 부처님 오신 날
절에 가려다가
가지 못하신 어머니 만류 무릅쓰고
뛰쳐나가
시위군중 속 뛰어들었소
분했소
분했소

총 받아
시민군이 되었소 내가 할 일이었소
5월 23일
지원동 벽돌공장 앞거리까지 진출하였소
거기까지가 내 이승이었소
총 들고 집에 갔다가
어머니한테 혼난 뒤
더럭 겁나
총 돌려주려고 나갔다가
시민군 희생자 관 구하려고
화순으로 달려가다가
계엄군의 매복을 만난 것이오
집중사격 앞에
내 몸은 수십개로 찢겨 널렸지요
트럭에 실려
장성 갈재 넘어
전북 김제 들판 벽골제에 쓰레깃더미로 묻혔지요
30여명 주검 중의 하나

해마다
어머니는 빈 통곡뿐
열아홉살 자식의 몸 찾지 못하고
꿈속에서만
내 몸 찾아

얼싸안으셨지요

그 김남석이 넋으로
오늘 광주 충장로거리 거닐어본다오
살았다면
광주 충장로 농협 말단직원쯤으로
해거름 술집 찾는 중년 김남석일 것이오
카아
카아
독한 술맛깨나 알겠지요
아니 마셔도 마셔도
안 취하는 술맛깨나 터득했겠지요

이제는 어머니도 안 계시고
아버지도 안 계시고
인천 삼촌만
일년에 한번이나 보게 되겠지요
귀성스러운 마누라도 하나 생겨
함께 극장 가서 대목영화 보겠지요

벌써 추석이 다가오니
나 남석이 넋
새로 쓴 망월동 뒤늦은 무덤으로 돌아간다오
거기 뒤늦은 달밤 길고 길다오

광대

프레이저 『황금가지』 읽었어?
나 이제야
읽었어
읽다 말았어

거기 조선 임금 이야기가 있더군

짐작건대

숙종 임금이지 아마
세조 그다음쯤으로
옥체 병고 잦으셨어
용체 어신에
종기가 자주 나셨어

종기 곪은 것
칼끝 대어 터뜨리면 될 것을
성상 어신에
그 용체에
칼 대다니
수염 한 가닥에도
칼 대다니

그래서 육조거리 지나

목멱산 밑

소문난 광대 익달이 녀석을
대궐로 불러다가
감히
상감마마 어전에 대령
상감마마 실컷 웃겨드려
웃음 터뜨리시니
그 웃음에 곪은 종기 터져
고름이 시원시원 빠지셨더군

그 광대
내수사 베 한필 받아
목멱산 밑 돌아와
베 팔아
날마다 술 마시다가
술상머리 엎어져 죽었다더군

광대 제자 서넛 달려와
광대 스승 장사 지내는데
킬킬킬킬
으흐흐흐
광대놀이로 실컷 웃겨 보내드렸다더군

김기운

송원고교 2학년 모범생이다 모범생은 교복 다섯 단추 꼭 잠근다
교모 삐딱하게 쓰지 않는다
허나 동급생들이 준 이름
'의리파'였다
때리는 아이 꾸짖고
맞는 아이 달랬다

동급생 상술이가 말했다
우리 반 모범생 첫번째가 기운이어요 의리파 우두머리 김기운이어요

그러나 교장과 담임이
경찰에 불려가고
상무대에 끌려가 협박당한 뒤
모범생 기운이는
갑자기 망나니가 되고 말았다
학교 생활기록부 다음과 같다

김기운
학습에 관심이 없어 망나니처럼 돌아다닌다
더이상 학교에 다닐 필요가 없는 아이다

이 김기운이 누구더냐
5월 18일 금남로 고교생 시위에 외치고 외쳐댄 뒤
행방불명된 그 아이 아니더냐

교장 담임까지 경찰이 닦달하던 것 보고
아예 거리로 나선 그 아이 아니더냐

죽어 억울한데
죽은 자취도 몰라 억울한데
학교 생활기록부까지
강제 왜곡 평가로 남겨진 것
그 얼마나 억울하고 억울하고 억울하냐

아흐 욕된 세월 차라리 억울하거라

21년 만의 유골 감식
기운이 뼈를 찾아내어
이제야 무덤에 눕혔으니

아흐 수치의 세월 억울하거라

21년 전 생활기록부에 망나니 김기운이라 써놓은
그 교장 이름
그 담임 이름
그 학교 이름 여기에 써놓았다 지운다
그대들 알렸다 모범생 김기운 의리파 덕인 줄 알렸다

옥여

할아버지는
구름 바라보며
미움을 버리셨다
할머니는
구름 바라보며
설움을 버리셨다
구름은 버리는 세월이었다

아버지 어머니 모르고
할아버지 잔기침소리로
할머니 품으로 자라난
옥여야
네 구름은 무슨 구름이냐
저기 외딴 구름 조각 네 이빨이듯 희디희구나
이로부터 네 한평생
구름 밑
여기
저기
꽃 지는 곳

옥여야
미움보다 설움보다
더 독한 외로움아 옥여야

여씨 울음

사내 원한
가슴 옷섶 안 비수로 품고
계집 원한
가슴 치맛말 비상으로 품다

비석(砒石) 불태워져
비상 되다

비상 열기만 쐬어도
푸나무 죽다
비상 만드는 영감
수염 다 빠진다
머리 빠진다

예로부터 비상은 첩 약
첩의 독약
살충제라
제초제라
본처 옷 비상 묻혀
본처 죽다

왕의
중죄역신 사약에 비상 탄다

명나라 성조가
조선 미인
권씨
이씨
여씨
임씨
최씨를 데려갔다
빼어났다 어지러운 꽃밭이었다

권씨가 왕비에 이르렀다
현인비(顯仁妃)
이 현인비에 질세라
빼어난 여씨가 독을 품고
두 내시와 짜고
몰래 비상을 구해다가
현인비 밥에
조금씩 조금씩 섞어넣어
끝내 숨진다

2년 뒤에야 현인비의 죽음 드러났다

성조 진노하여
여씨의 아리따운 몸
불에 달군 쇠젓가락으로

한달 내내 지져
한달 사흘 뒤 숨진다

여씨 송장 궐 밖에 내다버렸다
까마귀밥
여우밥 되었다
한통속 내시 송장도 내다버렸다
여우밥 되었다
천안문 밖 비상장수도 잡혀가
까마귀밥 송장 되었다

저녁 까마귀 울음소리 스산
비 뿌리는 새벽 여우 울음소리 스산

가라사대 여씨 울음 비상 울음이라 하다

기운이 할머니

아이고아이고
내가 우리 손자 기운이 죽였어
휴교령 내린 날
내가 대문 막고 대못 박고
못 나가게 해야 하는데
기운아
기운아
점심때 돌아오너라
하고 내보냈으니
내가 우리 손자 죽였어
열여덟살 금자둥이 내가 죽였어

5월 18일 고교생 죽었다는 소식 듣고
군대가 고교생 쏴죽였다는 소식 듣고
떨쳐 일어난 기운이
5월 20일 휴교령 내린 날
야구방망이 들고 나가
도청 앞 분수대에 가버렸어
그 다음날
도청 앞거리
계엄군 퇴각 발포할 때
전남대병원 쪽으로 밀려 피하다
동급생 노정렬과 헤어진 뒤
영영 돌아오지 않는 손자 되고 말았으니

내가 죽였어
내가 죽였어

이 할미가 막아섰더라면
남녘 바닷가
고흥 바다
그 바다의 자식
광주 소태동 셋방에서
이 할미하고 살며
공부 잘허고
이야기 잘허고
노래 잘 부르는
우리 손자 내가 죽였어

바다 버려두고
광주에 와
제 자식 찾다 찾다 빈손으로 돌아온 내 아들
그 아들한테
손자 못 지켰다는 화풀이 받아서 싸고
며느리조차 반신불수
헛소리 사설 늘어놓으며
시어머니 아니라
저승사자 어멈이라는 화풀이 받아서 싸고

기어이
손자 죽인 이 할미
눈뜨고 숨 놓으니
기어이
아들마저 병들어 세상 떠나니

하나 가니
둘 가고
둘 가니
셋 가오

보소 저승 말고 이승 보소
이 할미의 한 두고 온
이승 보소
저승이 어디더냐
이승이 저승 아니더냐
이승 보소
저승 보소

막내고모의 곡(哭)

할머니의 주머니 줄 끝
따로 달랑 엽전 한 닢
매달려 있었지요

나 신열 앓으면
이마에
잠밥 먹여주며
칠성님
칠성님
우리 애기 나아주소서
썩 나아주소서
칠성님
하고 쌀자루로
내 이마
간절히 문질러주실 때
문득 할머니 치맛말 띠
달린 주머니
그 주머니 끝
엽전이 번쩍 빛나셨지요

아픔주머니라던가 아픔주머니 속 인고전(忍苦錢)이라던가

시집살이 지긋지긋한데
지긋지긋 지긋지긋할 때마다

시어머니
큰시누이
작은시누이
시아버지
남편
시동생
작은시동생
지긋지긋지긋 지긋지긋지긋할 때마다
엽전 한 닢
매만지며 견디고 견딘 세월로
그 엽전
앞뒤 글자 다 닳아서
맨엽전 되어버린 세월로
할머니의 이승 삼았지요

할머니 세상 떠나시는 날
할머니 관 속에
그 엽전 함께 들어가셨지요

세 고모 중
하나 남아 기나긴 울음
끝 간 데 몰랐지요 아 울음만이 참말이지요

김광복의 어머니

내 이름은 알아서 뭐하겠소
내 이름 알아다가
얻다 쓰겠소
기는 불개미 나는 박새 아닌지라
친정아버지 성 받고
이름 얻어
윤길란이라 하오 광복이 에미라오

밤마다 대문 열어두고 있다오
행여나
내 자식 광복이
돌아올지 몰라
살아
돌아올지 몰라

마흔둘에 과부 되어
우쿠르르
자식새끼 여덟
영감 보낸 슬픔 아픔 겨를 없이
당장 도로공사판
연립주택 공사판 다녀야 하였다오

행복은 이 여덟 남매와
밥 먹을 때

제 아버지 제사 지낼 때였다오
내 생일이라고
생일떡 함께 먹을 때였다오
내 집 하나
영감이 남겨놓은 국민주택 하나
전남대 부근
거기에 있다오

5월 18일
계엄군 7공수여단
전남대 점령한 뒤
잡혀온 남녀노소
팬티만 입힌 채
브라자만 걸친 채
짓밟아대더니

5월 21일
넷째 광복이 녀석
집 나가자마자
그 전남대로 끌려간 뒤 영 돌아오지 않았다오

엄니 호강시켜드릴 자식은
나랑께
두고 보소

나랑께
하던 그 자식
영영 돌아올 줄 모른다오

꿈속에 있다오
꿈 밖에 없다오

꿈 밖에
에미가 자식 제사 지낸다오
제삿날 없는
헛제사 지내야 한다오

이날치

조선 하대
헌종
철종
고종 3대
세 임금 앞
판소리 자지러져 토해내던
국창 이날치

물억새 바람소리
참억새 바람소리
그 소리 앞잡이로
이날치 자진모리 토하셨거니와

상감마마 3대도 마구 빠져들으셨거니와

고종 어전
흥부가에
임금이 웃어
너무 웃어
이제 그만해라
해도 그 분부 못 듣고
소리 속 삼매이다가

옥에 갇히기도 하셨거니와

저 익산 미륵산 밑
새타령 토하니
쑥꾹새
뻐꾹새 잣새 다 와
이날치를 에워싸는 새 날개 새깃들 5대 그것들마저
마구 빠져들으셨거니와

그보다 먼저
병자호란 때
볼모로 심양 간 소현세자 풀려
돌아올 때
정든 임 따라온
만주 궁녀 굴씨(屈氏)
휘파람 불면
새들이 모여들어 빠져들으셨거니와
손가락 끝
서로 다투어 내려앉는
새들이셨거니와

그냥 좋아라
그냥 좋아라

그렇게 나오는 소리가 하염없는 이 세상 울리셨거니와

그렇게 나온 소리가
너와 나 없이
너는 나이고
나는 너인 세상이셨거니와

이날치 죽어
하늘에도
땅에도
이따금 그의 소리 타는 저녁노을이셨거니와

경순이

광주에서 산다는 것 무등 밑 사람으로 산다는 것

그 사람으로 사는 목숨 본디 귀한 것인가요 어떤가요
참말로
사람 목숨 귀한 것인가요
개 목숨
파리 목숨 아닌
사람 목숨 귀한 것인가요 어떤가요

아니라오

사람 목숨
개보다 파리보다 못한 것이 아니라
그보다 더
하잘것없는 목숨 천한 목숨 아닌가요 어떤가요

저 동명동 납작집
김가네 식구
영감은 시름시름 앓다 세상 떠나고
마누라는 커튼가게 고된 바느질 하러 새벽동자 굶고 다니고
아들도 커튼가게 물건 죽어라 살아라 실어나르고
딸 경순이
국민학교 가서
글자 깨친 뒤

산 아버지 병수발에
죽은 아버지 꿈수발에
방과 후 부엌살림 도맡으니
저녁 찬거리 사러
계림파출소 지나
대인시장
통닭집 지나치는데

아니 이 가시내 겁도 없구만
이런 무서운 때
장바닥은
웬 장바닥이여
얼른 사가지고
싸게싸게 들어가란 말이시
여기서 우물쭈물하다 큰일나
여기는 시장이 아니라 전장이여
어서 가

이런 소리 듣고 돌아가다가
그때 시장 안으로 도망쳐 오는 사람 쫓아
3인조
2인조
공수가 뒤쫓아왔다오

경순이 감쪽같이 사라졌다오

망월동에는 빈 무덤 빈 비석

그믐달 아예 없다오
사람으로 산다는 것
사람으로 살다가 죽는다는 것
어떤가요
그 목숨 어떤가요 차라리 먹밤이라오

성현

2월 매화 서머히 피어나시다

눈 내리시다
눈 내리시는 소리에
매화 향기 스며

그 소리 듣고
그 소리의 향기 흐음 맡으시다

멋지시다
죽은 아우의 넋도 넋 향기로 오시다
오는 바람에도 가는 바람 향기로 오시다

성현(成俔)

세종 문종 단종 세조 예종 성종 연산군
7대 왕조를 물쩍지근 사는 동안
아슬아슬 벼슬길이다가
갑자사화 뒷바람에
죽어 무덤 속 해골 잘리는
극형 받으시다

매화 되시다
눈 내리시다

부관참시
목 잘린
성현의 무덤께서
생전 성현마님 대신하여
눈 내리는 소리 어슬어슬 들으시다

매화 한 송이 피자마자 뚝 져버리시다

권호영

어릴 때의 꿈
진남관만한 큰집 지어 살겠다는 꿈
돌산도 절반만한 땅 사들여
부모 모시고 살겠다는 꿈

무턱대고 꿈 컸다

그 꿈 두고
고교 중퇴 뒤
여수에서
대처로 나왔다
거기가 어디라고
무등산 기슭
광주로 나왔다

계림시장 가근방 셋집 들어
억척 엄니
있으나마나 한 아버지
동생 넷하고
한 달에 한 번 돼지고깃국 먹었다

큰 꿈 품은 나 학원 다니며
증심사만한 큰집 지어 살아보려고
대입준비 열심이었다

1963년 11월 17일 태어나
1980년 5월 26일 여기까지가
내가 가진 내버릴 수 없는 꿈이고 벗어날 수 없는 내 팍팍한 세월

나 이 꿈 두고
광주 5월 어느날 피식 쓰러졌다
흔적 없이 사라졌다

내 또래 동기생들 살아 있는 놈들
야간부 졸업했을까
졸업식 날 소주 막걸리 맥주 마구 섞어
활명수에 타먹었을까
칠성사이다에 타먹었을까

이제 나는 흙부스러기다
부디 나의 큰 꿈
네놈들이 몽태쳐 이어받아라

40년

박효관
대원군이 호를 지었다
운애(雲崖)
안민영
대원군이 호를 지어주었다
구포동인(口圃東人)
자호 주옹(周翁)은
그뒤 집에 두고 나왔다

여든살 운애옹 소리하고
예순살 구포동인 덩실 춤을 추었다
스승과 제자

거기에
제자의 제자
벽강이 거문고라
천흥손이 피리라
정약대 박용근의 해금이라

무르익어라
무르익어라

인왕산 필운대 운애산방

날이 날마다
가곡의 소리
꽃 지고
나비 훨훨 날더라 눈 펄펄 내리더라

난세(亂世)이나 악세(樂世)이더라 난세일수록 악세이더라

40년 세월
철종 뒤
고종 연간
대원군의 뜻 따라
조선 마지막
가곡창
시조창 무르익어라

그 박효관 눈감은 뒤
안민영
조선 시조 마지막으로 불러
신시 최남선 이전
암암히 무르익어라

임 그린 상사몽이 실솔의 넋이 되어
추야장 깊은 밤에 임의 방에 들었다가
날 잊고 깊이 든 잠을 깨워볼까 하노라

근대시 현대시로
그대 소리 택도 없이 밀려났구나
유구한 소리를 잊었구나 너스레 하나 없구나

오호라 우리네 소리의 고향 그 어드메뇨 북망산천이더뇨

이근례 여사

행방불명된 호영이
찾아나선
호영이 어머니 이근례 여사
억척으로
못난 영감 위하고
억척으로
다섯 놈들 길러낸 어머니
콩나물 여섯 동이 물 주어 길러낸 선하품 어머니

나머지 네 놈들한테
집 맡기고
유가족 싸움에 나선
호영이 어머니 이근례 여사

저 80년대 내내
억척으로
갖은 핍박 협박에 맞서
5·18 학살자 처벌 외치는 싸움판
10년을 보내고 나서도
90년대 내내
억척으로
학살자 전두환 정호용을 처벌하라고
외치고 외치는 고된 싸움판 거기 서 있는 이근례 여사

과연 1995년
전국 각지 순회 농성시위
서울 명동 천주교 회당 농성장
확성기 잡고
외치는 억척 어머니

기어이
암매장터에서 나온
무연고 주검 11명 유골 검시
내 자식 호영이 유골 찾아내고야 만 어머니

25년 만에
아들 유골 장사 지내고야 만 앙가슴 어머니

아직도 집에 돌아와
방 안 청소할 때는
아들 목욕시키는 심정으로
억척 싸움꾼 아니라
봇도랑이신 어머니로
돌아가
호영이 사진 한 시간 한 시간 반 물끄러미 바라본다

거지잔치

감히 백성들 못 다가가는 곳
자하문 밖
거기 총융청

흰 바위산
흰 바위산에
푸른 솔 드문드문
거기 총융청

바로 거기에 한양 사대문 안팎 거지들 겁 없이 다 모여
거지잔치 벌어지는데
거기 대장 꼭지딴께서
벼랑 가슴
황소 다리로 서서
뭇 거지들 의젓이 의젓이 내려다보노라니

거기 4백 70명
거기 군영 악대
세악수(細樂手)
피리 대금 해금 장구
거문고 젓대에다
기생 여섯도 불러

자지러지는 소리

자지러지는 춤

거지잔치 한창 익어간다

영조 경진년 대풍 들자
널리
영 내리어 잔치판
거지들도
잔치 한번 벌이자 하여
꼭지딴 나서서
용호영 군영 악대 패두를
찾아가

패두님 이마에 구리 씌웠소
집은 물로 지었소
우리 떼거리 수백이
횃불 하나 들면
어쩔 터이오
으름장 놓아버리자

자네야말로 사나이일세
자네 청대로 하겠네
그 어마어마한 패두께서
단박에 기어들어 설설 응낙

그리하여 하루 내내
거지잔치 뒤
날 저물어
악수들 기생들
쫄쫄 배 곯고 떠나려는데

옜다 드시구랴 드시구랴
거지들 얻어온
떡조각
고기조각
나물
파전 나눠 더불어 윗배 아랫배 배부르더라

꼭지딴

웬만한 고을 원 싫어
감사 목사 싫어 그런 벼슬 안 부러워

큼!

변승업

1623년 태어나 1709년 묻히다

청국과의 무역
일본과의 무역
국내 고리대금 변승업

자 박지원『허생전』편다

남산골
10년 기약으로
글 읽는 허생이
마누라 등쌀에 져주고 나서
천둥벌거숭이로
장삿길 나선다
그 서투른 장삿길 뒷돈이
갑부 변승업의
할아버지 돈이라
허생이
돈 일만냥 빌리러 왔소 하자
변노인
그러구려 하고
일만냥 냅다 주었다
허생 아무 말 없이 돈 받아갔다

허생의 장사 솜씨 열려 운 열려
변노인의 빚 일만냥은
뒷날
십만냥으로 갚았다

이런 조부 이어
손자 변승업의 장부 들여다보니
여기
저기
또 저기
50만냥 빚 준 것
그 돈 거둬들이자고
아들이 말하자
아니다 한양 만호의 목숨줄이니
그대로 돌게 하거라

변승업
장안의 겨울 순라군 밤참도 대접하고
원근 각처
찌든 가난들 자주자주 구휼하고
주린 군대에도 쌀 보내 배를 불렸다
임오군란 때
그의 후손들 집집마다
불타지 않고 무사한 것

다 변승업 덕택

환쟁이 장승업도
그 변승업 후손 변원규의 사랑방에서
그림을 그려놓고
그림 속 산중거사 마주하고
말술 섬술 마셨다

변승업 뒤
변승업 없다 쯔

고재덕

쌍촌동 무당 가실네 신 올라
소주 먹은 듯
쓰러졌다 일어섰다
잡은 댓가지
마구 떨렸다
떨리며
부르튼 입 푸르르푸르르 열리더니
영락없는
생전 재덕이 목소리 그대로

엄니 엄니 엄니 엄니……
누나 누나……
나 찾지 말어
나는 쌍촌동 우리집 지붕 위에 있어
추우면 구들장 방고래에 있어
나 5학년으로 그만두었어
학교가 싫어
교장선생님이 싫어
교감선생님이 싫어
아버지 내보낸
전매청 지청장이 싫어
화난 매형
간밤에도
화 풀지 않고 누나한테 투정하는 것 보았어

엄니 엄니
이제 상무대 포병학교 식당
그만두어
차라리 대인시장 생선장수가 나아
나 그만 찾어
그날 5월 20일
공수부대 대검 맞아
내 피비린내 진동하였어
엄니 엄니
아버지 기어이 세상 떠났으니
세상 떠나
여기 왔으니
엄니 짐 하나 부려놓았어
형 재술이
누나 재숙이 재희 재옥이
이제 고생 10년 남았어
10년 지나면
다 잘될 것이여
엄니
엄니

나 그만 찾어

손금순

내 이름 무어냐고요?
내 이름 무어든 상관없어요
금순이든
은순이든
쇠순이든
나무순이든
돌순이든 상관없어요

오직 내 가슴속에 박힌 이름
재덕이라오
내 아들 재덕이뿐이라오

1980년 여름 이후
10년 뒤에도
20년 뒤에도
30년 뒤에도
내 흑발이 백발 되고 나도
내 가슴 황토구더기
내 아들 재덕이 무덤이라오

망월동 달밤에 가
헛비석
헛무덤에 머물렀다 돌아오는 길
내 가슴속 재덕이랑

함께 돌아오는 길

덕아
덕아
하고 부르면
달 져버린 어둠속
엄니
엄니
하고 대답하는 재덕이랑
함께 돌아오는 길

개야 그만 짖어라
도란도란
함께 돌아오는 길
그만 짖어라

충무공

노래하지 않는다 남은 최소한으로

그 이름을 부른다
그 이름을 쓴다

하나의 운명이었던 그 이름을 쓴다
건너온 문자로 쓰지 않고
태어난 문자로
충무공이라고 쓴다
파도 위에 쓴다

충자
무자
공자가 무슨 뜻인지 몰라도
가만히 충무공이라고 쓴다

하나의 나라인 그 이름을 쓴다

조아라

그녀를
광주의 어머니라 한다
그녀는
그녀 자신을
광주의 딸이라 한다

저 식민지의 아침
나주 남단 바닷가 마을에서 태어났다
예수 집안
유아세례
예배당에서
어린이 찬양대원으로 자라났다

열한살에 광주로 나와
예수학교
수피아여학교에서 배웠다
수피아여학교에서 가르쳤다
은가락지 사건에 이어
1929년 광주학생운동 때
지하결사의 한 여학생이었다
100인 청년단에 가담
그들은 은가락지를 끼었다
그 주모자로 잡혀
옥방에 갇혔다 나왔다

예비검속마다
옥방에 갇혔다 나왔다
신사참배 거부 끝
수피아여학교 자진 폐교하고
또 옥방에 갔다
첫아이 안고
옥방에 가
아이 키웠다

그뒤 평양으로 가
여자신학원 다녔다
일찍이 남편 장질부사로 세상 떠나고
사형언도 감옥에 갔다
친미스파이 죄목이었다
8·15가 왔다
광주로 돌아왔다
내 자식
남의 자식
2백 몇십명 길렀다 고아들의 어머니였다

몇백명 처녀들 청년들 가르쳤다
자유당 독재
유신독재 맞서
광주의 여장부로 나섰다

너그러운 도량이었다
우렁찬 기상이었다
자상한 사랑이었다

청보리밭 지나 3월 지나
4월 지나
5월 광주의 어머니였다 아이고아이고 할머니였다

순이

전북 옥구군 미면 앞바다
군산 째보선창 통통배로
세 시간 반
가서 발동기 멈추면
거룻배가 와 사람 실어나르는 곳
지난날
그런 고군산 선유도

그 선유도 뒷바다

그 바다 밑
해골 잠겨 있다
어언 지상의 60년 지나갔다

한밤중 치마 쓰고 몸 던진
군산여중 4년생
인공 때
여맹 가담
수복 때
배 타고 도망
며칠 동안 살아 있다가
달 진 밤
치마 쓰고 몸 던졌다

혹은 홍성 가다 죽었다 한다
혹은 예산서 보았다 한다
혹은 천안서 죽었다 한다
혹인 임진강 건넜다 한다 압록강 갔다 한다

아니었다

고군산 선유도 바닷속
여기 순이의 무덤

대수(對數)
삼각함수 뛰어났던
벚꽃 밑 벌들 잉잉거려
그 미모 빼어났던
그런가 하면
늙은 거지에게
수업료 다 주어버린 그네

아무도 그네 방순이의 무덤 모른다 어쩌다 나만 안다

작전회의

계엄사 광주지부 분소장
소준열 장군 각하

안양교도소 옆 주둔의 3공수가 왔다
이어
7공수가 왔다
이어
11공수가 왔다
이어
20사단 병력이 광주비행장에 왔다
사단장 박준병 장군 각하

특전사령관 정호용 장군 각하
시내 공수 철수
비행장 이동
철수작전 완료

5월 26일 낮
광주비행장 격납고 안 그 각하들 및 지휘관 작전회의

거기서
5월 27일 새벽 한시
작전개시 명령이 나왔다

도청에는 시민군 3백여명 있다
먼저
도청 안에 잠입
TNT 뇌관 제거 상태 재확인
명사수 30명 특공대 3개조
도청 후문
광주공원
금남로 전일빌딩
세 방면 기습작전

소준열 장군 각하

그 위에 박준병 있고
정호용 있다
정호용 위에
전두환 있다

소준열 장군 각하

광주 일대 병력 배치도를 두 번 세 번 살폈다
화순 소태동 언저리
11공수여단 이미 이동 개시
계엄사가 시민을 맡고
계엄군 공수부대가 시민군을 맡았다

시민군 그 어중이떠중이 몇놈이라니

소준열 장군 각하

그는 이번 작전 뒤
군인의 끝
군인의 시작을 알았다

조니워커 블랙 스트레이트로 털어넣었다

안선재

영국의 시골떼기 콘월에서 태어나다
콘월의 시골떼기 작은 마을
그 좁다란 길 가게에서
커다란 빵을 판다
중세의 마음이 있다
근세의 마음이 있다
거기서 가슴 벅찬 옥스퍼드 중세 영문학으로 간다
초서 이전으로 가서 파묻힌다
거기서 결심의 도우버 바다 건너
기차 타고
떼제에 간다
거기서 현자 로제를 만나 형제의 하나가 된다
아시아를 보다
다음날 아시아로 간다
아시아로 온다
필리핀에 간다 홍콩에 간다
일본에 간다
한국의 추기경 김수환을 만난다
한국에 오라 해서
한국에 온다
전생의 한국에 온다
한국의 대학에서 영문학을 가르친다
화곡동 작은 구석방에서 기도한다
한국의 시를 밤 이슥도록 영어로 옮긴다

한국의 시이자 소설인 「어린 나그네」의 주인공
그 어린이의 이름 선재를
한국 귀화의 이름으로 올린다

안선재

지리산 기슭의 차를 달인다
논고악 기슭의 난을 피운다

안선재

김치찌개 된장국도 먹고 또 먹는다
근면
찬송
그리고 책과 명상
안선재 어리디어린 선재 평안 선재
밤 지하철 안에서 졸지 않는다

구용상

광주시장 발령 이래
소비뿐인 살림
가난뿐인 살림 벗어나려고
밤낮으로
이 동네 저 동네 돌아다니던 중

5월 광주 한복판에 섰다

혓바닥 닳고
구두 바닥 닳았다
시민군 총기 6천 3백 65정
어렵사리 회수
각계 인사 청하여
수습위 결성
시 자체로 사태 수습
시 금고 텅 비어
양곡도매상한테
3천만원 빌려
시민 6천여 세대
생계비 5천원씩 조달

계엄군 작전 뒤
시체 수습
시설 파손 복구

부상자 치료
환경정비 등
24시간 뛰어다녔다 눈 충혈이었다

5월
그런 광주를
5월 27일 계엄군 들이닥쳐
다 망쳐놓았다
5월 31일 시장 면직
내무부 본부 대기발령

이임사

본인은 가장 존경받을 만한 시민의
시장이라는 사실을
최고의 영예로 알고 떠납니다

공무원 구용상

그는 마음속에서 오래 광주시민 편이었다

홍조난옥의 생일

나 하나 있기 위하여
어머니
아버지

아 시작 없는 곳으로부터

어머니 하나 있기 위하여
어머니의 아버지
어머니의 어머니
어머니의 어머니의 어머니의 어머니의
아버지의 아버지의 아버지의 아버지의

나 하나 있으므로 아내의 남편 있으므로
아내 하나 있으므로

아 끝없는 날 다하기까지

딸의 아들
딸의 딸
그 아들의 딸들 아들들의 아들들 딸들의 오늘 2009년 8월 1일

오늘 아기 태어났다
고추 없다
고추 새끼줄 대신

숯 새끼줄 걸어야 한다
나이 마흔의 산모 제왕절개 한사코 사절하였다
난산이었다
산파의 돋보기 안경에 이슬이 맺혔다
아파트 19층 38호 냉방 꺼서 더웠다
아파트 출입문
숯 새끼줄 대신
꽃 한송이 내달았다

아기 이름 이미 지었다

난옥이
아버지 성 홍
어머니 성 조
홍조난옥
엄마 품에 안겼다
눈감고
안겼다

전옥주

한밤중 그 소리만이 있었다 그 소리만이 남아 멀어져갔다

광주시민 여러분
광주를 지켜주세요
광주시민을 살려주세요
광주시민 여러분
지금 계엄군이 몰려오고 있습니다
시민 여러분
광주시민이 죽어갑니다
광주시민의 죽음을 막아주세요

전옥주

아무도 그녀를
그녀의 이름을 몰랐다

한밤중
광주는 묘지인 듯
공포뿐인데
정적뿐인데

한밤중 그녀의 처연한 목소리만이 지나갔다

공포 속 정적 속

누군가가 불이 되었다
바람이 되었다
누군가가 감은 눈 지릅떠 일어났다
누군가가 누구를 불렀다
누군가가
누군가가
하나둘 들불이 되어
번져오고 있었다

그 소리 뒤

청전

떠나버렸다

신학교를 떠나버렸다
전생에 너는 천축국의 고행자였다는
송광사 방장 구산의 말 듣자마자
집을 떠나버렸다

빈 바랑 하나 지고
불단의 산중을 떠돌았다 못난이들 속에서 하룻밤 잠들었다

굳은 조계종 선방을 떠나버렸다

길이 오랜 책이었다
길이 스승이었다
길이 나였다 너라는 나였다
길이 몇번째 진리였다

히말라야였다
히말라야 기슭
라다크
히말라야 기슭
달라이라마 스승의 제자로
인도와 네팔
부탄

파키스탄
티베트
칭하이 쿤밍
떠나고 떠났다 떠나버렸다

어언 22년의 길
어언 40년 50년의 길이리라
금생 다음
다시 내생 22년 23년의 길이리라

청전스님 벌써 쉰일곱살이시다 내년에는 쉰여덟살이시다

다시 전옥주

아버지는 경찰 경위였다 뜻밖이었다
방 한칸 없는
청렴 경찰관이었다
정년퇴직할 때
퇴직금 반납

집 없는 사택살이
셋방살이로
이제껏 살아왔다

아내가 있다
딸이 있다

그러자 퇴직한 보성 면민이 나서서
집을 지어주었다
부엌과
방 둘
그리고 거실이 있었다

면의원에 나서라 해서
후보 등록했을 뿐
집에 있었다 당선되었다

그런 퇴직공무원의 딸이었다

전옥주
뒤늦게 시집가서
3년차 주부 노릇

1980년 5월 19일 밤
송정리역에 도착하였다
막내이모가 회장인
사단법인 대한무궁화중앙회
전국지회 결성 문제로
마산에서 강릉 거쳐
서울 이모한테 있다가
마지막 행선지 광주로 가는 길이었다

다 죽는다
가지 말라는 말 뿌리치고
광주시내로 갔다
도청 앞
계엄군 얼루기떼
마구 휘둘렀다
마구 쏘았다
시위군중 사망자
부상자가 널렸다
체포조에 체포된 자 마구 끌려갔다
그 시위군중에 물 떠다주었다

슬픔이 노여움이 솟아올랐다
마이크를 잡았다
시위대열 45만 앞에 섰다

광주시민 여러분
이대로 죽어갈 수 없습니다
이대로 끌려갈 수 없습니다
저는 한낱 이름 없는 주부입니다
그러나
이 국군 아닌 국군
이 계엄군의 만행을 보고
눈감을 수 없어서 일어섰습니다
대한민국 국군이
어떻게 대한민국 국민을
이렇게 쏴죽이고 찔러죽이고
때려죽인단 말입니까
광주시민 여러분
저 무등산이 지켜보고 있습니다
우리 민주주의
우리 자유
우리 생존을 위해서
시민 여러분 뭉쳐서 일어서야겠습니다

이 즉석 웅변 뒤

시위군중 50만으로 불어났다
민주주의 만세
대한민국 만세
전두환 물러가라 사죄하라
계엄군 물러가라 사죄하라
외쳤다

최루탄 하나가 날아왔다
마이크에 맞아
마이크가 못 쓰게 되어
전파상회 다니며
마이크 징발
다시 가두방송을 이어갔다
밤 열한시 반
시내 지나
시 변두리 돌아
가두방송을 이어왔다

다음날에도 그녀가 나타났다
광주역전
두 눈 파인 시신 목격
계엄군 중령한테 달려가
피맺혀 항의했다

당신들은 국군이 아닙니다
아니 적군도
이렇게 두 눈 파내는 야만은 저지르지 않을 겁니다

전파상회마다
각 기관마다
마이크 보급 금지시켜
5만원 주어도 7만원 주어도 구할 수 없다가
학운동 동사무소 마이크 징발
시위 차 타고 가두방송 이어갔다

시민 여러분
광주시민이 죽어가고 있습니다
시민 여러분
광주시민을 살려주세요
민주주의가 죽어가고 있습니다
민주주의를 자유를 평화를 살려주세요

그날밤 계엄군 특공대에 체포되고 말았다
체포되자마자
간첩죄로 조작 고문받았다 죽었다 깨어났다
계엄사 영창에 갇혔다가
교도소로 끌려가 갇혔다

전옥주
1949년 12월 10일생
주부
고정간첩

이것이 한 주부 가두방송의 죄였다

아 살아남은 시민들
그날밤
또 그날밤
그녀의 가두방송 애끊는 목소리에 애끊었다

전옥주

김신용

아름다움이란 얼마나 잊을 수 없는 것이냐
얼마나 놓칠 수 없는 것이냐
아름다움이란
얼마나 때려죽일 수 없는 것이냐
얼마나 빼앗길 수 없는 것이냐

잊어먹었다
놓쳤다
죽였다 빼앗겼다

그 아름다움 가버린 밤에
버려진 넝마
버려진 쓰레기
버려진 삶의 잔해
그것이 새로 쭈그러진 아름다움으로 왔다

점잖은 책에는 집 없는 자라 했지
그 부랑자
전과 3범 5범
갈보
역전 지게꾼
막일꾼
좀도둑
아편쟁이

아 오늘도 희망 가득 찬 양아치
칫솔 한번 지나가지 않은
그 누렁 이빨의 양아치
늙어빠진 남대문 지하도 사기꾼
10년 전
칠성물산 사장이었다는
가진 돈 주면
세 배로 불려주겠다는 사기꾼
그런 아름다움 속에서 산 사람

열다섯살엔가
열여섯살엔가
서울역전 양동 창녀촌에서
쫓겨나
쪽방 없으면
세탁물 몇개 걷다가
절도미수로 감옥 가서
공밥 먹고
공잠 자던 사람
피를 뽑아 국밥 두 그릇 사먹은 사람
지게꾼
막걸리에 소주 탄
작살주로
두 끼 때운

품팔이꾼
한밤중 술 깰 무렵
시꺼먼 공중에 대고
욕사발 퍼붓는 사람

오늘 지게를 잃어버렸습니다
피를 팔아 마련한 그 지게를
상점 앞에 세워두고 짐을 가지러 간 사이
내 꿈은 감쪽같이 사라져버렸습니다
사흘 동안 거리 곳곳을 배회했습니다
배고픔의 사막을 건너게 해준 낙타를 찾으려고
다시 피를 팔았습니다
오늘도 공쳤습니다
낯선 지게꾼 하나가 다가왔습니다 순간
이 지게 도둑놈! 그러나 지게처럼 그는 늙어 있었습니다

다시 남으로 떠내려간 사람
남녘 바닷가
모래울음 듣다가
더는 갈 수 없는 수평선의 개 같은 아름다움에 빠진 사람
그 아름다움에 빠져버린 사람

김신용

방장 법전

쥐도 새도 소용없구나

쌀 두 가마니 들여놓고
문 걸어잠그고
앉아버렸다
쌀 두 가마니 다 동나도록
앉아버렸다

무슨 소식 없으면
이대로
앉아 굶어죽어버릴 각오 그것 하나

소금김치 하나
밥 하나
십년의 토굴 나온 사람

얼음덩어리인 사람
바위 밑둥
땅속 밑둥인 사람

띠밭 일구고 저문 사람
나뭇짐 진 사람
소식 안 오면
자시 축시 엉엉 운 사람

열네살 이래 긴긴 가부좌
지금 몇살인지 모르는 사람
희로애락도 버린 사람
무엇도 버린 사람
그 사람 법전

막쇠 팔자

소인 말입죠
입에 들러붙은
소인
소인 말입죠

충청도 내포 예산 석전
반촌(班村)
그 양반골 안치면이
4대
5대
벼슬 없는 잔반(殘班)꼴이라
마침
계룡산 강경회(講經會)에 가는 길
강경이라
주역 계사전 한 권 들고 가
시 연작하고
술잔 수작하는 노라리판인데
노자 한푼 있나
뭐가 있나

여봐라 막쇠 오라 일러라

막쇠
안 먹고

안 입고
쌓여가는 쌀 열 섬 있다는 말 듣고
막쇠 불러

너 오늘부터 면천(免賤)이다
면천첩 줄 터이니
나 강경회 노자 열 냥만 다고

불감청이언정고소원이라
분부 거행하겠삽지요

이로써 막쇠
면천으로
양반 반열에 턱을 올리니
성은 주인 성 순흥 안씨에다가
이름은 막쇠를
한자로 막금(幕金)이라
양반 안막금 바야흐로 세상에 납시었나니

허나 들인 마누라는
아직 노비인지라
바지런히
바지런히
안 먹고

안 입고 열 냥 스무 냥을 모아야 하나니

조선 후기 썩 잘되어 양반 싸구려 싸구려

자개공장

조가비 일곱 빛깔 눈 어지럽더라
이 자개 낱낱
온 정성 들여
자개농 한 채 입히는 일
입은 다물었으나
가슴은 못 나오는 말 넘치더이다

이윽고 자개농 한 채
일손 마감하면
반장 윤종수 아재가
삼학소주
열다섯 병 사오니
공장 식구 일곱 사람
코끝들 더워지더이다

국민학교 나온 뒤
어디 갈 학교 더 있으랴
광주천 다리 건너
양동 납작집에서
아버님
어머님과 둘러앉아
더운 밥 먹는 날이 제일 좋더이다

5월 19일

거리 나서지 말라는 아버님 분부
뿌리치고 나가
도청 시신 운반을 맡아
차츰 깨달아오니
에라 금남로 밤거리 시위
마다할 겨를 없더이다

전두환 물러가라
유신잔재 물러가라

그 시민대열 바리케이드 저쪽에
마구잡이 총탄 퍼부어대니
여기저기 쓰러지는데

전두환 물러가라
김대중 석방하라
외치다가 쓰러지는데

며칠 지나도 돌아오지 않는
김종철

사망 날짜 미상
사망 장소 미상

누가 실어다 망월동에 구덩이 파고 묻었더이다

두부 파열
밝혀진 인적사항
김종철

수중열반(水中涅槃)

어느 누구의 마음 한구석에
고이 아로새겨지지도 않았습니다
어느 누구의 다디단 혓바닥 내두르며
놀라워하지도 않았습니다
시시한 날들
시시하게 살아왔습니다
가야산 희랑대에서도
지리산 대원암 방구석에서도
기침소리 하나 없이 살았습니다
있는 듯
없는 듯
속리산 복천암에서도
뉘엿뉘엿 해 지면
그때에야 일어나는 산바람소리
곰의 귀 새의 귀로 들었습니다

어느새 중노릇 50년

있는 듯
없는 듯

그 스님
호젓이 온 길
속으로만 속으로만 깊어진

그 스님의 마음
호젓이 가야 할 때 다가오고 있음을
왜 몰라

저 멀리 가고 가
옥구 나포나루
금강 탁류
거기에 알몸 가차없이 던져버리니
고기들
아이 좋아라
아이 좋아라
그 물속 주검으로
이놈 저놈
배가 불렀다

앙상하게 남은 뼈들이야
강바닥에 가라앉아
있는 듯
없는 듯
삼매(三昧)에 드시었다

이것이 범일선사의 생애였다

아지랑이

아지랑이
아지랑이
통영 미륵도
미륵도 중턱 미래사 토굴선방

아지랑이
아지랑이

다도해 섬들
아지랑이
징징 운다

한 덩어리 한 떼거리 하루살이들
젖물 같은 하늘 가득히 취하고 있다

울긋불긋 꽃들 취하고 있다

선방 안
스승 효봉과 상좌 일초
결가부좌 오전 정진
솔잎가루
찬물에 타먹고
오후 정진

아지랑이
아지랑이

갑자기
스물세살 일초가 일어나
방고랫돌 하나 뜯어내어
방바닥에 내던졌다
스님 부처 되어서 뭘합니까
이놈의 혼침(昏沈) 삼매 때려치우겠습니다

스승 효봉
살며시 눈뜨더니
천둥쳐 꾸짖기는커녕
주장자 집어들어
마구잡이 두들겨패기는커녕
임제(臨濟) 방(榜)은커녕
덕산(德山) 할(喝)은커녕
빙그레 웃으며
그렇구나 그놈의 부처 되어 뭘하느냐
놀자
놀자
하고 결가부좌 풀고
벌렁 방바닥에 누워버렸다

어!

이런 스승 보고 눈물 쏟아내며
상좌 일초가 엎드렸다

스님 용서해주십시오

스승 효봉
그런 상좌 다독였다

그래 그럼 다시
공부나 하자꾸나

아지랑이
아지랑이

점

점집 컴컴했다

점쟁이 할멈의 눈이
골방에서 번쩍 빛났다

술술술
입이 열려
되는대로 안되는대로 말이 나왔다

꽃이 많이 피었그만 그러네
그 꽃밭 옆
포도밭이 있그만 그러네
거기
묻혔그만 그러네

죽었는지
살았는지 모르는 내 아들
내 아들 종철이
살았는지
죽었는지
죽었으면
어디에 묻혔는지
찾다 찾다 못 찾았다

광주교도소 뒷산
화순 가는 길 언덕배기
또
어디
어디
암매장터
찾다 찾다 못 찾았다

그러다가
옆집 마누라가
용한 점쟁이라 일러줘
점집에 왔다

점쟁이 말 가지고
화순 효천
또
어디
어디
포도밭 있는 곳은 다 찾아다녔다

없다

망월동 뒤편에
포도밭 있는 줄 몰랐다

그렇게 다닌 지 한 달
간밤 꿈에
아들 종철이 나타났다

엄니
자개공장에 내 옷 두었는데
그것 가져다주어 추워

그리고 다음날
망월동 시신 확인

있다

머리 뒤쪽 아예 없어진 시체
다 썩어
알아볼 수 없는 시체
오직 엄니만이 알아본 시체

공수 대검 난자당한 아들 시체
기어이
찾았다

한나절 엉엉엉 울었다

울고 난 뒤
코 풀었다

하늘이 미웠다

삼태기스님

1천5백년 전

삼태기 쓰고 다니며
노래하던
삼태기스님

그 스님이 머무는 절
삼태기절
비 오는 날은
비 오는 삼태기절

본디 서라벌 귀족 천진공의 세습 노비
그 세습 노비 부엌데기를 어미로
태어난 삼태기스님

주인 천진공의 죽을병 스르르 낫게 하더라
주인 천진공이 잃은 아이 스르르 찾아다 놓더라
그러자 주인이 시근벌떡 일어나
스승으로 받들었던 삼태기스님

아주 산에 들어가 이 절 저 절
그 이름 떠들썩한 원효와 단짝동무로 속동무로 무람없이 지내더라

어느날 하도 심심하던지

시냇가에 나가
시냇물 속 고기 몇놈 잡아먹더라
뭇사람들이
저 두 중놈 불살생계 파계승이라 종주먹 쥐어 꾸짖어대니
삼태기스님
큼직한 고추 꺼내어 오줌발 내쏘니
그 오줌 속에서 물고기가 펄떡펄떡 살아나
도로 시냇물 속 헤엄쳐가더라

어느날 하도 심심하던지
그 삼태기스님 혜공께서
산비탈에 쓰러져 죽었는데
죽어 썩은 송장이었는데
어느날 하도 심심하던지 다시 살아나
저잣거리 떠돌며
곤드레만드레
술 취한 삼태기 쓰고 흥얼흥얼 노래하며 뒷걸음쳐 가더라

아이고 심심하고 심심한 스님 같으니라고

김종만

광주 시민군 김종철의 아우

시민군 졸졸 뒤따라다니며
빵조각 얻어먹던
철부지 국민학생 김종만

시민군 하나가
위험하니 집에 가라고
개머리판으로 슬쩍
머리를 쳤는데
그날밤 자다가
식은땀에 신음소리라
병원에 데리고 가도
별 이상 없다 하였는데

중학교 들어갈 무렵
헛것 썬 듯
헛소리 지껄이기 시작하더니
눈에 핏발 서더니

정신이상으로
아버지 어머니도 몰라보고
어머니 머리채 쥐고
이년 죽여버리겠다 외치고

아버지한테도
너 죽고 나 죽자 대들더니
식칼 휘둘러
제 팔목 그어대더니
기어이
동네 아이 돌멩이로 쳐죽어
살인죄 15년형
광주교도소에 들어갔다

거기 가서도
과장 죽인다
담당 죽인다 외치고
징벌방 들어가
두 손 묶인 채
엎드려 개밥 먹었다
징벌방 담당이 발길로 차고 또 찼다

이 새끼
네가 시민군 동생이라고
네가 광주항쟁 시민군 형제라고
이 살인마새끼
이제 네 애비도 뒈졌어
야 이 새끼야

5월 27일 아침

5월 27일 새벽
금남로 지나
계림동
산수동
양동
멀리 학동 변두리까지

그 적막한 거리 가두방송차

그 피 토하는 애끓는 그녀의 목소리

광주시민 여러분
계엄군이 다시 쳐들어오고 있습니다
우리 형제자매들이
계엄군의 총칼에 숨져가고 있습니다
우리는 끝까지 싸울 것입니다
광주시민 여러분
도청으로 나와 무기를 들고 싸웁시다
사랑하는 광주시민 여러분
우리를 살려주십시오
광주시민 여러분
우리를 살려주십시오

이 절규

이 호소 끝

10일 동안의 항쟁 끝나는
'화려한 휴가' 이래
'청소작전'
'충정작전'
5월 27일 새벽 다섯시
드디어
시민군 본부 도청은
죽음의 본부가 되고 말았다
시체들
트럭에 실려갔다
헬리콥터에 실려갔다

전남도청의 아침
전두환밖에 없다 아무것도 없다 거기가 시작이었다

그 아침 묘시에
금남로 뒷거리 궁동 괴괴한 변상모네 집
산모 마흔세살에 산파 없이
첫아이를 낳았다 시작이었다
응애응애

청화선사

이 세상 저 세상 오고 감을 상관치 않으나
은혜 입은 것
대천(大千)세계만큼이나 크건만
은혜 갚은 것
작은 시내 같음이 한스럽구나

겨우 이 말씀 남아 있다

40여년
눕지 않은 스님
40여년
하루 한끼 먹은 스님

미소

못쓰게 된 빈 절간 들어가
거기 거미줄 걷고 꽃 심고 제자 1천 길러냈다

미소

선과 염불이 하나인 스님

어느날 새벽 눈감았다
개울물 소리 뚝 그쳤다 다시 흘렀다 미소 니르바나

세작

옛날 중국 남방 야만의 땅에서
혜능의 돈오선(頓悟禪)이 일어났다
이에
북방 귀족의 땅에서
신수의 점수선(漸修禪)이 화가 났다
괘씸한지고
괘씸한지고
부처가 무엇인지도 모르는
천하 쌍놈들
괘씸한지고
천하 역적놈들 마구니놈들
괘씸한지고

그리하여 북방에서 남방으로
첩자 지성을 보내어
돈오선의 모든 수작 알아오라 했다

이름하여 세작(細作)
자세자세 알아오라는 것
그런데 그 지성이
쌍놈의 땅 하루하루 지내는 동안
남방의 돈오선에 기울어져
제 신분을 밝히고
아주 조계산 혜능의 제자가 되어버렸다

여기서 체념할 북방이 아니었다
이번에는
남방의 혜능에게
혜능에 귀의한 지성에게
두 자객을 보냈다
그들조차 조계산에 귀의해버렸다
패씸한지고
패씸한지고

천년 뒤 한국에서
거꾸로 된 사연 하나

전국선원무차대회(無遮大會) 앞두고
대승사 이통선사 돈오파가
송학사 서래선원 점수파놈들
요즘 어떻게 공부하는가
어떻게 돈오선을 공격하는가를
자세자세 알아오라고
돈오파 선승 법도를 세작으로 보냈다

송학사 서래선원
5년 묵언으로
10년 묵언으로

점수 정진하는 것 보고
크게 뉘우쳐
그만 점수파에 귀의해버렸다
주둥이로 공부하는 것 아니라
몸뚱어리로 공부하는 것
단번에 깨치는 것이 아니라
한 숨결
한 숨결 깨쳐가는
한평생 금생 내생 공부라는 것
그것에 귀의했다

10년 뒤
송학사 서래선원
빛나는 법도선사
고려 보조 점수선의 법맥을 이었다

허허 한번쯤 첩자도 되어볼 일?

환속

송악산 고려 궁궐 만월대
외성
내성 웅장하더라
다섯 문 지나
구중궁궐
거기 황제 붉은 용포(龍袍)를 둘렀더라

다섯 문은 황제의 거처
세 문은 제후의 거처
만월대 다섯 문 웅장하더라
그 만월대 뒷산
송악산 다섯 봉우리
바위들
돌들 쩌렁쩌렁 울더라

궁궐 첫 문 앞
너른 마당
바야흐로 나라 잔치 팔관회가 열렸더라
각 지역
토호 불러
각 지역 고승 불러
나라가 하나의 법통을 세워
몇날 며칠
팔관회 잔치가 열렸더라

비파
아쟁
북과 징소리 끊일 줄 몰랐더라

황제와 백관
승려와 귀족
무지렁이 백성에 이르기까지
건달에 이르기까지
거지에 이르기까지
더덩실 춤추더라
아쭈
묘하고 묘한 무상(無常)의 법
고즈넉이 귀담아듣기도 하더라
온갖 놀이가 이어지더라
술에 취해
누워버린 자도 있더라
벽란도 아랍 장사꾼들도 와서
송도 여인에게 넋을 잃더라

이런 잔치판에 한 사람이 나타났더라
열다섯살에 떠나
송나라에 건너갔더라
거기서
사막 건너

설산 건너
천축까지 건너갔더라
승려 보광
그가 쉰살이 되어 돌아왔더라
돌아와
개경 국사가 되는 대신
갑자기 머리를 길렀더라
머리 기르니
땡볕을 막고
가사를 벗으니
허물 벗은 알몸
백 가지 어리석음이
다 드러나더라
좋아라
좋아라
그가 팔관회 백성 중에
표주박 허리에 차고
이제까지 보지 못한 춤 추더라
천축춤이더라

아무도 그가
지난날의 보광인 줄 모르더라
아무도 그가
2백년 전 신라 원효

그 후신인 줄 모르더라
덩실
덩실
무애무(無㝵舞)를 추더라

인 명 찾 아 보 기

* ○ 안 숫자는 권 표시

909

만인보 27·28

초판 1쇄 발행/2010년 4월 15일
초판 3쇄 발행/2015년 3월 11일

지은이/고은
펴낸이/강일우
책임편집/박신규 박문수
펴낸곳/(주)창비
등록/1986년 8월 5일 제85호
주소/413-120 경기도 파주시 회동길 184
전화/031-955-3333
팩시밀리/영업 031-955-3399 · 편집 031-955-3400
홈페이지/www.changbi.com
전자우편/literat@changbi.com

ⓒ 고은 2010
ISBN 978-89-364-2852-5 03810
        978-89-364-2895-2 (전11권)